D0696298

COLLECTION FOLIO

Nicole Krauss

# L'histoire de l'amour

*Traduit de l'américain*
*par Bernard Hœpffner*

*avec la collaboration*
*de Catherine Goffaux*

Gallimard

*Titre original :*
THE HISTORY OF LOVE

Poétesse et romancière, Nicole Krauss est née en 1974 à New York. Elle publie en 2002 son premier roman *Man Walks Into A Room*, puis en 2005 *L'histoire de l'amour*, son premier livre traduit en français, récompensé par le prix du meilleur livre étranger en 2006.

Elle publie fréquemment dans *The New Yorker*. Elle vit à Brooklyn, New York, avec son mari Jonathan Safran Foer.

Pour mes grands-parents
qui m'ont appris le contraire de la disparition

et pour Jonathan, ma vie

# LES DERNIERS MOTS SUR TERRE

Quand ils rédigeront ma nécrologie. Demain. Ou le lendemain. On y lira : *LEO GURSKY LAISSE DERRIÈRE LUI UN APPARTEMENT PLEIN DE MERDE.* Je suis étonné de ne pas avoir été enterré vivant. L'endroit n'est pas bien grand. Je dois me battre pour préserver un passage entre le lit et les toilettes, les toilettes et la table de la cuisine, la table de la cuisine et la porte d'entrée. Si je veux me rendre des toilettes à la porte d'entrée, impossible, je suis obligé de passer derrière la table de la cuisine. J'aime bien imaginer tout cela comme un terrain de base-ball : le lit est le marbre, les toilettes la première base, la table de cuisine la deuxième, la porte d'entrée la troisième ; si l'on sonne à la porte alors que je suis couché sur le lit, je dois faire le tour par les toilettes et par la table de la cuisine avant d'atteindre la porte. S'il s'agit de Bruno, je le laisse entrer sans dire un mot avant de rejoindre le lit en courant, tandis que le rugissement de la foule invisible résonne à mes oreilles.

Je me demande souvent qui sera la dernière personne à me voir vivant. S'il me fallait parier, je miserais sur le livreur du restaurant chinois. Quatre soirs sur sept, je me fais livrer mon dîner. Chaque fois qu'il vient, je fais tout un cinéma pour trouver mon portefeuille. Debout devant la porte, le sac graisseux à la main, il attend tandis que je me demande si c'est cette nuit que, une fois mon rouleau de printemps terminé, j'irai au lit et j'aurai une crise cardiaque pendant mon sommeil.

J'essaye de faire un effort pour être vu. Parfois, quand je suis dehors, je vais m'acheter un jus de fruit alors que je n'ai pas soif. Si le magasin est bondé, il m'arrive même de laisser tomber ma monnaie sur le sol, les pièces de cinq et de dix cents s'éparpillent dans toutes les directions. Je me mets à genoux. Et c'est un gros effort pour moi de me mettre à genoux, et un plus gros effort encore de me relever. Et pourtant. Il se peut que j'aie l'air idiot. Je me rends à l'Athlete's Foot et je dis : *Quel type de chaussures de tennis avez-vous ?* Le vendeur me jettera un coup d'œil confirmant que je ne suis qu'un pauvre con et me conduira vers l'unique paire de Rockport qu'ils ont en stock, quelque chose d'un blanc éclatant. *Non,* dirai-je, *je les ai déjà*, et je me dirigerai alors vers les Reebok et je prendrai quelque chose qui ne ressemble même pas à une chaussure, une bottine imperméable, peut-être, et je demanderai une taille *9*. Le gamin m'examinera encore une fois, plus attentivement. Il me regardera longuement et avec sérieux. *Taille 9*, répéterai-je tout en serrant la chaussure en nylon aéré. Il secouera la tête, ira les chercher dans l'arrière-boutique et, à son retour, voilà que je serai déjà en train d'enlever mes chaussettes. Je remonterai les jambes de mon pantalon et je regarderai ces machins décatis, mes pieds, et une minute gênée s'écoulera avant qu'il comprenne que j'attends qu'il enfile les bottines à mes pieds. Jamais, en fait, je n'achète. Tout ce que je veux, c'est ne pas mourir un jour où je n'aurai pas été vu.

Il y a quelques mois, j'ai lu une petite annonce dans le journal. Elle disait : *CHERCHONS UN MODÈLE NU POUR CLASSE DE DESSIN. $15/ HEURE.* Cela semblait trop beau pour être vrai. Être autant regardé. Par autant de gens. J'ai appelé le numéro. Une femme m'a dit de venir le mardi suivant. J'ai tenté de me décrire, mais ça ne l'intéressait pas. *Nous ne sommes pas difficiles*, a-t-elle expliqué.

Les jours s'écoulaient lentement. J'en ai parlé à Bruno, mais il a mal compris, il a pensé que j'allais prendre des cours de dessin pour voir des filles nues. Il ne m'a pas laissé le détromper. *Elles montrent leurs nichons ?* a-t-il demandé. J'ai haussé les épaules. *Et en bas ?*

Après la mort de Mrs. Freid au quatrième étage, quand il a fallu attendre trois jours pour que quelqu'un s'en aperçoive, Bruno et moi, nous avons pris l'habitude de nous rendre visite. Nous trouvions quelque excuse — *Je n'ai plus de papier hygiénique*, disais-je quand Bruno ouvrait la porte. Une journée passait. On frappait à ma porte. *J'ai perdu mon programme télé*, m'expliquait-il, et j'allais chercher le mien, alors que je savais parfaitement que le sien était sur le canapé, là où il est toujours. Il est descendu un dimanche après-midi. *J'ai besoin d'une tasse de farine*, a-t-il dit. C'était maladroit, mais je n'ai pas pu m'en empêcher. *Tu ne sais pas faire la cuisine.* Il y a eu un moment de silence. Bruno m'a regardé droit dans les yeux. *Qu'est-ce que tu en sais*, a-t-il dit, *je fais un gâteau.*

Quand je suis arrivé en Amérique, je ne connaissais presque personne, si ce n'est un cousin éloigné qui était serrurier, et j'ai donc travaillé pour lui. S'il avait été cordonnier, je serais devenu cordonnier ; s'il avait pelleté de la merde, moi aussi j'aurais pelleté. Mais. Il était serrurier. Il m'a appris le métier, et c'est ce que je suis devenu. Nous avions une petite affaire, tous les deux, et puis une année, il a attrapé la tuberculose, on a dû lui enlever le foie, sa température est montée jusqu'à 41 et il est mort, alors j'ai repris l'affaire. J'envoyais à sa femme la moitié des bénéfices, même après son mariage avec un médecin et son déménagement à Bay Side. J'ai fait ce métier pendant plus de cinquante ans. Ce n'était pas ce que je m'étais imaginé faire. Et pourtant. En vérité j'ai fini par l'aimer, ce métier. J'aidais à entrer ceux qui s'étaient enfermés dehors, j'aidais d'autres gens à laisser dehors ceux qui ne devaient pas entrer, afin qu'ils puissent dormir sans faire de cauchemars.

Et puis un jour, je regardais par la fenêtre. Je contemplais peut-être le ciel. Mettez quelqu'un devant une fenêtre, même un imbécile, et vous aurez un Spinoza. L'après-midi s'est écoulé, les ténèbres ont commencé à se déverser. J'ai tendu la main vers le cordon de l'ampoule et tout à coup c'était comme si un éléphant avait posé une patte sur mon cœur. Je suis tombé à genoux. J'ai pensé : Ma vie n'est pas infinie. Une minute a passé. Une autre minute. Une autre. Je suis allé jusqu'au téléphone en m'agrippant au sol avec les ongles.

Vingt-cinq pour cent des muscles de mon cœur étaient morts. Il m'a fallu du temps pour me remettre et je n'ai pas repris le travail. Une année s'est écoulée. J'étais conscient que le temps passait tout seul. Je regardais par la fenêtre. J'ai vu l'automne laisser place à l'hiver. L'hiver au printemps. Certains jours Bruno descendait s'asseoir avec moi. Nous nous connaissons depuis l'enfance ; nous sommes allés à l'école ensemble. Il était l'un de mes meilleurs amis, avec des lunettes épaisses, des cheveux roux qu'il détestait et une voix qui se brisait quand il était pris par l'émotion. J'ignorais qu'il était encore vivant quand un jour, alors que je marchais dans East Broadway, j'ai entendu sa voix. Je me suis retourné. Je le voyais de dos, il se tenait devant l'étal de l'épicier et s'enquérait du prix des fruits. Je me suis dit : Tu entends des voix, tu es un tel rêveur, quelle probabilité — ton ami d'enfance ? Je suis resté figé sur le trottoir. Il est sous terre, me suis-je dit. Te voilà aux États-Unis d'Amérique, devant un McDonald's, ressaisis-toi. J'ai attendu un peu, pour être certain. Jamais je n'aurais reconnu son visage. Mais. Sa façon de marcher, on ne pouvait pas s'y tromper. Il allait passer devant moi, j'ai tendu un bras. Je ne savais pas ce que je faisais, peut-être avais-je des visions, je l'ai saisi par la manche. *Bruno*, ai-je dit. Il s'est arrêté et m'a fait face. Au début, il a eu l'air effrayé, puis troublé. *Bruno.* Il m'a regardé, ses yeux ont commencé à se remplir de larmes. J'ai saisi son autre main. Je tenais une manche et une main. *Bruno.* Il s'est mis à trembler. Il a touché ma joue. Nous étions au milieu du trottoir, les gens passaient, pressés, c'était une journée tiède de juin. Ses cheveux étaient fins et blancs. Il a laissé tomber ses fruits. *Bruno.*

Deux ans plus tard, sa femme est morte. Vivre sans elle dans l'appartement qu'ils avaient partagé était trop difficile, tout lui faisait penser à elle, et ainsi, quand un appartement s'est libéré au-dessus du mien, il y a emménagé. Nous restons souvent assis à ma table de cuisine. Tout un après-midi peut s'écouler sans que nous prononcions un seul mot. Quand nous parlons, ce n'est jamais en yiddish. Les mots de notre enfance nous sont devenus étrangers — nous ne pouvions plus les utiliser de la même façon, alors nous avons choisi de ne pas les utiliser du tout. La vie exigeait une nouvelle langue.

Bruno, vieux et fidèle ami. Je ne l'ai pas suffisamment décrit. Suffit-il de dire qu'il est indescriptible ? Non. Mieux vaut essayer et échouer que ne pas essayer du tout. Le duvet follet de tes cheveux blancs frémissant doucement sur ton crâne tel un pissenlit dans le vent. Bien des fois, Bruno, j'ai été tenté de souffler sur ton crâne et de faire un vœu. Seul un dernier reste de bienséance m'en empêche. Ou peut-être devrais-je commencer par décrire ta taille, qui n'est vraiment pas grande. Les meilleurs jours, c'est tout juste si tu m'arrives à la poitrine. Ou je devrais peut-être commencer par les lunettes que tu as trouvées dans une boîte et que tu t'es appropriées, d'énormes machins ronds qui agrandissent tes yeux à tel point que ta réaction semble atteindre en permanence 4,5 sur l'échelle de Richter ? Ce sont des lunettes de femme, Bruno ! Je n'ai jamais eu le cœur de te le dire. J'ai souvent essayé. Et autre chose encore. Quand nous étions adolescents, tu étais le meilleur écrivain de nous deux. J'avais trop d'orgueil pour te le dire, alors. Mais. Je savais. Crois-moi quand je le dis, je le savais alors et je le sais encore aujourd'hui. Ça me fait mal de penser que je ne te l'ai jamais dit, et aussi de penser à tout ce que tu aurais pu être. Pardonne-moi, Bruno. Mon plus vieil ami. Mon meilleur. Je ne t'ai pas rendu justice. Tu m'as été d'une telle compagnie à la fin de ma vie. Toi, toi particulièrement, qui aurais su trouver les mots pour tout ça.

Un jour, il y a de ça bien longtemps, j'ai trouvé Bruno par terre au milieu du salon à côté d'un flacon de pilules vide. Il en avait eu assez. Il voulait simplement dormir à jamais. Épinglé à sa veste, il y avait un papier avec trois mots : *ADIEU, MES AMOURS.* J'ai crié. *NON, BRUNO, NON, NON, NON, NON, NON, NON, NON !* Je l'ai giflé. Ses yeux ont fini par s'ouvrir, paupières tremblantes. Son regard était vide et éteint. *RÉVEILLE-TOI, DUMKOP !* ai-je hurlé. *ÉCOUTE-MOI MAIN-*

*TENANT : TU DOIS TE RÉVEILLER !* Ses paupières se sont lentement refermées. J'ai appelé les urgences. J'ai rempli un bol d'eau froide et je la lui ai lancée au visage. J'ai posé une oreille sur son cœur. Très loin, un vague murmure. L'ambulance est arrivée. À l'hôpital, on lui a fait un lavage d'estomac. *Pourquoi avez-vous avalé toutes ces pilules ?* lui a demandé le médecin. Bruno, malade, épuisé, a ouvert les yeux avec froideur. *POURQUOI CROYEZ-VOUS QUE J'AI AVALÉ TOUTES CES PILULES ?* a-t-il glapi. La salle de réanimation est devenue silencieuse, tout le monde le regardait. Bruno a grommelé et s'est tourné vers le mur. Cette nuit-là, je l'ai mis au lit. *Bruno*, ai-je dit. *Je suis désolé*, a-t-il dit. *Tellement égoïste.* J'ai soupiré et me suis apprêté à partir. *Reste avec moi !* a-t-il crié.

Nous n'en avons jamais reparlé. De même que nous ne parlions jamais de notre enfance, des rêves que nous avions partagés et perdus, de tout ce qui s'est passé et ne s'est pas passé. Un jour nous étions assis en silence. Tout à coup l'un de nous s'est mis à rire. C'était contagieux. Il n'y avait aucune raison à ce rire, mais nous nous sommes mis à pouffer et nous avons commencé à nous balancer sur notre chaise et à hurler, à *hurler* de rire, les larmes coulaient sur nos joues. Une tache humide a fleuri à mon entrejambe et nous avons ri de plus belle, je tapais du poing sur la table et j'essayais de reprendre mon souffle, je pensais : C'est peut-être comme ça que je vais partir, dans un éclat de rire, ce serait le mieux, en riant et en pleurant, en riant et en chantant, en riant pour ne pas oublier que je suis seul, que c'est la fin de ma vie, que la mort m'attend de l'autre côté de la porte.

Quand j'étais enfant, j'aimais écrire. C'était la seule chose que je voulais faire de ma vie. J'inventais des personnages imaginaires et je remplissais des cahiers de leurs histoires. J'ai écrit l'histoire d'un garçon qui en grandissant était devenu tellement poilu que les gens se sont mis à le chasser pour sa fourrure. Il devait se cacher dans les arbres, et il est tombé amoureux d'un oiseau qui le prenait pour un gorille de cent cinquante kilos. J'ai écrit l'histoire de deux siamoises, dont l'une était amoureuse de moi. Je pensais que les scènes de sexe étaient parfaitement originales. Et pourtant. En grandissant, j'ai décidé que je voulais devenir un véritable écrivain. J'ai essayé d'écrire sur des choses réelles. Je voulais décrire le monde, parce que vivre dans un monde non décrit était trop solitaire. J'ai écrit trois livres avant mes vingt et un ans, qui sait ce qu'ils sont devenus. Le premier avait pour sujet Slonim, la ville où je vivais et qui était située tantôt en Pologne tantôt en Russie.

J'en ai dessiné la carte pour le frontispice, mettant le nom des maisons et des boutiques, il y avait Kipnis le boucher, et ici Grodzenski le tailleur, et ici vivait Fishl Shapiro qui était soit un grand *tsaddik* soit un idiot, personne ne pouvait trancher, et ici la place de la ville, et le pré où on jouait, et ici la rivière s'élargissait et ici elle rétrécissait, et ici commençait la forêt, et ici se dressait l'arbre à une branche duquel Beyla Asch s'est pendue, et ici et ici. Et pourtant. Quand je l'ai donné à la seule personne de Slonim dont l'opinion m'importait, elle a simplement haussé les épaules et m'a dit qu'elle préférait de loin quand j'inventais des histoires. Alors j'ai écrit un deuxième livre, et j'ai tout inventé. Je l'ai rempli d'hommes à qui poussaient des ailes, et d'arbres dont les racines s'élevaient vers le ciel, de gens qui oubliaient leur nom et de gens qui ne pouvaient rien oublier; j'ai même inventé des mots. Quand je l'ai terminé, j'ai couru jusqu'à sa maison. J'ai ouvert brutalement la porte, j'ai grimpé l'escalier quatre à quatre et je l'ai remis à la seule personne de Slonim dont l'opinion m'importait. Je me suis adossé contre le mur et j'ai observé son visage pendant qu'elle lisait. Dehors, la nuit est tombée mais elle continuait à lire. Les heures passaient. Je me suis laissé glisser sur le sol. Elle lisait encore et encore. Quand elle a terminé, elle a levé les yeux. Pendant longtemps elle n'a rien dit. Puis elle a dit que peut-être je ne devrais pas *tout* inventer, parce que alors il était difficile de *tout* croire.

N'importe qui d'autre aurait abandonné. J'ai recommencé. Cette fois-ci, je n'ai pas écrit sur des choses réelles et je n'ai pas écrit sur des choses imaginaires. J'ai écrit sur la seule chose que je connaissais. Les pages s'empilaient. Même après le départ en bateau pour l'Amérique de la seule personne dont l'opinion m'importait, j'ai continué à remplir des pages de son nom.

Après son départ, tout s'est désagrégé. Aucun Juif n'était plus en sécurité. Des rumeurs couraient sur des choses incompréhensibles et, comme nous ne pouvions pas les comprendre, nous n'avons pas réussi à les croire, jusqu'à ce qu'il n'y ait plus aucun choix et qu'il soit trop tard. Je travaillais à Minsk, mais j'ai perdu mon boulot et je suis revenu à Slonim. Les Allemands avançaient vers l'est. Tous les jours un peu plus près de nous. Le matin où nous avons entendu leurs tanks approcher, ma mère m'a dit d'aller me cacher dans la forêt. Je voulais emmener mon jeune frère, il n'avait que treize ans, mais elle a dit qu'elle s'en occuperait elle-même. Pourquoi l'ai-je écoutée ? Parce que c'était plus facile ? J'ai couru jusque dans la forêt. Je suis resté immobile sur le sol. Des chiens aboyaient au loin. Les heures passaient. Et puis les coups de feu. Tant de coups de feu. Je ne sais pas pourquoi, ils n'ont pas crié. Ou peut-être ne pouvais-je pas entendre leurs cris. Plus tard, rien que le silence. Mon corps était paralysé, je me rappelle que j'avais un goût de sang dans la bouche. J'ignore combien de temps s'est écoulé. Des jours. Je ne suis jamais retourné là-bas. Quand je me suis relevé, je m'étais débarrassé de la seule partie de moi qui avait jamais pensé que je trouverais des mots fût-ce pour le plus petit fragment de vie.

Et pourtant.

Quelques mois après ma crise cardiaque, cinquante-sept ans après avoir abandonné l'idée, j'ai recommencé à écrire. Je l'ai fait pour moi seul, pas pour quelqu'un d'autre, la différence était là. Peu importait si je ne trouvais pas les mots et, plus encore, je savais que trouver les mots justes serait impossible. Et comme j'avais accepté que ce que j'avais cru autrefois possible était en fait impossible, et comme je savais que je n'en montrerais jamais un seul mot à quiconque, j'ai écrit une phrase :

*Il était une fois un garçon.*

Elle est demeurée là, m'observant depuis la page, par ailleurs restée blanche, pendant des jours. La semaine suivante j'en ai ajouté une autre. Bientôt la page était pleine. Cela m'a rendu heureux, comme de me parler à voix haute, ce que je fais parfois.

Un jour, j'ai dit à Bruno : *Devine, combien de pages tu crois que j'ai ?*

*Aucune idée*, a-t-il répondu.

*Écris un chiffre*, ai-je dit, *et glisse-le-moi par-dessus la table.* Il a haussé les épaules et a sorti un stylo de sa poche. Il a réfléchi une minute ou deux, en examinant mon visage. *À vue de nez*, ai-je ajouté. Il s'est penché sur sa serviette, y a griffonné un chiffre et l'a retournée. J'ai écrit le vrai chiffre, 301, sur ma propre serviette. Nous les avons fait glisser sur la table. J'ai pris celle de Bruno. Pour des raisons que je ne m'explique pas, il avait écrit 200 000. Il a pris la mienne et l'a retournée. Son visage s'est assombri.

Par moments, je pensais que la dernière page de mon livre et la dernière page de ma vie étaient la même chose, que, lorsque mon livre serait terminé, ma vie le serait aussi, qu'un grand vent s'engouffrerait dans mon appartement et emporterait les pages, et que quand ne volerait plus dans l'air la moindre feuille de papier blanc, la pièce serait silencieuse, la chaise sur laquelle j'étais assis serait vide.

Tous les matins, j'écrivais un peu plus. Trois cent une, ce n'est pas rien. De temps en temps, quand j'avais fini, j'allais voir un film. C'est toujours, pour moi, un événement important. Peut-être vais-je m'acheter du pop-corn et — s'il y a des gens autour pour regarder — le renverser par terre. J'aime bien m'asseoir tout à fait devant, j'aime bien que l'écran emplisse tout mon champ de vision de sorte que rien ne me distraie du moment présent. Et alors j'aimerais que ce moment dure toujours. Je ne peux pas vous dire à quel point je suis heureux de le regarder là-haut, agrandi. Je dirais *plus grand que nature*, mais je n'ai jamais compris cette expression. Qu'est-ce qui est plus grand que la nature ? Être assis au premier rang, lever les yeux vers un beau visage de femme grand comme un immeuble de deux étages et sentir les vibrations de sa voix vous masser les jambes, tout cela vous aide à vous rappeler les dimensions de la vie. Je m'assieds donc au premier rang. Si je sors avec un torticolis et une fin d'érection, c'est que c'était un bon siège. Je ne suis pas un cochon. Je suis un homme qui voudrait être aussi grand que nature.

Il y a des passages de mon livre que je connais par cœur.

*Par cœur*, ce n'est pas une expression que j'utilise à la légère.

Mon cœur est faible et peu fiable. Quand je m'en irai, ce sera mon cœur. J'essaye de l'accabler le moins possible. Si quelque chose risque d'avoir un impact, je dirige ce quelque chose ailleurs. Vers mes intestins par exemple, ou mes poumons, qui peuvent se figer un instant mais qui n'ont encore jamais cessé de se remettre à respirer. Quand je passe devant un miroir et que je m'y aperçois, ou quand je suis à un arrêt de bus et que des gamins arrivent derrière moi et demandent : *Qui c'est qui sent la merde ?* — petites humiliations quotidiennes — c'est, en règle générale, vers le foie que je dirige ça. D'autres atteintes vont vers d'autres endroits. Le pancréas, je le réserve pour les occasions où je suis frappé par tout ce qui a été perdu. Il est vrai qu'il y en a tant, et que l'organe est si petit. Mais. Vous seriez surpris de savoir ce qu'il peut subir, je ne ressens qu'une légère douleur aiguë et c'est tout. Il m'arrive parfois d'imaginer ma propre autopsie. Déception me concernant : rein droit. Déception concernant les autres en moi : rein gauche. Échecs personnels : *kishkes*. Je ne voudrais pas donner l'impression que j'en ai fait une science. Ce n'est pas tellement réfléchi. J'accepte les chocs là où ils se produisent. C'est simplement que je remarque certaines constantes. Quand l'heure est avancée et que la nuit tombe avant que je sois prêt, pour des raisons que je ne saurais expliquer, c'est dans les poignets que je le sens. Et quand je me réveille et que mes doigts sont raides, il est presque certain que j'ai rêvé de mon enfance. Le pré où on jouait, le pré où tout a été découvert et où tout était possible. (On courait tellement vite qu'on avait l'impression qu'on allait cracher du sang : pour moi ce sont les bruits de l'enfance, lourdes respirations et chaussures raclant la terre durcie.) La raideur des doigts est le rêve de l'enfance tel qu'il m'a été rendu à la fin de ma vie. Je dois les mettre sous l'eau chaude, vapeur recouvrant le miroir, dehors, le bruissement des pigeons. Hier, j'ai vu un homme donner un coup de pied à un chien et je l'ai ressenti dans mes yeux. Je ne sais pas comment nommer cela, un endroit avant les larmes. La douleur de l'oubli : épine dorsale. La douleur du souvenir : épine dorsale. Toutes les fois où j'ai réalisé tout à coup que mes parents étaient morts, aujourd'hui encore, j'en suis toujours surpris, d'exister dans un monde tandis que ce qui m'a créé a cessé d'exister : mes genoux, il me faut un demi-tube de Ben-Gay et tout un cinéma ne serait-ce que pour les fléchir. À chaque chose sa saison, chaque fois que je me suis éveillé en faisant l'erreur de croire un instant que quelqu'un dormait à mes côtés : une hémorroïde. Solitude : il n'existe pas d'organe qui puisse l'accueillir en entier.

Chaque matin, un peu plus.

*Il était une fois un garçon.* Il vivait dans un village qui n'existe plus, dans une maison qui n'existe plus, au bord d'un pré qui n'existe plus, où tout a été découvert et où tout était possible. Un bâton pouvait être une épée. Un caillou pouvait être un diamant. Un arbre, un château.

Il était une fois un garçon qui vivait dans une maison séparée par un pré de celle d'une fille qui n'existe plus. Ils ont inventé des milliers de jeux. Elle était Reine et il était Roi. Dans la lumière automnale, sa chevelure brillait telle une couronne. Ils collectionnaient le monde par petites poignées. Quand le ciel s'assombrissait, ils se séparaient avec des feuilles dans les cheveux.

Il était une fois un garçon qui aimait une fille, et son rire était une question à laquelle il voulait répondre toute sa vie. Quand ils ont eu dix ans, il lui a demandé de l'épouser. Quand ils ont eu onze ans, il l'a embrassée pour la première fois. Quand ils ont eu treize ans, ils se sont disputés et pendant trois semaines ils ne se sont pas parlé. Quand ils ont eu quinze ans, elle lui a montré la cicatrice sur son sein gauche. Leur amour était un secret qu'ils n'ont partagé avec personne. Il lui a promis qu'il n'aimerait jamais une autre fille aussi longtemps qu'il vivrait. *Et si je meurs?* a-t-elle demandé. *Même alors*, a-t-il répondu. Pour son seizième anniversaire, il lui a offert un dictionnaire anglais et ensemble ils ont appris les mots. *C'est quoi, ça?* demandait-il en faisant passer son index sur sa cheville, et elle cherchait le mot. *Et ça?* demandait-il en lui embrassant le coude. *Elbow! C'est quoi, ce mot?* et il le léchait, la faisait pouffer de rire. *Et ça, c'est quoi?* demandait-il en touchant la peau douce derrière son oreille. *Je ne sais pas*, disait-elle en éteignant la torche électrique et en roulant, avec un soupir, sur le dos. Quand ils ont eu dix-sept ans, ils ont fait l'amour pour la première fois, sur un lit de paille, dans un appentis. Plus tard — après que s'étaient déroulées des choses qu'ils n'auraient jamais pu imaginer — elle lui a écrit une lettre où elle disait : *Quand apprendras-tu qu'il n'existe pas un mot pour chaque chose?*

Il était une fois un garçon qui aimait une fille dont le père avait été assez malin pour rassembler tous ses zlotys afin d'envoyer sa plus jeune fille en Amérique. Tout d'abord elle a refusé de partir, mais le garçon lui aussi en savait assez pour insister, jurant sur sa vie qu'il allait gagner de l'argent et parvenir à la rejoindre. Elle est donc partie. Il a trouvé du travail dans la ville voisine, il était portier dans un hôpital. La nuit, il restait éveillé pour écrire son livre. Il lui a envoyé une lettre dans laquelle il avait recopié onze chapitres d'une écriture minuscule. Il n'était même pas certain que la lettre lui parviendrait. Il économisait tout l'argent qu'il pouvait. Un jour il a été licencié. Personne ne lui a expliqué pourquoi. Il est retourné chez lui. L'été 1941, les *Einsatzgruppen* ont avancé vers l'est, tuant des centaines de milliers de Juifs. Par une belle et chaude journée de juillet, ils sont entrés dans Slonim. À ce moment-là, le garçon se trouvait dans la forêt, couché sur le dos, pensant à la fille. Vous pourriez dire que c'est son amour pour elle qui l'a sauvé. Pendant les années qui ont suivi, le garçon est devenu un homme qui est devenu invisible. De cette façon, il a échappé à la mort.

Il était une fois un homme devenu invisible qui est arrivé en Amérique. Il avait passé trois ans et demi à se cacher, le plus souvent dans les arbres, mais aussi dans des fissures, des caves, des trous. Puis ça s'est terminé. Les tanks russes sont arrivés. Pendant six mois il a vécu dans un camp de réfugiés. Il l'a fait savoir à son cousin qui était serrurier en Amérique. Dans sa tête, il n'arrêtait pas de répéter les seuls mots d'anglais qu'il connaissait. *Knee. Elbow. Ear.* On a fini par lui donner des papiers. Il a pris le train jusqu'au bateau et, une semaine plus tard, il entrait dans le port de New York. Une journée froide de novembre. Pliée dans sa main se trouvait l'adresse de la jeune fille. Cette nuit-là il est resté éveillé sur le plancher de la chambre de son cousin. Le radiateur cognait et chuintait, mais il lui était reconnaissant de sa chaleur. Le lendemain matin son cousin lui a expliqué trois fois comment prendre le métro pour Brooklyn. Il a acheté un bouquet de roses mais elles se sont fanées parce que, bien que son cousin lui ait expliqué trois fois le trajet, il s'est perdu. Enfin il a trouvé l'endroit. Ce n'est que quand il a posé son doigt sur le bouton de la sonnette qu'il s'est dit qu'il aurait dû peut-être téléphoner. Elle a ouvert la porte. Elle portait un foulard bleu sur ses cheveux. Il entendait la retransmission d'un match de base-ball à la radio dans l'appartement attenant.

Il était une fois une femme qui avait été une fille qui avait pris le bateau pour l'Amérique et avait vomi pendant tout le voyage, pas à cause du mal de mer mais parce qu'elle était enceinte. Quand elle s'en était rendu compte, elle avait écrit au garçon. Tous les jours elle attendait une lettre de lui, mais il n'en est jamais arrivé. Elle est devenue de plus en plus grosse. Elle a essayé de le dissimuler pour ne pas perdre son emploi à l'usine de vêtements où elle travaillait. Quelques semaines avant la naissance du bébé, quelqu'un lui a appris qu'on lui avait raconté qu'en Pologne on tuait les Juifs. *Où ?* a-t-elle demandé, mais personne ne savait où. Elle a cessé d'aller travailler. Elle ne parvenait pas à sortir de son lit. Au bout d'une semaine, le fils de son patron est venu la voir. Il lui a apporté à manger et a mis un bouquet de fleurs dans un vase près de son lit. Quand il a compris qu'elle était sur le point d'accoucher, il a fait venir une sage-femme. Elle a donné naissance à un petit garçon. Un jour la fille s'est assise dans son lit et a vu le fils de son patron qui berçait son enfant au soleil. Quelques mois plus tard elle a accepté de l'épouser. Deux ans plus tard elle a donné naissance à un autre enfant.

L'homme qui était devenu invisible était debout dans le salon et écoutait tout cela. Il avait vingt-cinq ans. Il avait tellement changé depuis qu'il l'avait vue pour la dernière fois et à présent une partie de lui avait envie de rire, d'un rire dur, froid. Elle lui a donné une petite photo du garçon, qui avait maintenant cinq ans. La main de la femme tremblait. Elle a dit : *Tu as cessé d'écrire. Je te croyais mort.* Il a regardé la photo du garçon qui allait grandir et finir par lui ressembler, qui, bien que l'homme ne l'ait pas su alors, irait à l'université, tomberait amoureux, cesserait d'être amoureux, deviendrait un écrivain célèbre. *Comment s'appelle-t-il?* a-t-il demandé. Elle a dit : *Je l'ai appelé Isaac.* Ils sont restés longtemps silencieux pendant qu'il regardait le portrait. Enfin il est parvenu à dire trois mots : *Viens avec moi.* Des cris d'enfants montaient de la rue jusqu'à eux. Elle a fermé très fort ses paupières. *Viens avec moi*, a-t-il dit en tendant la main. Des larmes coulaient sur les joues de la femme. Trois fois il le lui a demandé. Elle a secoué la tête. *Je ne peux pas*, a-t-elle dit. Ses yeux se sont posés sur le plancher. *S'il te plaît*, a-t-elle dit. Et c'est ainsi qu'il a fait la chose la plus difficile qu'il ait jamais faite de sa vie : il a pris son chapeau et il est parti.

Et si l'homme avait autrefois été un garçon qui avait promis qu'il ne tomberait jamais amoureux d'une autre fille tant qu'il vivrait a tenu sa promesse, ce n'est pas parce qu'il était têtu ni même loyal. Il ne pouvait pas faire autrement. Et, après s'être caché pendant trois ans et demi, cacher son amour pour un fils qui ne savait même pas qu'il existait ne paraissait pas impensable. Pas si c'était ce que la seule femme qu'il aimerait jamais lui demandait de faire. Après tout, quelle importance si un homme doit cacher une chose de plus lorsqu'il a complètement disparu ?

La veille du jour où je devais poser pour le cours de dessin, j'étais nerveux et excité. J'ai déboutonné ma chemise et je l'ai enlevée. Puis j'ai défait ma ceinture et enlevé mon pantalon. Mon tricot de corps. Le slip. Je me tenais en chaussettes devant le miroir de l'entrée. J'entendais les cris des enfants sur le terrain de jeux de l'autre côté de la rue. Le cordon pour allumer l'ampoule était au-dessus de moi, mais je ne l'ai pas tiré. Je suis resté là à me regarder dans le peu de lumière qui restait. Je ne me suis jamais pris pour un bel homme.

Quand j'étais petit, ma mère et mes tantes me disaient qu'en grandissant je *deviendrais* un bel homme. Je savais très bien alors que je n'étais pas un objet d'admiration, mais j'espérais qu'un peu de beauté me viendrait peut-être. Je ne sais pas ce que j'imaginais : que mes oreilles, qui dépassaient de manière peu gracieuse, rétréciraient, que ma tête allait finir par grandir pour s'harmoniser avec elles ? Que mes cheveux, qui ressemblaient un peu à un balai de cabinet, finiraient, avec le temps, par se démêler et refléter la lumière ? Que mon visage, qui recelait peu de promesses — paupières aussi lourdes que celles d'une grenouille, lèvres plutôt minces —, finirait par se transformer en quelque chose de pas trop désagréable ? Pendant des années, je me suis placé devant le miroir après m'être éveillé chaque matin, plein d'espoir. Même quand je suis devenu trop vieux pour continuer à espérer, j'ai persévéré. J'ai grandi, et il n'y a pas eu la moindre amélioration. Les choses sont plutôt allées de mal en pis à l'adolescence, quand j'ai perdu l'exquise séduction que possèdent tous les enfants. L'année de ma bar mitsvah, j'ai commencé à être couvert d'une acné qui a duré quatre ans. Mais pourtant je continuais à espérer. Dès que l'acné a disparu, mes cheveux ont commencé à tomber, comme s'ils voulaient se dissocier de la gêne que leur occasionnait mon visage. Mes oreilles, contentes de la nouvelle attention à laquelle elles avaient droit, ont paru vouloir se mettre encore plus en vedette. Mes paupières se sont affaissées — une tension musculaire a dû disparaître au profit de la lutte que menaient mes oreilles — et mes sourcils ont eu droit à une vie indépendante, atteignant pendant une brève période le stade que tout le monde aurait pu leur souhaiter, avant de dépasser ces espoirs et de tendre vers le Néandertal. Pendant des années, j'ai continué à espérer que tout allait se transformer pour le mieux, mais quand je me regardais dans un miroir je n'ai jamais pris ce que j'y voyais pour autre chose que ce que c'était. Avec le temps, j'y ai pensé de moins en moins. Puis presque plus. Et pourtant. Il se peut qu'une petite partie de moi-même n'ait jamais cessé d'espérer — aujourd'hui encore il arrive que, debout devant le miroir, mon *pischer* ridé dans une main, j'imagine que ma beauté puisse voir le jour.

Le matin du cours de dessin, le 19 septembre, je me suis réveillé très excité. Je me suis habillé et j'ai pris mon petit déjeuner de fibres Metamucil, puis je suis allé aux toilettes et j'ai attendu avec espoir. Rien pendant une demi-heure, mais mon optimisme n'a pas diminué. Je suis alors parvenu à lâcher quelques petites crottes de chèvre. Plein d'optimisme, j'ai attendu encore un peu. Il n'est pas impossible que je meure assis sur la lunette, pantalon autour des chevilles. Après tout, j'y passe tellement de temps, ce qui soulève une autre question, à savoir : qui sera la première personne à me voir mort ?

J'ai fait ma toilette devant le lavabo et je me suis habillé. La journée traînait. Après avoir attendu aussi longtemps que je le pouvais, j'ai pris un bus pour traverser la ville. La petite annonce était pliée en quatre dans ma poche et je l'ai sortie plusieurs fois pour lire l'adresse, alors que je la connaissais par cœur. Il m'a fallu du temps pour trouver l'immeuble. J'ai cru, pour commencer, qu'il y avait erreur. Je suis passé devant trois fois avant de me rendre compte que ce devait être le bon. C'était un vieil entrepôt. La porte d'entrée était rouillée et maintenue ouverte par une boîte en carton. Pendant un instant je me suis laissé aller à imaginer qu'on m'attirait là pour me voler et me tuer. J'ai imaginé mon corps sur le sol dans une flaque de sang.

Le ciel s'était assombri et il a commencé à pleuvoir. J'éprouvais de la gratitude pour le vent et les gouttes d'eau sur mon visage, tout en pensant qu'il me restait peu de temps à vivre. J'étais là debout, immobile, incapable d'avancer, incapable de reculer. Enfin, j'ai entendu des rires à l'intérieur. Tu vois, tu es complètement ridicule, ai-je pensé. J'ai tendu une main vers la poignée de la porte au moment où elle s'ouvrait. Une jeune fille portant un pull-over trop grand pour elle est sortie. Elle a remonté ses manches. Ses bras étaient minces et pâles. *Vous avez besoin d'aide?* a-t-elle demandé. Il y avait de tout petits trous dans le pull-over. Il lui descendait jusqu'aux genoux, et en dessous elle portait une jupe. Ses jambes étaient nues, malgré le froid. *Je cherche un cours de dessin. Il y avait une annonce dans le journal, peut-être me suis-je trompé d'endroit* — j'ai fouillé dans la poche de mon manteau pour trouver l'annonce. Elle a fait un geste vers le haut. *Deuxième étage, première salle à droite. Mais ça ne commence que dans une heure.* J'ai regardé le bâtiment. J'ai dit : *J'avais peur de me perdre, alors je suis venu en avance.* Elle frissonnait. J'ai enlevé mon imperméable. *Tenez, enfilez ça. Vous allez tomber malade.* Elle a haussé les épaules, sans faire le moindre geste vers lui. J'ai continué à tendre le bras jusqu'à ce que je comprenne qu'elle ne le prendrait pas.

Il n'y avait rien d'autre à dire. Il y avait des marches, alors je les ai gravies. Mon cœur battait très fort. Je me suis demandé si je ne devrais pas faire demi-tour : passer devant la jeune fille, emprunter la rue pleine d'ordures, traverser la ville, jusqu'à mon appartement où il y avait du travail à faire. Quel type d'imbécile étais-je donc, pour penser qu'ils ne détourneraient pas les yeux quand j'enlèverais ma chemise, quand je quitterais mon pantalon et que je me trouverais tout nu devant eux? Pour penser qu'ils allaient observer mes jambes variqueuses, mon *knedelach* poilu, pendouillant et puis quoi — se mettre à dessiner? Et pourtant. Je n'ai pas fait demi-tour. J'ai saisi la rampe et j'ai gravi l'escalier. J'entendais la pluie tomber sur la verrière. En haut de l'escalier, il y avait un corridor. À gauche, dans une pièce, un homme peignait une très grande toile. La pièce à droite était vide. Il y avait une petite estrade couverte d'un morceau de velours noir, et un cercle désordonné de chaises pliantes et de chevalets. Je suis entré, je me suis assis et j'ai attendu.

Au bout d'une demi-heure les gens ont commencé à arriver. Une femme m'a demandé qui j'étais. *Je suis venu pour l'annonce,* lui ai-je dit. *J'ai téléphoné et parlé à quelqu'un.* À mon grand soulagement, elle a paru comprendre. Elle m'a montré où je pouvais me changer, un coin où on avait tendu un rideau de fortune. J'y suis allé et elle a tiré le rideau autour de moi. J'ai entendu ses pas s'éloigner et je suis resté là. Une minute a passé et j'ai ôté mes chaussures. Je les ai bien alignées. J'ai enlevé mes chaussettes et je les ai mises dans les chaussures. J'ai déboutonné ma chemise et je l'ai enlevée ; il y avait un portemanteau, alors je l'ai suspendue. J'ai entendu des chaises racler le sol et des rires. Tout à coup je n'avais plus envie d'être vu. J'aurais voulu prendre mes chaussures et me glisser hors de la salle, descendre l'escalier et quitter cet endroit. Et pourtant. J'ai baissé la fermeture éclair de mon pantalon. Puis je me suis demandé : qu'est-ce que ça signifie, exactement, « nu » ?

Voulaient-ils vraiment dire sans sous-vêtements ? J'y ai réfléchi. Et s'ils s'attendaient à des sous-vêtements et que j'arrivais avec mon machin qui pendouillait ? J'ai pris l'annonce dans la poche de mon pantalon. On y lisait, *MODÈLE NU.* Ne sois pas idiot, me suis-je dit. Ce ne sont pas des amateurs. Le slip était autour de mes genoux quand les pas de la femme se sont approchés. *Tout va bien là-derrière ?* Quelqu'un a ouvert une fenêtre et une voiture est passée avec un bruit d'éclaboussures. *Très bien, très bien. J'arrive tout de suite.* J'ai baissé les yeux. Il y avait une minuscule tache. Mes intestins. Ils ne cesseront jamais de me consterner. J'ai pris mon slip et je l'ai roulé en boule.

Je me suis dit : Peut-être, en fin de compte, suis-je venu mourir ici ? N'était-il pas vrai que je n'avais encore jamais vu cet entrepôt ? Peut-être ces gens-là étaient-ils ce que l'on appelle des anges. La jeune fille dehors, naturellement, comment avais-je pu ne pas le remarquer, elle avait été tellement pâle. Je suis resté sans bouger. Je commençais à avoir froid. Je me suis dit : Ainsi, voilà comment la mort te surprend. Nu dans un entrepôt abandonné. Demain Bruno descendra et frappera à ma porte, il n'y aura pas de réponse. Pardonne-moi, Bruno. J'aurais aimé te dire au revoir. Je suis désolé de te décevoir avec si peu de pages. Puis je me suis dit : Mon livre. Qui allait le trouver ? Serait-il jeté, en même temps que le reste de mes affaires ? Même si je pensais l'avoir écrit pour moi seul, en vérité je désirais que quelqu'un le lise.

J'ai fermé les yeux et inspiré. Qui laverait mon corps ? Qui dirait le Kaddish de deuil ? Je me suis dit : Les mains de ma mère. J'ai ouvert le rideau. J'avais l'estomac au bord des lèvres. J'ai fait un pas en avant. Les paupières mi-closes dans la lumière, je me suis trouvé face à eux.

Je n'ai jamais été un homme très ambitieux.

Je pleurais trop facilement.

Je n'avais pas l'esprit scientifique.

Les mots me manquaient souvent.

Tandis que les autres priaient, je ne faisais que remuer les lèvres.

*S'il vous plaît.*

La femme qui m'avait montré l'endroit où me changer m'a indiqué l'estrade drapée de velours.

*Mettez-vous là, debout.*

J'ai traversé la pièce. Ils étaient une douzaine, assis sur les chaises, un bloc à dessin entre les mains. La fille au pull-over trop grand était là.

*Ce qui vous paraît le plus confortable.*

Je ne savais pas dans quelle direction me mettre. Ils formaient un cercle, quelqu'un allait de toute façon se trouver face à mon côté rectal. J'ai choisi de rester là où j'étais. J'ai laissé pendre mes bras de chaque côté et j'ai fixé un point sur le sol. Ils ont soulevé leurs crayons.

Il ne s'est rien passé. À la place, j'ai senti le tissu pelucheux sous la plante de mes pieds, les poils qui se dressaient sur mes bras, mes doigts pareils à dix petites masses me tirant vers le bas. J'ai senti mon corps s'éveiller sous le regard de douze paires d'yeux. J'ai levé la tête.

*Essayez de rester immobile*, a dit la femme.

J'ai fixé une craquelure sur le sol en béton. J'entendais leurs crayons se déplacer sur le papier. Je voulais sourire. Déjà mon corps commençait à se révolter, mes genoux s'étaient mis à trembler et les muscles de mon dos à se tendre. Mais. Peu m'importait. S'il le fallait, je resterais là toute la journée. Quinze, vingt minutes se sont écoulées.

Puis la femme a dit : *Et si nous nous arrêtions un instant, nous recommencerons ensuite avec une pose différente.*

Je me suis assis. Je me suis levé. Je me suis tourné de sorte que ceux qui n'avaient pas eu droit à mon côté rectal y aient droit. Les pages tournaient. J'ai continué, j'ignore combien de temps. J'ai cru un moment que j'allais m'évanouir. Je passais d'une sensation d'engourdissement à une autre sensation d'engourdissement. Mes yeux étaient humides de douleur.

J'ai fini par me rhabiller. Je ne trouvais plus mon slip et j'étais trop épuisé pour le chercher. J'ai commencé à descendre l'escalier en agrippant la rampe. La femme m'a couru après, elle a dit : *Attendez, vous avez oublié les quinze dollars.* Je les ai pris et, quand j'ai voulu les mettre dans ma poche, j'ai senti la boule du slip. *Je vous remercie.* Je le pensais vraiment. J'étais épuisé. Mais heureux.

J'aimerais dire quelque part : j'ai essayé d'être indulgent. Et pourtant. Il y a eu des moments dans ma vie, des années entières, où j'étais sous l'emprise de la colère. La laideur me retournait comme un gant. Il y avait une certaine satisfaction dans l'amertume. Je l'ai sollicitée. Je me trouvais dehors, et je l'ai invitée à entrer. J'ai fait grise mine au monde. Et le monde a réagi en se renfrognant. Nous nous regardions avec un dégoût mutuel. Je laissais la porte claquer au nez des gens. Je pétais quand j'en avais envie. J'accusais les caissières de me filouter d'un cent, alors que je tenais le cent dans ma main. Et puis un jour je me suis rendu compte que j'allais finir par ressembler à ces espèces de connards qui empoisonnent les pigeons. Les gens traversaient la rue pour m'éviter. J'étais un cancer vivant. Et soyons honnête : je n'étais pas vraiment en colère. Plus maintenant. J'avais laissé ma colère derrière moi depuis longtemps. Je l'avais posée sur un banc dans un parc et je m'étais éloigné sans me retourner. Et pourtant. Cela faisait si longtemps, je ne connaissais pas d'autre façon d'être. Un jour, je me suis réveillé et je me suis dit : *Il n'est pas trop tard.* Les premiers jours étaient étranges. Il m'a fallu m'exercer à sourire devant le miroir. Mais cela m'est revenu. C'était comme si je m'étais débarrassé d'un poids. J'ai lâché quelque chose, et quelque chose m'a lâché. Quelques mois plus tard, j'ai trouvé Bruno.

Quand je suis rentré chez moi après le cours de dessin, il y avait un mot de Bruno sur ma porte. J'y ai lu : *Ou t'est?* J'étais trop fatigué pour monter à l'étage et le renseigner. Il faisait noir dans l'appartement et j'ai tiré sur le cordon de l'ampoule de l'entrée. Je me suis vu dans le miroir. Mes cheveux, ce qu'il en restait, étaient dressés à l'arrière comme une vague prête à s'affaler. Mon visage avait l'air tout ridé, comme un objet oublié sous la pluie.

Je me suis laissé tomber sur le lit avec mes vêtements, moins le slip. Il était minuit passé quand le téléphone a sonné. Il m'a sorti d'un rêve dans lequel j'apprenais à mon frère Josef comment pisser en dessinant un arc. Il m'arrive parfois d'avoir des cauchemars. Mais celui-là n'en était pas un. Nous nous trouvions dans la forêt, le froid nous mordait les fesses. De la vapeur s'élevait de la neige. Josef s'est tourné vers moi en souriant. Un bel enfant, blond avec des yeux gris. Gris, comme l'océan un jour sans soleil, ou comme l'éléphant que j'avais vu sur la place de la ville quand j'avais son âge. Clair comme le jour, dans la lumière poussiéreuse. Plus tard, personne ne se rappelait l'avoir vu, et comme il était impossible de comprendre comment un éléphant avait pu venir à Slonim, personne ne me croyait. Mais je l'avais vu.

J'ai entendu une sirène au loin. Au moment précis où mon frère ouvrait la bouche pour parler, le rêve s'est interrompu et je me suis réveillé dans le noir de ma chambre, la pluie crépitait sur les vitres. Le téléphone continuait à sonner. Bruno, sans aucun doute. Je l'aurais bien ignoré si je n'avais pas craint qu'il décide d'appeler la police. Pourquoi ne tape-t-il pas sur le radiateur avec sa canne comme il le fait d'habitude? Trois coups signifient TU ES VIVANT?, deux coups, OUI, un, NON. Nous ne le faisons que la nuit, de jour, il y a trop d'autres bruits et puis, de toute façon, ce n'est pas infaillible car Bruno s'endort le plus souvent avec son walkman sur les oreilles.

J'ai repoussé les draps et je me suis précipité, je me suis cogné contre le pied de la table. *ALLÔ?* ai-je hurlé dans le combiné, mais la ligne était coupée. J'ai raccroché, je me suis rendu à la cuisine et j'ai pris un verre dans le placard. L'eau a gargouillé dans les tuyaux et a jailli en m'éclaboussant. J'en ai bu un peu et puis je me suis rappelé ma plante. Je l'ai depuis presque dix ans. Elle est à peine vivante, mais elle est vivante. Davantage de brun que de vert. Certaines parties sont desséchées. Mais elle vit toujours, toujours penchée vers la gauche. Même lorsque je la fais tourner de sorte que la partie qui faisait face au soleil ne fasse plus face au soleil, elle s'entête à pencher à gauche, décide de résister au besoin physique en faveur d'un acte créatif. J'ai versé le reste du verre dans le pot. Qu'est-ce que ça veut dire, de toute façon, *prospérer*?

Un instant plus tard le téléphone s'est remis à sonner. *D'accord, d'accord,* ai-je dit en saisissant le combiné. *Pas la peine de réveiller tout l'immeuble.* La ligne est restée silencieuse. J'ai dit : *Bruno?*

*Je suis bien chez Mr. Leopold Gursky?*

Je me suis dit que ce devait être quelqu'un qui voulait me vendre quelque chose. On appelle toujours pour vendre quelque chose. Une fois, on m'a dit que si j'envoyais un chèque de $99, je serais sur la bonne liste d'attente pour obtenir une carte de crédit, et j'ai dit : *Bon, d'accord, et si je marche en dessous d'un pigeon, je suis sur la bonne liste d'attente pour obtenir un paquet de merde.*

Mais l'homme m'a dit qu'il n'avait rien à me vendre. Sa porte était verrouillée et il ne pouvait pas entrer chez lui. Il avait demandé aux Renseignements le numéro d'un serrurier. Je lui ai dit que j'avais pris ma retraite. L'homme a fait une pause. Il paraissait incrédule devant sa malchance. Il avait déjà appelé trois autres numéros et personne n'avait répondu. *Il pleut à verse, ici*, a-t-il dit.

*Vous ne pourriez pas dormir ailleurs cette nuit? Demain matin, il sera facile de trouver un serrurier. Il y en a partout.*

*Non*, a-t-il répondu.

*C'est bon, vous comprenez, si c'est trop...*, a-t-il commencé, attendant que je parle. Je n'ai rien dit. *C'est bon, alors.* Je discernais la déception dans sa voix. *Désolé de vous avoir dérangé.*

Et pourtant il n'a pas raccroché, ni moi non plus. J'étais plein de culpabilité. Je me disais : En quoi ai-je besoin de sommeil ? J'en aurai bien le temps. Demain. Ou le lendemain.

*D'accord, d'accord*, ai-je dit, alors même que je ne tenais pas du tout à le dire. J'allais devoir retrouver mes outils. Autant chercher une aiguille dans une meule de foin ou un Juif en Pologne. *Attendez une seconde, s'il vous plaît — je dois trouver un stylo.*

Il m'a donné une adresse à l'autre bout de la ville. Ce n'est qu'après avoir raccroché que je me suis rappelé qu'à cette heure-là je pourrais attendre toute la nuit avant de voir passer un bus. Dans le tiroir de la cuisine, j'avais la carte du Goldstar Car Service, bien que je n'aie jamais appelé ces gens-là. Mais. On ne sait jamais. J'ai demandé une voiture et je me suis mis à fouiller dans le placard de l'entrée pour trouver mes outils. À la place, j'ai trouvé la boîte de vieilles lunettes. Qui sait d'où elle vient. Sans doute un vendeur dans la rue, avec de la porcelaine dépareillée et une poupée sans tête. De temps en temps, j'en essaye une paire. Un jour j'ai préparé une omelette en portant une paire de lunettes de lecture de dame. C'était une omelette gigantesque, la peur m'a saisi au ventre rien qu'à la regarder. J'ai farfouillé dans la boîte et j'en ai tiré une paire. Elles étaient rectangulaires, couleur chair, avec des lentilles de deux centimètres d'épaisseur. Je les ai chaussées. Le sol s'est effondré sous moi et, quand j'ai essayé de faire un pas, il s'est soulevé jusqu'à moi. J'ai titubé jusqu'au miroir de l'entrée. En m'efforçant de mettre au point, je m'en suis approché, mais j'ai mal évalué et je me suis cogné contre le miroir. La sonnette a retenti. Quand votre pantalon est en accordéon autour de vos chevilles, c'est alors que tout le monde arrive. *Je descends tout de suite*, ai-je crié dans le micro. Quand j'ai enlevé les lunettes, la boîte à outils était juste devant mon nez. J'ai passé une main sur son couvercle éraflé. Puis j'ai pris mon imperméable par terre, je me suis lissé les cheveux devant le miroir et je suis sorti. Le mot de Bruno était toujours collé à la porte. Je l'ai froissé et mis dans ma poche.

Une limousine noire faisait tourner son moteur dans la rue, la pluie tombait dans la lumière des phares. Sinon, il n'y avait que quelques voitures vides garées le long du trottoir. J'allais rentrer dans l'immeuble, mais le chauffeur de la limousine a baissé sa vitre et m'a appelé par mon nom. Il portait un turban pourpre. Je me suis dirigé vers la portière. *Il doit y avoir erreur*, ai-je dit. *J'ai demandé une voiture.*

*D'accord*, a-t-il dit.

*Mais c'est une limousine*, ai-je fait remarquer.

*D'accord*, a-t-il répété en me faisant signe de monter.

*Je ne peux pas payer de supplément.*

Le turban s'est agité. Il a dit : *Installez-vous au lieu de vous laisser tremper.*

Je me suis penché pour monter. Les sièges étaient recouverts de cuir, et il y avait deux flacons d'alcool en cristal sur la tablette. L'intérieur était bien plus vaste que je ne l'imaginais. La musique douce et exotique à l'avant et le rythme tranquille des essuie-glaces atteignaient à peine mes oreilles. Le nez de la voiture s'est orienté vers la chaussée et nous sommes partis dans la nuit. Les feux de croisement saignaient dans les flaques d'eau. J'ai ouvert un flacon en cristal, mais il était vide. Il y avait un petit bocal plein de bonbons à la menthe et j'ai rempli mes poches. Quand j'ai baissé les yeux, ma braguette était ouverte.

Je me suis redressé et raclé la gorge.

Mesdames et Messieurs, je vais essayer d'être bref, vous avez tous été tellement patients. La vérité est que je suis sous le choc, vraiment, je dois me pincer. Un honneur que j'aurais pu n'avoir qu'en rêve, le prix Goldstar pour l'ensemble de ma carrière, les mots me manquent... Déjà ? Et pourtant. Oui. Tout semble le démontrer. Une vie tout entière.

Nous avons traversé la ville. J'avais déambulé dans tous ces quartiers, mon métier m'avait amené à me rendre dans toute la ville. On me connaissait même à Brooklyn, je suis allé partout. Crocheter des serrures pour les Hassidim. Des serrures pour les *schwartzers.* Il m'arrivait parfois de marcher par plaisir, tout un dimanche passé à marcher. Un jour, il y a des années, je me suis trouvé devant le jardin botanique et je suis entré voir les cerisiers. J'ai acheté des Cracker Jacks et j'ai regardé les poissons rouges gras et paresseux nager dans leur bassin. Des mariés se faisaient photographier sous un arbre, les fleurs blanches donnaient l'impression que seul cet arbre avait été pris dans une tempête de neige. Je suis parvenu à trouver la serre tropicale. À l'intérieur, j'étais dans un autre monde, humide et chaud, comme si l'haleine de personnes ayant fait l'amour s'y trouvait emprisonnée. Avec un doigt, j'ai écrit *LEO GURSKY* sur une vitre.

La limousine s'est arrêtée. J'ai collé mon visage contre la vitre. *Laquelle?* Le chauffeur m'a indiqué une maison. Elle était belle, avec des marches devant la porte et des feuilles taillées dans la pierre. *Dix-sept dollars,* a dit le chauffeur. J'ai tâté ma poche pour prendre mon portefeuille. Non. L'autre poche. Le mot de Bruno, mon slip, fourrés là un peu plus tôt ce même jour, mais pas de portefeuille. Les deux poches du manteau, Non, Non. J'avais dû l'oublier chez moi dans ma précipitation. Je me suis alors souvenu de l'argent du cours de dessin. J'ai cherché sous les bonbons à la menthe, sous le mot, sous le slip, et je l'ai trouvé.

*Excusez-moi*, ai-je dit. *C'est très gênant. Je n'ai que quinze dollars sur moi.* Je reconnais que je n'avais pas très envie de me séparer de ces billets, durement gagnés n'était pas vraiment l'expression qui convient mais plutôt, disons, doux-amers. Après une courte pause, le turban a acquiescé et l'argent a été accepté.

L'homme se tenait sous le porche. Naturellement il ne s'attendait pas à me voir descendre d'une limousine, et voilà que je suis arrivé tel Monsieur le Serrurier des Stars. J'étais humilié, je voulais m'expliquer : *Croyez-moi, jamais je ne me prendrais pour quelqu'un de spécial.* Mais il pleuvait toujours à verse et j'ai pensé qu'il avait davantage besoin de moi que de mes explications sur la manière dont j'étais venu ici. Ses cheveux étaient trempés par la pluie. Il m'a remercié trois fois d'être venu. *Ce n'est rien*, ai-je dit. Et pourtant. Je savais que j'avais failli ne pas venir.

C'était une serrure compliquée. L'homme se tenait au-dessus de moi, ma torche à la main. La pluie dégoulinait de ma nuque dans mon cou. J'ai senti tout ce qui dépendait du fait que je parvienne à ouvrir cette serrure. Les minutes ont passé. J'ai essayé sans réussir. Essayé sans réussir. Et puis enfin mon cœur s'est mis à battre plus fort. J'ai tourné la poignée et la porte s'est lentement ouverte.

Nous étions tous les deux, dégoulinants d'eau, dans l'entrée. Il a quitté ses chaussures. J'ai donc quitté les miennes. Il m'a remercié une fois de plus et est allé mettre des vêtements secs et m'appeler une voiture. J'ai tenté de protester, je lui ai dit que je pouvais prendre le bus ou que je trouverais un taxi, mais il ne voulait pas en entendre parler, pas avec toute cette pluie. Il m'a laissé au salon. Je me suis dirigé vers la cuisine et, de là, j'ai aperçu une pièce remplie de livres. Jamais, hormis dans les bibliothèques, je n'avais vu autant de livres dans une seule pièce. J'y suis entré.

Moi aussi, j'aime lire. Une fois par mois, je me rends à la bibliothèque de mon quartier. Pour moi, j'emprunte un livre et, pour Bruno, avec sa cataracte, un livre sur cassettes. Tout d'abord, il a été méfiant. *Qu'est-ce que je suis supposé faire de ça?* m'a-t-il demandé en examinant le boîtier contenant les cassettes d'*Anna Karenine* comme si je lui tendais un lavement. Et pourtant. Un jour ou deux plus tard, je vaquais à mes affaires quand j'ai entendu une voix beugler à travers le plafond : *TOUTES LES FAMILLES HEUREUSES SE RESSEMBLENT*, et j'ai presque été pris d'une crise d'hystérie. Par la suite il s'est mis à écouter tout ce que je lui rapportais avec le son au maximum, puis il me le rendait sans aucun commentaire. Un après-midi, je suis revenu de la bibliothèque avec

*Ulysse.* Le lendemain matin, j'étais dans la salle de bains quand *EN MAJESTÉ, DODU, BUCK MULLIGAN* a retenti à travers le plafond. Pendant tout un mois il l'a écoutée. Il avait l'habitude de presser le bouton arrêt et de rembobiner quand il n'avait pas complètement compris quelque chose. *INÉLUCTABLE MODALITÉ DU VISIBLE : ÇA DU MOINS*. Pause, rembobinage. *INÉLUCTABLE MODALITÉ DU*. Pause, rembobinage. *INÉLUCTABLE MODALITÉ*. Pause. *INÉLUCT*. Quand la date de retour est arrivée, il a voulu que je renouvelle le prêt. J'en avais marre de ses arrêts et de ses rembobinages, je me suis donc rendu au magasin The Wiz et je lui ai acheté un Sony Sportsman, et maintenant il le traîne partout accroché à sa ceinture. Pour ce que j'en sais, peut-être est-ce tout simplement qu'il aime entendre l'accent irlandais.

Pour passer le temps, j'ai regardé ce que contenaient les étagères de cet homme. Selon mon habitude, j'ai essayé de voir s'il possédait des livres écrits par mon fils, Isaac. Et en vérité, il y en avait. Et pas seulement un livre, mais quatre. J'ai fait courir un doigt sur leur dos. Je me suis arrêté sur *Maisons de verre* et je l'ai pris. Un beau livre. Des nouvelles. Je les avais lues je ne sais combien de fois. Il y en a une — la nouvelle titre. C'est ma préférée, non que je ne les aime pas toutes. Mais celle-là est à part. Elle est courte, mais chaque fois que je la lis, je pleure. Il s'agit d'un ange qui vit dans Ludlow Street. Pas loin de chez moi, de l'autre côté de Delancey. Il vit là depuis tellement longtemps qu'il a oublié pourquoi Dieu l'a fait descendre sur terre. Toutes les nuits, l'ange parle à Dieu à voix haute, et tous les jours il attend une réponse de Lui. Pour passer le temps il déambule dans la ville. Au début, il se prend à s'émerveiller de tout. Il démarre une collection de cailloux. Il se lance tout seul dans des maths très compliquées. Et pourtant. Chaque jour qui passe il se sent un peu moins aveuglé par la beauté du monde. La nuit l'ange reste éveillé et écoute le bruit des pas de la veuve qui habite dans l'appartement au-dessus, et chaque matin, dans l'escalier, il croise Mr. Grossmark, le vieillard qui passe ses journées à se traîner de bas en haut dans la maison, puis de haut en bas en murmurant : *Qui est là ?* Pour autant que l'ange le sache, il ne dit jamais autre chose, sauf une fois où il s'était tourné vers l'ange en le croisant dans l'escalier et lui avait dit : *Qui suis-je ?*, ce qui avait tellement interloqué l'ange qui ne parle jamais et à qui personne ne parle qu'il n'avait rien répondu, même pas : *Vous êtes Grossmark, l'être humain.* Plus il voit de tristesse, plus son cœur se détourne de Dieu. Il se met à hanter les rues la nuit, il s'arrête près de tous ceux qui ont l'air d'avoir besoin d'une oreille. Les choses qu'il entend — c'est trop. Il ne peut pas le comprendre. Quand l'ange demande à Dieu pourquoi Il ne l'a pas rendu plus efficace, sa voix se brise en tentant de retenir des larmes de colère. Il finit par cesser complètement de parler à Dieu. Un soir, il rencontre un homme sous un pont. Ils partagent la bouteille de vodka que l'homme lui tend dans un sac en papier brun. Et parce que l'ange est ivre et solitaire et furieux contre Dieu, et parce que, sans même le savoir, il ressent le besoin, connu des humains, de se confier à quelqu'un, il dit la vérité à cet homme : qu'il est un ange. L'homme ne le croit pas, mais l'ange insiste. L'homme lui demande de le prouver et l'ange soulève alors sa chemise malgré le froid qui règne et montre à l'homme le cercle parfait sur sa poitrine, ce qui est le signe distinctif des anges. Mais cela ne veut rien dire pour l'homme, qui ignore les caractéristiques des anges, et qui lui dit alors : *Montre-moi quelque chose que Dieu peut faire*, et l'ange, naïf comme tous les anges, tend le doigt vers l'homme. Et comme l'homme pense qu'il ment, il lui balance un coup dans l'estomac, l'envoie tituber à reculons sur le quai, l'envoie plonger dans la rivière sombre. Où il se noie, parce qu'il y a un problème avec les anges, c'est qu'ils ne savent pas nager.

Seul dans cette pièce pleine de livres, je tenais le livre de mon fils entre mes mains. C'était le milieu de la nuit. J'ai pensé : Pauvre Bruno. Il a dû appeler la morgue pour savoir si on leur avait amené un vieillard ayant une carte dans son portefeuille sur laquelle est écrit : *MON NOM EST LEO GURSKY JE N'AI PAS DE FAMILLE JE VOUS PRIE D'APPELER LE CIMETIÈRE DE PINELAWN J'AI UNE CONCESSION LÀ-BAS DANS LA SECTION JUIVE MERCI POUR VOS ÉGARDS.*

J'ai retourné le livre de mon fils pour regarder sa photographie. Nous nous sommes rencontrés une fois. Pas rencontrés mais trouvés en présence l'un de l'autre. C'était à l'occasion d'une lecture publique au YMCA de la 92e Rue. J'ai acheté mon billet quatre mois à l'avance. Au cours de ma vie, j'avais souvent imaginé notre rencontre. Moi en tant que son père, lui en tant que mon fils. Et pourtant. Je savais que cela n'arriverait jamais, pas comme je l'aurais voulu. J'ai accepté le fait qu'au mieux j'aurais droit à un siège dans la salle. Mais pendant la lecture, j'ai été saisi d'un désir. À la fin, je me suis retrouvé dans la file d'attente, et mes mains tremblaient tandis que je déposais dans sa main le morceau de papier sur lequel j'avais écrit mon nom. Il y a jeté un coup d'œil et l'a copié dans un livre. J'ai essayé de dire quelque chose mais rien n'est sorti. Il a souri et m'a remercié. Et pourtant.

Je n'ai pas bougé. *Y a-t-il autre chose?* m'a-t-il demandé. J'ai agité les mains. La femme qui se trouvait derrière moi m'a lancé un coup d'œil impatient et m'a poussé pour prendre ma place. Je m'agitais comme un imbécile. Que pouvait-il faire? Il a signé le livre de la femme. Tout le monde était mal à l'aise. Mes mains continuaient à danser. La file d'attente devait me contourner pour avancer. De temps en temps il regardait vers moi, ahuri. Une fois il m'a souri, un peu comme on sourit à un idiot. Mais mes mains tentaient de lui dire tout. Quoi qu'il en soit, autant que possible, jusqu'à ce qu'un vigile vienne me prendre par le coude et m'accompagne dehors.

C'était l'hiver. De gros flocons blancs volaient sous les réverbères. J'ai attendu mon fils mais je ne l'ai pas vu sortir. Sans doute y avait-il une autre sortie, je ne sais pas. Je suis rentré en bus. Je me suis engagé dans ma rue couverte de neige. Par habitude, je me suis retourné pour regarder les traces de mes pas. Quand je suis arrivé devant mon immeuble, j'ai examiné les noms sur les sonnettes. Et comme je sais que je vois parfois des choses qui n'existent pas, après le dîner, j'ai appelé les Renseignements pour demander si j'étais dans l'annuaire. Ce soir-là, avant de me coucher, j'ai ouvert le livre, que j'avais posé sur ma table de chevet. *À LEON GURSKY*, pouvait-on y lire.

J'avais encore le livre en main quand l'homme dont j'avais déverrouillé la porte est arrivé derrière moi. *Vous l'avez lu?* a-t-il demandé. Je l'ai lâché et il est tombé à mes pieds avec un bruit sourd, mon fils levait son regard vers moi. Je ne savais pas ce que je faisais. J'ai essayé d'expliquer. *Je suis son père,* ai-je dit. Ou peut-être ai-je dit : *Il est mon fils.* En tout cas, le message est passé parce que l'homme a eu l'air choqué, et puis il a eu l'air surpris et puis il a eu l'air incrédule. Ce qui m'importait peu car, après tout, pour qui me prenais-je, j'arrivais en limousine, je crochetais une serrure et puis je prétendais être le géniteur d'un écrivain célèbre?

Je me suis tout à coup senti fatigué, plus fatigué que je ne l'avais été depuis des années. Je me suis penché, j'ai ramassé le livre et je l'ai remis sur le rayonnage. L'homme n'arrêtait pas de m'observer, mais à ce moment-là une voiture a klaxonné dehors, heureusement parce que j'en avais assez d'être regardé ce jour-là. *Bien,* ai-je dit en me dirigeant vers la porte d'entrée, *il est temps que je m'en aille.* L'homme a pris son portefeuille, en a sorti un billet de cent dollars et me l'a tendu. *Son père?* a-t-il demandé. J'ai mis le billet dans ma poche et je lui ai donné un bonbon à la menthe. J'ai remis mes pieds dans mes chaussures mouillées. *Pas vraiment son père,* ai-je dit. Et comme je ne savais pas quoi dire d'autre, j'ai dit : *Plutôt son oncle.*

Cela a paru le troubler considérablement, mais, au cas où, j'ai ajouté : *Pas vraiment son oncle.* Ses sourcils se sont soulevés. J'ai ramassé ma boîte à outils et je suis sorti sous la pluie. Il a cherché à me remercier une fois de plus de m'être déplacé mais je descendais déjà les marches. Je suis monté dans la voiture. Il se tenait toujours dans l'encadrement de la porte, regardant dehors. Pour lui prouver que j'étais cinglé, j'ai agité la main comme la reine d'Angleterre.

Il était trois heures du matin quand je suis rentré chez moi. Je me suis couché. J'étais épuisé. Mais je ne parvenais pas à m'endormir. J'étais allongé sur le dos, j'écoutais la pluie et je pensais à mon livre. Je ne lui avais jamais donné de titre car à quoi sert le titre d'un livre que personne ne va lire ?

Je suis sorti de mon lit pour aller à la cuisine. Je garde le manuscrit dans une boîte à l'intérieur du four. Je l'ai sortie, je l'ai posée sur la table de la cuisine et j'ai introduit une feuille de papier dans la machine à écrire. Pendant longtemps j'ai regardé la page blanche. Avec deux doigts, j'ai tapé un titre :

# RIRE & PLEURER

Je l'ai étudié pendant quelques minutes. Ça n'allait pas. J'ai ajouté un autre mot.

# RIRE & PLEURER & ÉCRIRE

Puis un autre :

# RIRE & PLEURER & ÉCRIRE & ATTENDRE

J'ai froissé la feuille de papier pour en faire une boule que j'ai laissée tomber par terre. J'ai mis de l'eau à bouillir. Dehors, la pluie avait cessé. Un pigeon roucoulait sur l'appui de fenêtre. Il a fait gonfler sa poitrine, a marché d'avant en arrière et a pris son envol. Aussi libre qu'un oiseau, pour ainsi dire. J'ai remis une autre feuille de papier dans la machine et j'ai tapé :

# DES MOTS POUR TOUT

Avant de changer d'idée une fois de plus, j'ai enlevé la feuille, je l'ai posée sur le dessus de la pile et j'ai remis le couvercle sur la boîte. J'ai trouvé du papier kraft et j'ai emballé la boîte. J'y ai écrit l'adresse de mon fils, que je connais par cœur.

J'ai attendu que quelque chose se passe, mais il ne s'est rien passé. Pas de vent venu tout arracher. Pas de crise cardiaque. Pas d'ange à la porte.

Il était cinq heures du matin. La poste n'ouvrirait pas avant des heures. Pour passer le temps, j'ai sorti le projecteur de diapos de sous le canapé. C'est quelque chose que je fais lors d'occasions spéciales, mon anniversaire, par exemple. Je pose le projecteur sur une boîte à chaussures, je le branche et je presse le commutateur. Un faisceau poussiéreux éclaire le mur. La diapositive se trouve dans un bocal sur l'étagère de la cuisine. Je souffle dessus, je la glisse dans l'appareil, je la fais avancer. L'image devient nette. Une maison avec une porte jaune au bord d'un pré. C'est la fin de l'automne. Entre les branches noires, le ciel vire à l'orange, puis au bleu sombre. De la fumée s'élève de la cheminée et, à travers la fenêtre, j'arrive presque à voir ma mère penchée au-dessus d'une table. Je cours vers la maison. Je sens le vent froid sur mes joues. Je tends la main. Et comme ma tête est pleine de rêves, pendant un instant je crois pouvoir ouvrir la porte et entrer.

Dehors, il commençait à faire jour. Devant mes yeux, la maison de mon enfance s'est dissoute et n'était presque plus rien. J'ai éteint le projecteur, mangé une tablette de Metamucil et je me suis rendu aux toilettes. Quand j'ai eu fait tout ce que j'étais capable de faire, je me suis lavé devant le lavabo et je suis allé fouiller le placard à la recherche de mon complet. J'ai trouvé les caoutchoucs que je cherchais depuis longtemps, et une vieille radio. Enfin, en tas par terre, le complet, un complet blanc d'été, passable si on oubliait la tache brunâtre sur le devant. Je me suis vêtu. J'ai craché dans ma paume et j'ai obligé mes cheveux à se soumettre. Je me suis assis, tout habillé, avec le paquet brun sur les genoux. J'ai vérifié et revérifié l'adresse. À 8 heures 45, j'ai enfilé mon imperméable et j'ai mis le paquet sous mon bras. Je me suis posté une dernière fois devant le miroir. Puis je suis sorti dans le matin.

# LA TRISTESSE DE MA MÈRE

## 1. MON NOM EST ALMA SINGER

Quand je suis née, ma mère m'a donné le nom de toutes les jeunes femmes qui se trouvaient dans un livre que mon père lui avait offert et qui s'appelait *L'histoire de l'amour*. À mon frère elle a donné le nom d'Emanuel Chaim, à cause de l'historien juif Emanuel Ringelblum qui avait enterré des bidons de lait remplis d'archives dans le ghetto de Varsovie, du violoncelliste juif Emanuel Feuermann, un des plus grands prodiges musicaux du vingtième siècle, également à cause de l'écrivain juif de génie Isaac Emmanuilovitch Babel et de Chaim, l'oncle de ma mère, un plaisantin, un véritable clown, qui faisait rire tout le monde comme des fous, et qui a été tué par les nazis. Mais mon frère refusait de répondre à ce nom. Quand on lui demandait comment il s'appelait, il inventait quelque chose. Il est passé par quinze ou vingt noms. Pendant un mois il a parlé de lui-même à la troisième personne comme étant Mr. Fruit. Le jour de son sixième anniversaire il a pris son élan et a sauté par une fenêtre du premier étage en essayant de voler. Il s'est cassé un bras et a désormais une cicatrice permanente sur le front, mais plus personne ensuite ne l'a jamais appelé autrement que Bird.

## 2. CE QUE JE NE SUIS PAS

Mon frère et moi, nous avions un jeu à nous. Je montrais une chaise et je disais : « CECI N'EST PAS UNE CHAISE. » Bird montrait une table. « CECI N'EST PAS UNE TABLE. » Je disais : « CECI N'EST PAS UN MUR. » « CECI N'EST PAS UN PLAFOND. » Nous continuions de la sorte. « IL NE PLEUT PAS DEHORS. » « MA CHAUSSURE N'EST PAS DÉLACÉE ! » hurlait Bird. Je montrais mon coude. « CECI N'EST PAS UNE ÉGRATIGNURE ! » Bird soulevait un genou. « CECI N'EST PAS UNE ÉGRATIGNURE NON PLUS ! » « CECI N'EST PAS UNE BOUILLOIRE ! » « PAS UNE TASSE ! » « PAS UNE CUILLÈRE ! » « PAS DE LA VAISSELLE

SALE ! » Nous niions des pièces tout entières, des années, le temps qu'il faisait. Un jour, au plus fort de nos hurlements, Bird a respiré profondément. De toute la puissance de ses poumons, il a glapi : « JE ! N'AI PAS ! ÉTÉ ! MALHEUREUX ! TOUTE ! MA VIE ! » « Mais tu n'as que sept ans », lui ai-je dit.

3. MON FRÈRE CROIT EN DIEU

À neuf ans et demi, il a trouvé un petit livre rouge intitulé *Le livre des pensées juives* offert à mon père, David Singer, à l'occasion de sa bar mitsvah. Dans le livre, des pensées juives étaient rassemblées sous des sous-titres tels que « Chaque Israélite tient entre ses mains l'honneur de tout son peuple », « Sous les Romanov » et « Immortalité ». Peu de temps après l'avoir trouvé, Bird s'est mis à porter une kippah en velours noir partout où il allait, et tant pis si elle n'était pas à sa taille et qu'elle bombait à l'arrière, ce qui lui donnait l'air crétin. Il a également pris l'habitude de suivre Mr. Goldstein, le concierge du heder qui marmonnait en trois langues et dont les mains laissaient derrière elles plus de poussière qu'elles n'en enlevaient. Une rumeur courait selon laquelle Mr. Goldstein ne dormait qu'une heure par nuit dans la cave de la shul, qu'il avait été déporté dans un camp de travail en Sibérie, que son cœur était malade, qu'un bruit un peu fort pouvait le tuer, que la neige le faisait pleurer. Bird était attiré par lui. Il le suivait partout après le cours d'hébreu tandis que Mr. Goldstein passait l'aspirateur entre les rangées de sièges, nettoyait les toilettes et effaçait les gros mots sur le tableau noir. Une des tâches de Mr. Goldstein consistait à mettre hors de circulation les vieux *siddourim* déchirés ou abîmés et, un après-midi, alors que deux corbeaux aussi gros que des chiens l'observaient depuis les arbres, il en a poussé une pleine brouette derrière la synagogue, cahotant sur les pierres et les racines, puis il a creusé un trou, récité une prière et les a enterrés. « On ne peut pas simplement les jeter, a-t-il expliqué à Bird. Pas s'ils contiennent le nom de Dieu. Il faut les enterrer correctement. »

La semaine suivante Bird a commencé à écrire les quatre lettres hébraïques du nom que personne n'est autorisé à prononcer et que personne n'est autorisé à jeter sur les pages de ses devoirs d'école. Quelques jours plus tard j'ai ouvert le panier à linge et j'ai trouvé ces lettres inscrites au feutre indélébile sur l'étiquette de ses sous-vêtements. Il les a écrites à la craie sur notre porte d'entrée, les a gribouillées sur sa photographie de classe, sur le mur de la salle de bains et, avant d'en avoir fini, il les a gravées avec mon couteau suisse aussi haut qu'il le pouvait sur l'arbre devant la maison.

Peut-être était-ce pour ça, ou à cause de son habitude de lever un bras devant son visage et de se mettre les doigts dans le nez comme si les gens ne savaient pas ce qu'il faisait, ou encore à cause des bruits étranges qu'il produisait, comme un jeu vidéo, mais cette année-là les deux amis qu'il avait ont cessé de venir jouer avec lui.

Tous les matins il se lève tôt, sort de la maison et se tourne vers Jérusalem pour *davenen*. Quand je l'observe par la fenêtre, je regrette de lui avoir appris à prononcer les lettres hébraïques quand il n'avait que cinq ans. Ça me rend triste, de savoir que cela ne va pas durer.

## 4. MON PÈRE EST MORT QUAND J'AVAIS SEPT ANS

Ce dont je me souviens, je m'en souviens par bribes. Ses oreilles. La peau ridée de ses coudes. Les histoires qu'il racontait sur son enfance en Israël. Comment il s'asseyait dans son fauteuil préféré pour écouter de la musique, et puis qu'il aimait chanter. Il me parlait en hébreu et je l'appelais *abba*. J'ai presque tout oublié, mais il m'arrive de me rappeler certains mots, *koum-koum*, *chemech*, *hol*, *yam*, *etz*, *nechika*, *motek*, le sens de ces mots est usé et effacé comme les visages sur les vieilles pièces de monnaie. Ma mère, qui est anglaise, l'a rencontré alors qu'elle travaillait dans un kibboutz pas très loin d'Ashdod, l'été précédant le début de ses études à Oxford. Il avait dix ans de plus qu'elle. Il avait fait son service militaire et avait ensuite sillonné toute l'Amérique du Sud. Puis il avait repris ses études et était devenu ingénieur. Il aimait camper en plein air et avait toujours un sac de couchage et deux grands containers d'eau dans le coffre de sa voiture, et il pouvait allumer un feu avec un silex, s'il le fallait. Il venait chercher ma mère le vendredi soir pendant que les autres kibboutzniks étaient étendus sur des couvertures dans l'herbe, sous un immense écran de cinéma, caressant leurs chiens et planant. Il l'a emmenée en voiture à la mer Morte, sur laquelle ils flottaient étrangement.

## 5. LA MER MORTE EST L'ENDROIT LE PLUS BAS AU MONDE

## 6. IL N'Y AVAIT PAS DEUX PERSONNES PLUS DIFFÉRENTES QUE MON PÈRE ET MA MÈRE

Quand le corps de ma mère s'est mis à brunir et que mon père a ri en disant que de jour en jour elle lui ressemblait davantage, c'était une plaisanterie parce que, alors qu'il mesurait un mètre quatre-vingt-dix, qu'il avait des yeux vert vif et des cheveux noirs, ma mère était pâle et tellement petite que, aujourd'hui encore, à quarante et un ans, si vous l'aperceviez de l'autre côté de la rue, vous pourriez la prendre pour une petite fille. Bird est petit et blond comme elle, tandis que je suis grande comme mon père. J'ai également les cheveux noirs, un espace entre les deux dents de devant, plutôt très maigrichonne, et j'ai quinze ans.

## 7. IL EXISTE UNE PHOTOGRAPHIE DE MA MÈRE QUE PERSONNE N'A JAMAIS VUE

À l'automne, ma mère est rentrée en Angleterre pour aller à l'université. Ses poches étaient pleines du sable de l'endroit le plus bas au monde. Elle pesait 47 kilos. Elle raconte parfois une histoire sur le voyage en train de la gare de Paddington à Oxford, elle s'est trouvée assise avec un photographe presque aveugle. Il portait des lunettes noires et lui a expliqué qu'il avait endommagé ses rétines une décennie plus tôt au cours d'un séjour dans l'Antarctique. Son costume était parfaitement repassé, et il tenait son appareil sur ses genoux. Il a dit qu'il voyait désormais le monde différemment, ce qui n'était pas nécessairement une mauvaise chose. Il lui a demandé s'il pouvait prendre une photo d'elle. Quand il a soulevé l'objectif et regardé dans l'appareil, ma mère lui a demandé ce qu'il voyait. « Ce que je vois toujours », a-t-il dit. « C'est-à-dire ? » « Du flou », a-t-il répondu. « Alors, pourquoi le faire ? » a-t-elle demandé. « Si jamais mes yeux guérissent, a-t-il dit. Comme ça je saurai ce que j'ai regardé. » Dans le giron de ma mère se trouvait un sac en papier brun contenant un sandwich au foie haché que ma grand-mère lui avait préparé. Elle a offert le sandwich au photographe presque aveugle. « Vous n'avez pas faim ? » a-t-il demandé. Elle lui a répondu que si, mais qu'elle n'avait jamais dit à sa mère qu'elle détestait le foie haché et que maintenant il était trop tard pour le lui expliquer, étant donné qu'elle n'en avait pas parlé pendant des années. Le train est entré dans la gare d'Oxford et ma mère est descendue, laissant derrière elle un sillage de sable. Je sais que cette histoire contient une morale, mais je ne sais pas laquelle.

## 8. MA MÈRE EST LA PERSONNE LA PLUS TÊTUE QUE JE CONNAISSE

Au bout de cinq minutes, elle avait décidé qu'elle détestait Oxford. La première semaine du trimestre, ma mère n'a fait que rester assise dans sa chambre située dans un vieux bâtiment plein de courants d'air, à regarder la pluie tomber sur les vaches dans le pré de Christ Church. Elle devait faire bouillir l'eau de son thé sur une plaque chauffante. Quand elle voulait voir son tuteur, il lui fallait grimper cinquante-six marches en pierre et frapper à la porte de son bureau jusqu'à ce qu'il s'éveille, sur le lit où il dormait sous un tas de dissertations. Elle écrivait presque tous les jours à mon père en Israël sur du papier à lettres français de luxe et, une fois le bloc terminé, elle lui a écrit sur du papier quadrillé arraché à un cahier. Dans une de ces lettres (que j'ai trouvées dissimulées dans une vieille boîte de chocolats Cadbury sous le canapé de son bureau), elle avait écrit : *Le livre que tu m'as donné est posé sur ma table, et tous les jours j'apprends un peu mieux à le lire.* S'il lui fallait apprendre à le lire, c'est parce qu'il était rédigé en espagnol. Elle voyait dans le miroir son corps redevenir pâle. Au cours de la deuxième semaine du trimestre, elle a acheté une bicyclette d'occasion et est allée un peu partout coller des affichettes portant *CHERCHE TUTEUR D'HÉBREU*, parce qu'elle était douée pour les langues et qu'elle voulait pouvoir comprendre mon père. Quelques personnes se sont présentées, mais une seule d'entre elles a accepté après que ma mère a expliqué qu'elle ne pouvait pas la payer, un garçon boutonneux de Haïfa qui s'appelait Nehemia, qui était en première année, qui était aussi malheureux que ma mère et qui pensait — selon une lettre qu'elle a écrite à mon père — que la compagnie d'une jeune fille était une raison suffisante pour se retrouver deux fois par semaine au King's Arms sans autre salaire que le prix de sa bière. Ma mère apprenait également toute seule l'espagnol à l'aide d'un livre intitulé *Apprenez l'espagnol chez vous.* Elle passait beaucoup de temps à la Bodleian Library, à lire des centaines de livres sans se faire d'amis. Elle demandait tant de livres que, chaque fois que le préposé qui se trouvait derrière le comptoir la voyait arriver, il tentait de se cacher. À la fin de l'année, elle a obtenu la mention très bien et, malgré les objections de ses parents, elle a arrêté ses études et est partie vivre à Tel-Aviv avec mon père.

## 9. S'ENSUIVIRENT LES PLUS HEUREUSES ANNÉES DE LEUR VIE

Ils vivaient dans une maison ensoleillée couverte de bougainvilliers à Ramat Gan. Mon père a planté un olivier et un citronnier dans le jardin, et a creusé une petite tranchée autour de chacun des deux arbres pour que l'eau y demeure. La nuit, ils écoutaient de la musique américaine sur la radio à ondes courtes de mon père. Quand les fenêtres étaient ouvertes et que le vent soufflait dans la bonne direction, ils pouvaient sentir la mer. Ils ont fini par se marier sur la plage à Tel-Aviv et, pour leur lune de miel, ils sont partis deux mois en Amérique du Sud. Quand ils sont revenus, ma mère s'est mise à traduire des livres en anglais — d'abord de l'espagnol, et plus tard de l'hébreu. Cinq années se sont écoulées ainsi, puis on a proposé à mon père un poste qu'il ne pouvait pas refuser, travailler dans l'industrie aéronautique pour une compagnie américaine.

10. ILS SE SONT INSTALLÉS À NEW YORK ET JE SUIS ARRIVÉE

Tandis que ma mère était enceinte de moi, elle a lu des tapillions de livres sur des sujets très variés. Elle n'aimait pas beaucoup l'Amérique, mais elle ne la détestait pas non plus. Deux ans et demi et huit tapillions de livres plus tard, Bird est arrivé. Nous avons alors déménagé à Brooklyn.

11. J'AVAIS SIX ANS QUAND ON A DIAGNOSTIQUÉ UN CANCER DU PANCRÉAS CHEZ MON PÈRE

Cette année-là, ma mère et moi étions ensemble dans la voiture. Elle m'a demandé de lui passer son sac. « Je ne l'ai pas », ai-je dit. « Il doit être sur la banquette arrière », a-t-elle dit. Mais il n'était pas sur la banquette. Elle s'est garée et a fouillé la voiture, mais le sac restait introuvable. Elle a mis sa tête entre ses mains et a essayé de se rappeler où elle avait posé son sac. Elle n'arrêtait pas de perdre des choses. « Un de ces jours, disait-elle, je vais perdre ma tête. » J'ai essayé de m'imaginer ce qui se passerait si elle perdait sa tête. À la fin, cependant, c'est mon père qui a tout perdu : son poids, ses cheveux, divers organes internes.

12. IL AIMAIT CUISINER, RIRE ET CHANTER, SAVAIT ALLUMER UN FEU AVEC SES MAINS, RÉPARER CE QUI ÉTAIT CASSÉ ET EXPLIQUER COMMENT ENVOYER DES CHOSES DANS L'ESPACE, MAIS IL EST MORT EN NEUF MOIS

13. MON PÈRE N'ÉTAIT PAS UN CÉLÈBRE ÉCRIVAIN RUSSE

Tout d'abord ma mère a tout laissé exactement comme avant sa mort. Selon Misha Shklovsky, c'est ce que l'on fait avec les maisons des écrivains célèbres en Russie. Mais mon père n'était pas un écrivain célèbre. Il n'était même pas russe. Et puis un jour je suis rentrée de l'école et tous les signes extérieurs de sa présence avaient disparu. Les placards avaient été vidés de ses vêtements, ses chaussures n'étaient plus près de la porte et, dans la rue, près d'un tas de sacs poubelle, il y avait son vieux fauteuil. Je suis montée dans ma chambre et je l'ai regardé depuis la fenêtre. Le vent faisait tourbillonner les feuilles à ses pieds sur le trottoir. Un vieil homme est passé devant et s'y est assis. Je suis sortie et j'ai extrait son pull-over de la poubelle.

## 14. AU BOUT DU MONDE

Après la mort de mon père, oncle Julian, le frère de ma mère, qui est historien d'art et vit à Londres, m'a envoyé un couteau suisse qui, selon lui, avait appartenu à mon père. Il avait trois lames différentes, un tire-bouchon, de petits ciseaux, une pince à épiler et un cure-dents. Dans la lettre d'oncle Julian qui accompagnait l'envoi il m'expliquait que papa le lui avait prêté quand il était allé camper dans les Pyrénées, qu'il l'avait complètement oublié jusqu'à maintenant et qu'il pensait que j'aimerais l'avoir. *Tu dois faire attention*, m'écrivait-il, *parce que les lames sont coupantes. Il permet de survivre dans les endroits les plus reculés. Je ne peux pas en dire plus parce que tante Frances et moi sommes allés à l'hôtel après la première nuit, parce qu'il avait plu et que nous avions été transformés en pruneaux. Ton Papa était un bien meilleur homme des bois que moi. Un jour, dans le Néguev, je l'ai vu se servir d'une bâche et d'un entonnoir pour recueillir de l'eau. Il connaissait aussi le nom de toutes les plantes et savait si elles étaient comestibles. Je me doute que ce n'est pas vraiment une consolation mais si tu viens à Londres je te donnerai le nom de tous les restaurants indiens du nord-ouest de Londres et je te dirai s'ils sont comestibles. Affectueusement, oncle Julian. P.-S. Ne dis pas à ta maman que je t'ai donné ça parce qu'elle se mettrait sans doute en colère contre moi et dirait que tu es trop jeune.* J'ai examiné les différentes parties, les sortant les unes après les autres avec l'ongle de mon pouce, vérifiant le tranchant des lames contre mon doigt.

J'ai décidé que j'apprendrais à survivre dans la nature comme mon père. Ce serait pratique au cas où il arriverait quelque chose à maman, et où Bird et moi serions obligés de nous débrouiller seuls. Je ne lui ai pas parlé du couteau parce que oncle Julian voulait qu'il reste un secret et, de toute façon, pourquoi ma mère me laisserait-elle camper toute seule dans les bois puisqu'elle me permettait à peine d'aller au bout de la rue ?

## 15. CHAQUE FOIS QUE JE SORTAIS JOUER, MA MÈRE VOULAIT SAVOIR EXACTEMENT OÙ J'ALLAIS

Quand je rentrais, elle me faisait venir dans sa chambre, me prenait dans ses bras et me couvrait de baisers. Elle me caressait les cheveux et disait : « Je t'aime tant », et quand j'éternuais elle disait : « À tes souhaits, tu sais que je t'aime beaucoup, tu le sais ? » et quand je me levais pour chercher un mouchoir elle disait : « Je vais te le chercher, je t'aime tellement », et quand je cherchais un stylo pour faire mes devoirs elle disait : « Prends le mien, je ferais tout pour toi », et quand ma jambe me démangeait elle disait : « C'est ici ? laisse-moi te prendre dans mes bras », et quand je disais que j'allais dans ma chambre elle m'appelait : « Que puis-je faire pour toi, je t'aime *tellement* », et j'avais toujours envie de dire, mais sans jamais le faire : Aime-moi moins.

## 16. TOUT EST REFAIT D'APRÈS LA RAISON

Un jour ma mère s'est levée du lit dans lequel elle était restée couchée pendant presque un an.

Nous avions l'impression que c'était la première fois que nous ne la voyions pas à travers tous les verres à eau qu'elle avait rassemblés autour de son lit et que, tant il s'ennuyait, Bird essayait parfois de faire chanter en passant un doigt mouillé sur leur rebord. Elle a préparé un gratin de macaronis, un des seuls plats qu'elle sait cuisiner. Nous avons prétendu que c'était la meilleure chose que nous ayons jamais mangée. Un après-midi elle m'a prise à part. « Désormais, a-t-elle dit, je vais te traiter comme une adulte. » Je n'ai que huit ans, ai-je eu envie de dire, mais je ne l'ai pas dit. Elle s'est remise à travailler. Elle déambulait dans la maison en kimono imprimé à fleurs rouges et, partout où elle allait, elle laissait un sillage de pages froissées. Avant la mort de papa elle était plus ordonnée. Mais à présent, si on voulait savoir où elle était, il suffisait de suivre les pages remplies de mots barrés et, à la fin de ce sillage, elle était là, regardant par la fenêtre ou dans un verre d'eau, comme s'il y avait là un poisson qu'elle seule était capable de voir.

## 17. CAROTTES

Avec mon argent de poche, j'ai acheté un livre intitulé *Plantes et fleurs comestibles d'Amérique du Nord.* J'ai appris que l'on pouvait lessiver l'amertume des glands en les faisant bouillir dans l'eau, que les roses sauvages sont comestibles et que l'on doit éviter tout ce qui a une odeur d'amande, possède un rythme de croissance de trois feuilles ou dont la sève est laiteuse. J'ai essayé d'identifier autant de plantes que possible dans Prospect Park. Comme je savais qu'il me faudrait longtemps avant de pouvoir reconnaître toutes les plantes et comme il y avait toujours la possibilité que je sois obligée de survivre ailleurs qu'en Amérique du Nord, j'ai également appris par cœur le Test Universel de Comestibilité. C'est une bonne chose à connaître puisque certaines plantes toxiques, la ciguë par exemple, ressemblent parfois à des plantes comestibles telles que les carottes et les panais sauvages. Pour faire le test, il faut d'abord jeûner pendant huit heures. Puis diviser la plante en ses différentes parties — racine, feuille, tige, bourgeon et fleur — et frotter un petit morceau sur l'intérieur du poignet. S'il ne se passe rien, touchez avec ce morceau le bord interne de la lèvre pendant trois minutes, et s'il ne se passe rien après ça, mettez-le sur la langue pendant un quart d'heure, et s'il ne se passe toujours rien après ça, mâchez-le sans l'avaler et gardez-le dans la bouche pendant un quart d'heure, et s'il ne se passe rien après ça, avalez et attendez huit heures, et s'il ne se passe rien après ça, mangez-en un quart de tasse, et s'il ne se passe rien après ça : c'est comestible.

Je gardais *Plantes et fleurs comestibles d'Amérique du Nord* sous mon lit, dans un sac à dos contenant également le couteau suisse de mon père, une torche électrique, une bâche en plastique, une boussole, une boîte de tablettes de granola, deux sachets de cacahouètes M&M, trois boîtes de thon, un ouvre-boîte, des bandages, une trousse anti-venin, des sous-vêtements de rechange et un plan du métro de New York. Il aurait dû aussi contenir un morceau de silex mais, quand j'ai essayé d'en acheter à la quincaillerie, ils n'ont pas voulu m'en vendre, soit parce que j'étais trop jeune, soit parce qu'ils me prenaient pour une pyromane. En cas d'urgence, on peut également produire une étincelle avec un couteau de chasse et un morceau de jaspe, d'agate ou de jade, mais je ne savais pas où trouver du jaspe, de l'agate ou du jade. À la place, j'avais subtilisé quelques allumettes au 2nd Street Café et je les avais mises dans un sac fermé par une glissière afin de les protéger de la pluie.

Pour Hanoukah j'ai demandé un sac de couchage. Celui que ma mère m'a acheté avait des cœurs roses, était en flanelle et me garderait en vie à peu près cinq secondes par une température inférieure à zéro avant que je meure d'hypothermie. Je lui ai demandé si nous pouvions l'échanger contre un sac de couchage plus sérieux. « Où as-tu l'intention de dormir, dans le cercle Arctique ? » a été sa question. J'ai pensé : là, ou peut-être dans les Andes péruviennes, puisque c'était là que papa avait campé autrefois. Pour changer de sujet, je lui ai parlé de ciguë, de carottes sauvages et de panais, mais en fin de compte l'idée n'était pas si bonne que ça parce que ses yeux se sont remplis de larmes et, quand je lui ai demandé ce qui n'allait pas, elle n'a rien dit, cela lui rappelait simplement les carottes que Papa faisait pousser dans le jardin de Ramat Gan. J'aurais voulu lui demander ce qu'il faisait pousser outre un olivier, un citronnier et des carottes, mais je ne voulais pas la rendre encore plus triste.

Je me suis mis à tenir un cahier intitulé *Comment survivre dans la nature.*

## 18. MA MÈRE N'A JAMAIS CESSÉ D'ÊTRE AMOUREUSE DE MON PÈRE

Elle a conservé son amour pour lui aussi vivant que l'été où ils se sont rencontrés. Pour y parvenir elle a écarté la vie. Parfois elle ne vit que d'eau et d'air pendant des jours. Étant le seul spécimen connu de vie complexe à pouvoir le faire, on aurait dû donner son nom à une espèce. Un jour oncle Julian m'a raconté que le sculpteur et peintre Alberto Giacometti avait dit que parfois, pour peindre une tête, il fallait abandonner le reste du corps. Pour peindre une feuille, il faut sacrifier tout le paysage. On peut avoir l'impression, au début, de se limiter, mais au bout de quelque temps on se rend compte qu'en ayant un centimètre de quelque chose on a plus de chance de tenir un certain sentiment de l'univers que lorsqu'on prétend peindre le ciel tout entier.

Ma mère n'a choisi ni une feuille ni une tête. Elle a choisi mon père et, pour préserver un certain sentiment, elle a sacrifié le monde.

## 19. LE MUR DE DICTIONNAIRES ENTRE MA MÈRE ET LE MONDE EST PLUS HAUT D'ANNÉE EN ANNÉE

Il arrive que les pages des dictionnaires se détachent et s'entassent à ses pieds, *shallon, shalop, shallot, shallow, shalom, sham, shaman, shamble,* comme les pétales d'une immense fleur. Quand j'étais petite, je croyais que les pages par terre contenaient des mots qu'elle ne pourrait jamais plus utiliser, et j'ai essayé de les recoller à l'endroit d'où elles provenaient, de peur qu'un jour il ne lui reste plus que le silence.

## 20. MA MÈRE N'EST SORTIE DÎNER AVEC QUELQU'UN QUE DEUX FOIS DEPUIS LA MORT DE MON PÈRE

La première fois, c'était il y a cinq ans, alors que j'avais dix ans, avec un gros correcteur anglais travaillant dans une des maisons d'édition qui publient ses traductions. À son petit doigt gauche il portait une bague avec des armoiries familiales qui étaient ou n'étaient pas les siennes. Chaque fois qu'il parlait de lui-même, il agitait cette main. Au cours d'une conversation, il avait été établi que ma mère et cet homme, Lyle, s'étaient trouvés à Oxford à la même époque. Fort de cette coïncidence il lui avait demandé de sortir dîner avec lui. Beaucoup d'hommes avaient demandé à ma mère de sortir avec eux et elle avait toujours dit Non. Pour une raison quelconque, cette fois-ci, elle avait accepté. Le samedi soir elle était apparue dans le salon avec ses cheveux relevés, portant le châle rouge que mon père lui avait acheté au Pérou. « De quoi ai-je l'air ? » avait-elle demandé. Elle était très belle, mais, quand même, ça ne paraissait pas bien de le porter. Je n'ai pas eu le temps de dire quoi que ce soit parce que c'est alors que Lyle est arrivé à la porte, haletant. Il s'est confortablement installé sur le canapé. Je lui ai demandé s'il savait quelque chose sur la survie dans la nature et il m'a dit : « Tout à fait. » Je lui ai demandé s'il connaissait la différence entre la ciguë et la carotte sauvage, et il m'a fait un récit détaillé de la fin d'une régate à Oxford au cours de laquelle son canot avait pris de l'avance pendant les trois dernières secondes et avait gagné. « Mazette ! » ai-je dit, d'une façon qui aurait pu être interprétée comme sarcastique. Lyle s'est également remémoré des souvenirs agréables de promenades en bachot sur la Cherwell. Ma mère a dit que ça ne lui rappelait rien car elle n'avait jamais été en bachot sur la Cherwell. Je me suis dit : Eh bien, ça ne me surprend pas.

Après leur départ, je suis restée pour regarder une émission à la télé sur les albatros de l'Antarctique : ils peuvent vivre des années sans toucher terre, dormir très haut dans les airs, boire de l'eau de mer, pleurer le sel et revenir année après année pour élever des bébés avec le même mâle ou la même femelle. J'ai dû m'endormir parce que, quand j'ai entendu la clé de ma mère dans la serrure, il était presque une heure du matin. Quelques boucles étaient retombées sur son cou et son mascara était légèrement estompé mais, quand je lui ai demandé comment cela s'était passé, elle m'a dit qu'elle connaissait des orangs-outangs capables de mener une conversation plus passionnante.

Un an plus tard environ, Bird s'est fracturé le poignet en tentant de sauter du balcon d'un voisin et le médecin, grand et voûté, qui l'a soigné aux urgences a demandé un rendez-vous à ma mère. Peut-être était-ce parce qu'il avait fait sourire Bird alors même que sa main formait un angle horrible avec son poignet mais, pour la seconde fois après la mort de mon père, ma mère a dit Oui. Le nom du médecin était Henry Lavender, ce qui, me suis-je dit, était un bon présage (Alma Lavender !). Lorsqu'on a sonné à la porte, Bird s'est précipité dans l'escalier, tout nu à part son plâtre, a mis *That's Amore* sur le tourne-disque et est remonté en courant. Ma mère est descendue quatre à quatre sans avoir mis son châle rouge et a soulevé l'aiguille. Le disque a produit un cri strident. Il tournait sans bruit sur le tourne-disque quand Henry Lavender est entré, a accepté un verre de vin blanc glacé et nous a parlé de sa collection de coquillages, dont une bonne quantité provenait de ses plongées sous-marines au cours de voyages aux Philippines. J'imaginais notre avenir commun, il nous emmenait faire de la plongée sous-marine, et tous les quatre, sous l'eau, nous nous regardions en souriant à travers nos masques. Le lendemain matin, j'ai demandé à ma mère comment cela s'était passé. Elle a dit que c'était un homme tout à fait gentil. J'ai vu cela comme un élément positif mais quand Henry Lavender a appelé cet après-midi-là ma mère était au supermarché et ne l'a pas rappelé. Deux jours plus tard il a fait une nouvelle tentative. Cette fois-là ma mère était allée se promener dans le parc. J'ai dit : « Tu ne vas pas le rappeler, c'est ça ? » et elle a répondu : « Non. » Quand Henry Lavender a appelé une troisième fois, elle était plongée dans un recueil de nouvelles et ne cessait de s'exclamer que l'auteur devrait recevoir un Nobel posthume. Ma mère n'arrête pas de distribuer des prix Nobel posthumes. Je me suis glissée dans la cuisine avec le sans-fil. « Docteur Lavender ? » ai-je demandé. Et puis je lui ai expliqué que je pensais qu'en fait ma mère l'aimait bien et que, même si une personne normale serait sans doute très heureuse de bavarder avec lui et même de sortir avec lui, ma mère, que je connaissais depuis onze ans et demi, n'avait jamais rien fait de normal.

## 21. JE CROYAIS QU'ELLE N'AVAIT TOUT SIMPLEMENT PAS RENCONTRÉ LA BONNE PERSONNE

Le fait qu'elle reste toute la journée à la maison en pyjama à traduire des livres de gens pour la plupart morts ne risquait pas de beaucoup arranger les choses. Il lui arrivait parfois de s'arrêter sur une phrase particulière pendant des heures et de parcourir la maison comme un chien avec un os jusqu'à ce qu'elle glapisse : « ÇA Y EST, JE L'AI ! » et elle se précipitait dans son bureau pour creuser un trou et l'enterrer. J'ai décidé de prendre les choses en main. Un jour un vétérinaire du nom de docteur Tucci est venu parler à notre classe de sixième. Il avait une voix agréable et, perché sur son épaule, un perroquet vert appelé Gordo qui regardait par la fenêtre d'un air maussade. Il avait également un iguane, deux furets, une tortue terrestre, des rainettes, un canard avec une aile cassée et un boa constrictor appelé Mahatma qui avait récemment mué. Il avait deux lamas dans sa cour. Après la classe, pendant que tout le monde tripotait Mahatma, je lui ai demandé s'il était marié et quand, d'un air étonné, il m'a dit Non, je lui ai demandé sa carte professionnelle. Il y avait une photo de singe dessus et quelques gamins ont cessé de s'intéresser au serpent et se sont mis également à lui demander sa carte.

Cette nuit-là j'ai trouvé un cliché séduisant de ma mère en costume de bain à envoyer au docteur Frank Tucci, accompagné d'une liste dactylographiée de ses principales qualités. On y trouvait *QI ÉLEVÉ, GRANDE LECTRICE, SÉDUISANTE (VOIR*

*PHOTO), DRÔLE.* Bird a examiné la liste et après y avoir réfléchi un peu a suggéré que j'ajoute *DOGMATIQUE*, qui était un des mots que je lui avais appris, et aussi *TÊTUE*. Quand je lui ai dit que je ne pensais pas que c'étaient là ses principales qualités ni même des qualités, Bird a dit que si elles se trouvaient sur la liste, elles pourraient donner *l'impression* d'être des qualités et que si par la suite le docteur Tucci acceptait de la rencontrer, il ne serait pas rebuté. Sur le moment cela m'a paru être un bon argument et j'ai donc ajouté *DOGMATIQUE* et *TÊTUE*. Au bas de la page j'ai mis notre numéro de téléphone. Puis je l'ai envoyée.

Une semaine s'est écoulée et il n'a pas appelé. Trois jours se sont écoulés et je me suis demandé si je n'avais pas eu tort de mettre *DOGMATIQUE* et *TÊTUE*.

Le lendemain le téléphone a sonné et j'ai entendu ma mère demander : « Frank qui ? » Il y a eu un long silence. « Excusez-moi ? » Un autre silence. Puis elle s'est mise à rire hystériquement. Elle a raccroché le téléphone et est venue dans ma chambre. « C'était quoi, tout ça ? » ai-je demandé innocemment. « C'était quoi, tout ça ? » a demandé ma mère encore plus innocemment. « La personne qui vient d'appeler », ai-je dit. « Oh, *ça*, a-t-elle dit. J'espère que tu es d'accord, j'ai accepté un double rendez-vous, moi et le charmeur de serpents, toi et Herman Cooper. »

Herman Cooper était un cauchemar de quatrième qui vivait dans le même pâté de maisons que nous, qui appelait tout le monde Pénis et qui s'esclaffait devant les couilles énormes du chien de notre voisin.

« Je préférerais lécher le trottoir », ai-je dit.

## 22. CETTE ANNÉE-LÀ J'AI PORTÉ LE PULL-OVER DE MON PÈRE PENDANT QUARANTE-DEUX JOURS DE SUITE

Le douzième jour je suis passée devant Sharon Newman et ses amies dans le hall. « C'EST QUOI CE PULL-OVER DÉGUEULASSE ? » a-t-elle dit. Va avaler de la ciguë, ai-je pensé, et j'ai décidé de porter le pull-over de papa jusqu'à la fin de ma vie. Je suis presque parvenue à la fin de l'année scolaire. C'était de l'alpaga et, dès le milieu du mois de mai, il est devenu insupportable. Ma mère pensait que c'était un deuil à retardement. Mais je ne cherchais pas à battre un record. J'aimais simplement le porter.

## 23. MA MÈRE A UNE PHOTOGRAPHIE DE MON PÈRE SUR LE MUR PRÈS DE SA TABLE

Une fois ou deux, je suis passée devant sa porte et je l'ai entendue lui parler à voix haute. Ma mère est solitaire même lorsque nous sommes près d'elle, mais parfois j'ai mal au ventre quand je pense à ce qui va lui arriver quand je serai grande et que je partirai pour commencer le reste de ma vie. À d'autres moments j'ai l'impression que jamais je ne parviendrai à partir.

## 24. TOUS LES AMIS QUE J'AI JAMAIS EUS ONT DISPARU

Le jour de mon quatorzième anniversaire, Bird m'a réveillée en sautant sur mon lit et en chantant *For She's a Jolly Good Fellow.* Il m'a donné une tablette de chocolat Hershey à moitié fondue et un bonnet en laine rouge qu'il avait découvert aux Objets Trouvés. J'en ai enlevé un cheveu blond et bouclé et je l'ai porté pendant le reste de la journée. Ma mère m'a donné un anorak testé par Tenzing Norgay, le sherpa qui a escaladé l'Everest avec Sir Edmund Hillary, et un vieux casque de pilote en cuir du genre de celui que portait Antoine de Saint-Exupéry, qui est un de mes héros. Mon père m'a lu *Le Petit Prince* quand j'avais six ans et m'a raconté que Saint-Ex était un grand pilote qui avait risqué sa vie pour ouvrir des lignes aériennes postales vers des endroits reculés. Il a fini abattu par un chasseur allemand et il s'est perdu à jamais avec son avion dans la Méditerranée.

En même temps que l'anorak et que le casque de pilote, ma mère m'a également donné un livre écrit par un certain Daniel Eldridge qui, selon elle, aurait mérité un prix Nobel si les paléontologues y avaient droit. « Il est mort ? » ai-je demandé. « Pourquoi poses-tu la question ? » « Aucune raison », ai-je dit. Bird voulait savoir ce qu'était un paléontologue et maman lui a expliqué que s'il prenait un guide complet et illustré du Metropolitan Museum of Art, s'il le déchirait en mille morceaux, s'il les jetait au vent depuis les marches du musée, s'il attendait quelques semaines, retournait sur les lieux et fouillait la Cinquième Avenue et Central Park pour ramasser autant de morceaux qu'il pouvait en trouver, et s'il essayait ensuite de reconstruire l'histoire de la peinture, y compris les écoles, les styles, les genres et les noms des peintres à partir des morceaux de papier, il ferait un travail semblable à celui d'un paléontologue. La seule différence étant que les paléontologues étudient les fossiles afin de comprendre l'origine et l'évolution de la vie. Toute personne de quatorze ans devrait savoir un peu d'où elle vient, a dit ma mère. Il ne serait pas bien de vivre sans la moindre idée de la façon dont tout a commencé. Puis, très vite, comme si ce n'était pas l'essentiel, elle a dit que le livre avait appartenu à papa. Bird s'est précipité pour toucher la couverture.

Son titre était *La vie telle que nous ne la connaissons pas.* Il y avait une photographie d'Eldridge sur la quatrième de couverture. Il avait des yeux sombres, des cils épais, une barbe, et il tenait entre ses mains le fossile d'un poisson à l'aspect effrayant. La légende nous apprenait qu'il était professeur à l'université de Columbia. Ce soir-là, j'ai commencé à le lire. Je pensais que papa avait peut-être laissé quelques notes dans les marges, mais il n'y en avait pas. La seule trace de lui était son nom sur la page de garde. Le livre expliquait comment Eldridge et quelques autres scientifiques étaient descendus au fond de l'océan dans un submersible et avaient découvert, là où les plaques tectoniques se touchaient, des cheminées hydrothermales qui rejetaient des gaz riches en minéraux dont la température était de 400°. Jusqu'alors les scientifiques pensaient que le fond de l'océan était un désert d'où la vie était plus ou moins absente. Mais, dans les faisceaux des phares de leur submersible, Eldridge et ses collègues avaient observé des centaines d'organismes que les humains n'avaient encore jamais vus — tout un écosystème qui, ils s'en sont rapidement rendu compte, était très, très ancien. Ils lui ont donné le nom de biosphère sombre. Il y avait là de nombreuses cheminées hydrothermales et ils n'ont pas tardé à se rendre compte que des micro-organismes vivaient sur la roche entourant les cheminées, à des températures suffisantes pour faire fondre le plomb. Lorsqu'ils ont remonté certains de ces organismes à la surface, ceux-ci sentaient l'œuf pourri. Ils ont compris que ces étranges organismes se nourrissaient du sulfure d'hydrogène que rejetaient les évents et qu'ils exhalaient du soufre comme les plantes terrestres exhalent de l'oxygène. Selon le livre du docteur Eldridge, ce qu'ils avaient trouvé n'était rien de moins qu'une fenêtre ouverte sur les sentiers de la chimie qui, il y a des milliards d'années, avaient mené à l'aube de l'évolution.

L'idée d'évolution est tellement belle et triste. Depuis l'apparition de la vie sur terre, il y a eu entre cinq et cinquante milliards d'espèces, dont seulement cinq à cinquante millions sont vivantes aujourd'hui. De sorte que quatre-vingt-dix-neuf pour cent de toutes les espèces qui ont jamais vécu sur terre ont disparu.

## 25. MON FRÈRE, LE MESSIE

Ce soir-là, alors que je lisais, Bird est entré dans ma chambre et a grimpé sur le lit pour se coucher près de moi. À onze ans et demi, il est plutôt petit pour son âge. Il a pressé ses petits pieds froids contre ma jambe. « Dis-moi quelque chose sur papa », a-t-il chuchoté. « Tu as oublié de couper tes ongles de pieds », ai-je dit. Il a frotté la plante de ses pieds contre mes mollets. « S'il te plaît », m'a-t-il supplié. J'ai essayé de réfléchir et, comme je ne me souvenais de rien que je ne lui aie déjà dit des centaines de fois, j'ai inventé quelque chose. « Il aimait la varappe, ai-je dit. C'était un bon grimpeur. Une fois il a escaladé un rocher qui avait, je sais pas, soixante-quinze mètres de haut. Quelque part dans le Néguev, je crois. » J'ai senti dans mon cou la respiration chaude de Bird. « Massada ? » a-t-il demandé. « Ça se peut, ai-je dit. Il aimait ça. C'était un hobby. » « Est-ce qu'il aimait danser ? » a demandé Bird. J'ignorais complètement s'il aimait danser, mais j'ai dit : « Il adorait ça. Il savait même le tango. Il l'avait appris à Buenos Aires. Maman et lui dansaient tout le temps. Il poussait la table basse contre le mur et dansait dans toute la pièce. Il soulevait maman et la faisait plonger et chantait dans son oreille. » « Est-ce que j'étais là ? » « Mais oui, tu étais là, ai-je dit. Il te jetait en l'air et te rattrapait. » « Comment il savait que je ne tomberais pas ? » « Il le savait, c'est tout. » « Comment il m'appelait ? » « Plein de choses. Buddy, Petit Bonhomme, Punch. » J'inventais au fur et à mesure. Bird n'avait pas l'air convaincu. « Juda Macchabée, ai-je dit. Ou simplement Macchabée. Mac. » « Quel est le nom qu'il me donnait le *plus* souvent ? » « Je crois que c'était Emanuel. » J'ai fait semblant de réfléchir. « Non, attends. C'était Manny. Il t'appelait Manny. » « *Manny* », a dit Bird, pour l'essayer. Il s'est collé tout contre moi. « Je veux te dire un secret, a-t-il chuchoté. Parce que c'est ton anniversaire. » « Quoi ? » « D'abord tu dois me promettre que tu me croiras. » « D'accord. » « Dis : "Je le promets." » « Je le promets. » Il a respiré profondément. « Je crois que je suis sans doute un *lamed vovnik.* » « Un quoi ? » « Un des *lamed vovniks,* a-t-il chuchoté. Les trente-six justes. » « *Quels* trente-six justes ? » « Ceux dont dépend l'existence du monde. » « Oh, *ceux-là. Ne sois pas...* » « Tu as promis », a dit Bird. Je n'ai rien ajouté. « Ils sont toujours trente-six, à tout moment, a-t-il chuchoté. Personne ne sait qui ils sont. Seules leurs prières atteignent l'oreille de Dieu. C'est ce que dit Mr. Goldstein. » « Et tu penses que tu es peut-être l'un d'eux, ai-je dit. Qu'est-ce qu'il dit d'autre, Mr. Goldstein ? » « Il dit que quand viendra le Messie, il sera l'un des *lamed vovniks.* À chaque génération il y a quelqu'un qui est potentiellement le Messie. Peut-être qu'il se montre à la hauteur, ou peut-être pas. Peut-être que le monde est prêt pour lui, ou peut-être pas. C'est tout. » J'étais couchée dans le noir et j'essayais de trouver quelque chose à dire. Mon estomac a commencé à me faire mal.

## 26. LA SITUATION ATTEIGNAIT UN SEUIL CRITIQUE

Le samedi suivant, j'ai mis *La vie telle que nous ne la connaissons pas* dans mon sac à dos et j'ai pris le métro jusqu'à Columbia University. J'ai dû parcourir le campus pendant trois quarts d'heure avant de trouver le bureau d'Eldridge dans le bâtiment des Sciences de la Terre. Quand j'y suis arrivée, le secrétaire, qui mangeait son casse-croûte, m'a appris que le docteur Eldridge n'était pas là. J'ai dit que j'attendrais, et il m'a expliqué que je ferais mieux de venir une autre fois parce que le docteur Eldridge ne serait pas là avant plusieurs heures. Je lui ai dit que ça ne faisait rien. Il est retourné à son repas. Tandis que j'attendais, j'ai lu un numéro de la revue *Fossil.* Puis j'ai demandé au secrétaire, qui riait fort à propos de quelque chose sur son ordinateur, s'il pensait que le docteur Eldridge serait bientôt de retour. Il a cessé de rire et m'a regardée comme si je venais de détruire le moment le plus important de sa vie. Je suis retournée à ma chaise et j'ai lu un numéro de *Paleontologist Today.*

J'ai eu faim ; j'ai emprunté le corridor et j'ai acheté un paquet de Devil Dogs à une machine. Puis je me suis endormie. Quand je me suis éveillée, le secrétaire n'était plus là. La porte du bureau d'Eldridge était ouverte et la lumière allumée. À l'intérieur, un très vieux monsieur à cheveux blancs se tenait près d'un classeur sous une affiche où l'on pouvait lire : AINSI, SANS PARENTS, PAR NAISSANCE SPONTANÉE, APPARAISSENT LES PREMIERS GRAINS DE TERRE ANIMÉE — *ERASMUS DARWIN*.

« Eh bien à dire vrai je n'avais pas pensé à cette option, disait le vieil homme au téléphone. Je ne crois même pas qu'il désire nous rencontrer. De toute façon je crois que nous avons l'homme qu'il nous faut. Il va falloir que j'en parle avec l'administration, mais disons que les choses se présentent bien. » Il m'a vue debout devant la porte et m'a fait signe qu'il n'en avait pas pour longtemps. J'allais lui dire de ne pas s'inquiéter, que j'attendais le docteur Eldridge, mais il m'a tourné le dos et a regardé par la fenêtre. « Bien, content de l'entendre. Il faut que j'y aille. D'accord, donc. Parfait. Au revoir. » Il s'est tourné vers moi. « Je suis désolé, a-t-il dit. En quoi puis-je vous être utile ? » Je me suis gratté le bras et j'ai remarqué la saleté sous mes ongles. « Vous n'êtes pas le docteur

Eldridge ? » ai-je demandé. « Mais si », a-t-il répondu. J'étais effondrée. Au moins trente ans s'étaient écoulés depuis que la photographie du livre avait été prise. Je n'ai pas eu besoin de réfléchir longtemps pour savoir qu'il ne pourrait pas m'aider au sujet de ce que j'étais venue chercher ici car, même s'il méritait le prix Nobel en tant que plus grand paléontologue vivant, il le méritait également parce qu'il était le plus vieux.

Je ne savais pas quoi dire. « J'ai lu votre livre, suis-je parvenue à énoncer, et je crois que j'aimerais devenir paléontologue. » Il m'a dit : « Mais il ne faut pas avoir l'air aussi désolée. »

## 27. UNE CHOSE QUE JE NE FERAI JAMAIS QUAND JE SERAI GRANDE

C'est tomber amoureuse, abandonner mes études, apprendre à vivre d'eau et d'air, accepter que mon nom serve à nommer une espèce, et ruiner ma vie. Quand j'étais petite, ma mère avait parfois un certain éclat dans le regard et disait : « Un jour tu vas tomber amoureuse. » Je voulais répondre mais sans vraiment le faire : Jamais de la vie.

Le seul garçon que j'ai embrassé était

Misha Shklovsky. Sa cousine le lui avait appris en Russie, où il vivait avant de venir à Brooklyn, et il me l'a appris. « Pas tant de langue », c'est tout ce qu'il avait dit.

## 28. CENT CHOSES PEUVENT TRANSFORMER VOTRE VIE ; UNE LETTRE EST L'UNE DE CES CHOSES

Cinq mois ont passé et j'avais presque abandonné mes tentatives pour trouver quelqu'un capable de rendre ma mère heureuse. Et puis il y a eu un événement : en plein milieu du mois de février dernier une lettre est arrivée, dactylographiée sur du papier pelure bleu et postée à Venise ; l'éditeur de ma mère la lui avait fait suivre. Bird a été le premier à la voir et l'a apportée à maman pour lui demander s'il pouvait avoir les timbres. Nous étions tous les trois à la cuisine. Elle l'a ouverte et est restée debout pour la lire. Puis elle l'a lue une deuxième fois, après s'être assise. « C'est extraordinaire », a-t-elle dit. « Quoi ? » ai-je demandé. « Quelqu'un m'écrit au sujet de *L'histoire de l'amour*. Le livre en souvenir duquel papa et moi t'avons donné ton nom. » Elle nous a lu la lettre à voix haute.

Chère Ms. Singer,

Je viens de terminer votre traduction des poèmes de Nicanor Parra, qui, comme vous le dites, « portait sur son revers un petit astronaute russe et avait dans ses poches les lettres d'une femme qui l'avait quitté pour un autre homme ». Le livre est posé près de moi sur la table de ma chambre dans une *pensione* qui donne sur le Grand Canal. Je ne sais trop qu'en dire sinon qu'il m'a touché comme on espère être touché chaque fois que l'on commence un livre. Ce que je veux dire c'est que, d'une manière qu'il m'est presque impossible de décrire, il m'a transformé. Mais je ne vais pas m'appesantir là-dessus. En vérité, je ne vous écris pas pour vous remercier mais pour exprimer une demande qui peut paraître singulière. Dans votre introduction, vous mentionnez en passant un écrivain peu connu, Zvi Litvinoff, qui a fui la Pologne pour le Chili en 1941 et dont l'unique œuvre publiée, rédigée en espagnol, est intitulée *L'histoire de l'amour*. Ma question est la suivante : accepteriez-vous de le traduire ? Ce serait uniquement pour mon usage personnel ; je n'ai aucune intention de le publier, et les droits resteraient les vôtres au cas où vous voudriez le publier. Je suis prêt à payer ce que vous considérez comme un prix juste pour ce travail. Je suis toujours gêné par ces questions-là. Pourrions-nous dire $100 000 ? Voilà. Si cela vous paraît trop peu, faites-le moi savoir.

J'imagine votre réaction à la lecture de cette lettre — qui aura alors passé une semaine ou deux à traîner dans ce lagon, puis un autre mois à subir le chaos de la poste italienne, avant de finir par traverser l'Atlantique et d'être transférée au US Post Office, qui l'aura placée dans un sac qui sera poussé sur un chariot par un facteur qui l'aura tiré dans la pluie ou la neige avant de la glisser dans l'ouverture de votre boîte aux lettres d'où elle sera tombée par terre, en attendant que vous la trouviez. Et ayant imaginé cela, je m'apprête au pire, c'est-à-dire que vous me preniez pour une sorte de fou. Mais peut-être n'est-il pas besoin d'aller jusque-là. Peut-être que, si je vous dis qu'il y a très longtemps quelqu'un m'a lu, alors que je m'endormais, quelques pages d'un livre intitulé *L'histoire de l'amour* et que, après toutes ces années je n'ai toujours pas oublié cette nuit, ni ces pages, vous comprendrez.

Je vous serais reconnaissant de m'envoyer votre réponse ici, à l'adresse ci-dessus. Au cas où je serais déjà parti quand elle arrivera, le concierge me la fera parvenir.

Impatiemment vôtre,

Jacob Marcus

J'ai pensé : Mazette ! Une telle chance me paraissait incroyable et je me suis dit que je pourrais moi-même répondre à Jacob Marcus sous prétexte de lui expliquer que c'était Saint-Exupéry qui avait établi la dernière section de la route postale vers l'Amérique du Sud en 1929, jusqu'à l'extrémité du continent. Jacob Marcus semblait s'intéresser à la poste et, en outre, ma mère avait un jour fait remarquer que c'était en partie grâce au courage de Saint-Exupéry que Zvi Litvinoff, l'auteur de *L'histoire de l'amour*, avait pu recevoir les ultimes lettres de sa famille et de ses amis restés en Pologne. À la fin de la lettre, j'ajouterais quelque chose pour indiquer que ma mère était veuve. J'ai finalement renoncé à le faire, au cas où elle l'apprendrait, ce qui mettrait en péril une chose qui commençait si bien sans qu'il soit nécessaire que je m'en mêle. Cent mille dollars, ça faisait beaucoup d'argent. Mais je savais que, même si Jacob Marcus n'avait offert qu'une petite somme, ma mère aurait quand même accepté de traduire le livre.

## 29. MA MÈRE ME LISAIT DES EXTRAITS DE *L'HISTOIRE DE L'AMOUR*

« *La première femme a peut-être été Ève, mais la première jeune fille sera toujours Alma* », disait-elle, le livre en espagnol ouvert sur ses genoux tandis que j'étais couchée dans mon lit. C'était quand j'avais quatre ou cinq ans, avant que papa tombe malade et que le livre soit remisé sur une étagère. « Sans doute avais-tu dix ans la première fois qu'elle t'est apparue. Elle était debout au soleil et se grattait les jambes. Ou bien traçait des lettres dans la poussière avec un bâton. On lui tirait les cheveux. Ou alors elle tirait les cheveux de quelqu'un. Et une partie de toi était attirée vers elle, et une partie de toi résistait — voulait s'en aller sur ta bicyclette, donner un coup de pied à un caillou, fuir toute complication. Au même instant tu t'es senti la force d'un homme, et au même instant tu t'es apitoyé sur toi-même, te sentant petit et blessé. Une partie de toi pensait : Je t'en prie, ne me regarde pas. Si tu ne le fais pas, je peux encore me détourner. Et une autre partie de toi pensait : Regarde-moi.

« Si tu te souviens de la première fois où tu as vu Alma, tu te souviens également de la dernière. Elle secouait la tête. Ou disparaissait de l'autre côté d'un pré. Ou de ta fenêtre. *Reviens, Alma!* as-tu crié. *Reviens! Reviens!*

« Mais elle n'est pas revenue.

« Et bien que tu sois plus grand, tu t'es senti aussi perdu qu'un enfant. Et bien que ta fierté ait été brisée, tu te sentais aussi vaste que ton amour pour elle. Elle était partie et il ne restait plus que l'espace dans lequel tu avais grandi autour d'elle, comme un arbre qui grandit autour d'une grille.

« Pendant longtemps, c'est resté vide. Des années peut-être. Et quand enfin cela s'est de nouveau rempli, tu as compris que l'amour neuf que tu ressentais pour une femme aurait été impossible sans Alma. Si elle n'avait pas existé, jamais il n'y aurait eu d'espace vide, ni de besoin de le remplir.

« Naturellement, dans certains cas, le garçon en question refuse de cesser de crier de toute la force de ses poumons pour retrouver Alma. Se lance dans une grève de la faim. Supplie. Remplit d'amour un livre. Continue jusqu'à ce qu'elle n'ait plus d'autre choix que de revenir. Chaque fois qu'elle tente de s'en aller, car elle sait que c'est ce qu'il faut faire, le garçon l'en empêche, l'implore comme un imbécile. Et c'est ainsi qu'elle revient toujours, peu importe combien de fois elle est partie et jusqu'où elle s'en est allée, apparaissant silencieusement derrière lui et couvrant ses yeux de ses mains, gâtant les chances de toutes celles qui pourraient venir après elle. »

## 30. LA POSTE ITALIENNE EST SI LENTE ; LES CHOSES SE PERDENT ET DES VIES SONT À JAMAIS RUINÉES

La réponse de ma mère a dû mettre plusieurs semaines avant d'arriver à Venise, et Jacob Marcus en était sans doute déjà parti, après avoir laissé des instructions pour que l'on fasse suivre son courrier. Au début, je l'imaginais grand, mince, avec une toux chronique, prononçant les quelques mots d'italien qu'il connaissait avec un accent terrible, une de ces personnes si tristes qu'elles ne se sentent chez elles nulle part. Bird l'imaginait sous les traits de John Travolta dans une Lamborghini avec une valise pleine de billets de banque. Si ma mère l'imaginait d'une façon ou d'une autre, elle n'en disait rien.

Mais sa deuxième lettre est arrivée à la fin du mois de mars, six semaines après la première, postée de New York et écrite à la main au dos d'une vieille carte postale noir et blanc représentant un zeppelin. L'idée que j'avais de lui a évolué. Au lieu d'une toux, je lui ai attribué une canne car il avait eu un accident de voiture peu après ses vingt ans, et j'ai décidé qu'il était triste parce que ses parents l'avaient trop souvent laissé seul pendant son enfance, puis ils étaient morts et lui avaient légué tout leur argent. Au dos de la carte postale, il avait écrit :

> Chère Ms. Singer,
>
> J'ai été transporté de joie par votre réponse, en apprenant que vous alliez pouvoir commencer la traduction. Pouvez-vous m'envoyer vos coordonnées bancaires afin que je fasse immédiatement virer les premiers $25 000. Seriez-vous d'accord pour m'envoyer le livre en quatre parties, à mesure que vous le traduisez ? J'espère que vous me pardonnerez mon impatience et que vous l'attribuerez à mon excitation à l'idée de pouvoir enfin lire le livre de Litvinoff, ainsi que le vôtre. Également au plaisir que j'ai à recevoir des lettres et à prolonger, aussi longtemps que possible, une expérience qui va certainement me toucher profondément.
>
> Bien à vous, avec ma gratitude,
>
> J.M.

## 31. CHAQUE ISRAÉLITE TIENT ENTRE SES MAINS L'HONNEUR DE TOUT SON PEUPLE

L'argent est arrivé une semaine plus tard. Afin de célébrer l'occasion, ma mère nous a emmenés voir un film français sous-titré, l'histoire de deux filles qui s'étaient sauvées de chez elles. La salle était vide à l'exception de trois autres personnes. L'une d'elles était l'ouvreuse. Bird avait terminé ses caramels Milk Duds avant même la fin du générique et il a parcouru les allées à toute vitesse sous l'effet du sucre avant de s'endormir au premier rang.

Peu de temps après, au cours de la première semaine d'avril, il a grimpé sur le toit du heder, est tombé et s'est foulé le poignet. Afin de se consoler, il a installé une table de jeu devant la maison et, sur un panneau, il a peint *LIMON-AIDE FRAÎCHE 50 CENTS VEUILLEZ VOUS SERVIR (POIGNET FOULÉ).* Sous la pluie ou au soleil, il était là avec sa cruche de limonade et une boîte à chaussures où il mettait l'argent. Quand il a eu épuisé la clientèle de notre rue, il s'est déplacé de quelques pâtés de maisons et s'est installé devant un terrain vague. Il passait de plus en plus de temps là-bas. Quand les affaires étaient rares, il abandonnait la table de jeu et se promenait, jouait dans le terrain vague. Chaque fois que je passais par là, il avait fait quelque chose pour l'embellir : il avait tiré la clôture rouillée sur le côté, coupé les mauvaises herbes, rempli une poubelle de détritus. Quand la nuit tombait, il rentrait à la maison avec les jambes égratignées, sa kippah de travers sur son crâne. « Quel désordre ! » disait-il. Mais quand je lui demandais ce qu'il avait l'intention de faire là-bas, il se contentait de hausser les épaules. « Un endroit appartient à quiconque s'en sert », m'a-t-il expliqué. « Merci Mr. Dalaï Lamed Vovnik. C'est Mr. Goldstein qui t'a appris ça ? » « Non. » J'ai crié derrière lui : « Alors, comment tu vas t'en servir ? » Au lieu de me répondre, il s'est approché de l'encadrement de la porte, a levé le bras pour toucher quelque chose, a embrassé sa main et est monté à l'étage. C'était une mezouzah en plastique ; il en avait collé une sur chaque porte de la maison. Il y en avait même une sur la porte de la salle de bains.

Le lendemain, j'ai trouvé le troisième volume de *Comment survivre dans la nature* dans la chambre de Bird. Il avait gribouillé le nom de Dieu au feutre indélébile en haut de chaque page. « QU'EST-CE QUE TU AS FAIT AVEC MON CARNET ? » ai-je hurlé. Il est resté silencieux. « TU L'AS COMPLÈTEMENT ABÎMÉ. » « Non, pas vraiment. J'ai fait attention... » « Attention ? *Attention ?* Qui t'a dit que tu pouvais le *toucher* ? Tu n'as jamais entendu le mot PRIVÉ ? » Bird avait le regard fixé sur le carnet dans ma main. « Quand est-ce que tu vas te comporter comme une personne normale ? » « Qu'est-ce qui se passe en bas ? » a crié maman depuis le palier. « Rien ! » avons-nous dit ensemble. Une minute plus tard, nous l'avons entendue retourner dans son bureau. Bird a mis un bras devant son visage et s'est curé le nez. « Bon Dieu de merde, Bird, ai-je sifflé entre mes dents. Tu pourrais au moins essayer d'être normal. Tu pourrais au moins *essayer.* »

## 32. PENDANT DEUX MOIS MA MÈRE EST RAREMENT SORTIE DE LA MAISON

Un après-midi, pendant la dernière semaine avant les vacances d'été, je suis rentrée de l'école et j'ai trouvé ma mère dans la cuisine, elle tenait un paquet portant l'adresse de Jacob Marcus quelque part dans le Connecticut. Elle avait terminé de traduire le premier quart de *L'histoire de l'amour* et voulait que je l'apporte à la poste. « Mais oui », ai-je dit en le mettant sous un bras. Je suis d'abord allée dans le parc et j'ai fait glisser l'ongle de mon pouce sous le sceau. Sur le dessus il y avait une lettre, une seule phrase, rédigée de la minuscule écriture anglaise de ma mère :

> Cher Mr. Marcus,
> J'espère que ces chapitres sont exactement ce que vous espériez ; sinon, c'est entièrement de ma faute.
> Vôtre,
> Charlotte Singer

Je me suis sentie abattue. Dix-huit mots dénués d'intérêt, sans la moindre suggestion romantique ! Je savais que je devais l'envoyer, que ce n'étaient pas mes oignons, que ce n'était pas bien de se mêler des affaires des autres. Mais il y a beaucoup de choses qui ne sont pas bien.

## 33. *L'HISTOIRE DE L'AMOUR*, CHAPITRE 10

> Pendant l'âge du verre, chacun pensait qu'une partie de son corps était extrêmement fragile. Pour certains c'était une main, pour d'autres un fémur, et d'autres encore pensaient que c'était leur nez qui était en verre. L'âge du verre avait suivi l'âge de la pierre en tant que processus évolutif de correction, avait introduit un sentiment nouveau de fragilité dans les relations humaines qui encourageait la compassion. Cette période dura relativement peu de temps dans l'histoire de l'amour — environ un siècle — jusqu'à ce

qu'un médecin nommé Ignacio Da Silva eût découvert un traitement qui consistait à inviter les gens à s'étendre sur un canapé pour ensuite balancer une claque retentissante sur la partie du corps en question, leur démontrant ainsi la vérité. L'illusion anatomique qui avait semblé tellement réelle disparut lentement et — comme tant de choses dont nous n'avons plus besoin mais que nous ne parvenons pas à abandonner — devint résiduelle. Mais de temps en temps, pour des raisons que l'on ne peut pas toujours comprendre, elle refait surface, faisant penser que l'âge du verre, comme l'âge du silence, n'est pas complètement terminé.

Prenez par exemple cet homme qui marche dans la rue. Vous ne l'auriez pas nécessairement remarqué, il n'est pas le genre d'homme que l'on remarque ; tout, de ses vêtements à son comportement, souhaite ne pas être remarqué dans la foule. D'ordinaire — lui-même vous le dirait — on ne fait pas attention à lui. Il ne porte rien. En tout cas il paraît ne rien porter, pas de parapluie et pourtant on dirait qu'il va pleuvoir, ni une serviette et pourtant c'est l'heure de pointe et, tout autour de lui, courbés contre le vent, les gens rentrent chez eux, vers leurs maisons bien chauffées aux limites de la ville où leurs enfants sont penchés au-dessus de leurs devoirs à la table de la cuisine, l'odeur du dîner flotte dans l'air, et il y a sans doute un chien, car il y a toujours un chien dans ce genre de maison.

Un jour, alors que cet homme était encore jeune, il décida de se rendre à une soirée. Là, il retrouva une jeune fille avec qui il avait fait toute sa scolarité depuis l'école primaire, une jeune fille dont il avait toujours été un peu amoureux tout en étant certain qu'elle ignorait jusqu'à son existence. Elle portait le plus beau nom qu'il eût jamais entendu : Alma. Lorsqu'elle le vit debout près de la porte, son visage s'éclaira et elle traversa la pièce pour lui parler. Il ne parvenait pas à y croire.

Une heure ou deux s'écoulèrent. Ce devait être une bonne conversation parce que, sans qu'il s'y attende, Alma lui demanda de fermer les yeux. Puis elle l'embrassa. Son baiser était une question à laquelle il voulait répondre toute sa vie. Il sentit son corps trembler. Il craignait de perdre le contrôle de ses muscles. Pour n'importe qui d'autre, c'était une chose, mais pour lui ce n'était pas aussi facile, parce que cet homme croyait — et il le croyait depuis aussi loin qu'il pouvait remonter dans ses souvenirs — qu'une partie de son corps était en verre. Il s'imaginait un faux mouvement qui le ferait tomber et se briser devant elle. Il s'écarta, alors même qu'il désirait rester contre elle. Il sourit aux pieds d'Alma, espérant qu'elle comprendrait. Ils parlèrent pendant des heures.

Cette nuit-là il rentra chez lui plein de joie. Il ne parvint pas à dormir, tant il était excité à l'idée du lendemain, où lui et Alma s'étaient fixé rendez-vous pour aller au cinéma. Il alla la prendre le lendemain soir et lui offrit un bouquet de jonquilles. Au cinéma, il combattit les périls encourus au moment de s'asseoir — et en triompha! Il regarda tout le film assis en avant, de sorte que son poids était supporté par le dessous de ses cuisses et pas par la partie de son corps qui était en verre. Si Alma s'en rendit compte, elle n'en parla pas. Il avança un peu son genou, et un peu plus encore, jusqu'à ce qu'il soit pressé contre celui d'Alma. Il transpirait. Quand le film fut terminé, il n'avait pas la moindre idée de ce dont il s'agissait. Il proposa qu'ils aillent se promener dans le parc. Cette fois-ci, ce fut lui qui s'arrêta, prit Alma dans ses bras et l'embrassa. Quand ses genoux se mirent à trembler et qu'il s'imagina couché là au milieu de débris de verre, il lutta contre le désir de s'écarter. Il fit courir ses doigts sur l'épine dorsale d'Alma par-dessus le tissu léger du chemisier et, pendant un moment, il oublia le danger devant lequel il se trouvait, reconnaissant envers le monde qui met volontairement des obstacles en place afin que nous puissions les vaincre, ressentant la joie de se rapprocher de quelqu'un, même si au plus profond de nous-mêmes nous ne pouvons pas oublier la tristesse de nos différences insurmontables. Sans même s'en rendre compte, il se mit à trembler violemment. Il contracta ses muscles pour tenter de faire cesser le tremblement. Alma sentit son hésitation. Elle se pencha en arrière et le regarda avec comme une blessure dans les yeux, et puis il faillit prononcer mais ne prononça pas les deux phrases qu'il voulait dire depuis des années : *Une partie de mon corps est en verre*, et aussi : *Je t'aime.*

Il vit Alma une dernière fois. Il ignorait complètement que ce serait la dernière. Il pensait que tout ne faisait que commencer. Il passa l'après-midi à fabriquer un collier de minuscules oiseaux en papier plié reliés par du fil. Juste avant de quitter la maison, il saisit un coussin en tapisserie sur le canapé de sa mère et, sans réfléchir, l'enfonça contre le fond de son pantalon en guise de protection. Dès qu'il l'eut fait, il se demanda pourquoi il n'y avait pas pensé plus tôt.

Ce soir-là — après qu'il eut offert le collier à Alma, qu'il l'eut attaché autour de son cou avec douceur pendant qu'elle l'embrassait, ne ressentant qu'un léger tremblement, rien de vraiment terrible, tandis qu'elle faisait courir *ses* doigts le long de *son* épine dorsale, et qu'elle faisait une pause avant de glisser la main dans son pantalon, et qu'il se reculait en voyant le regard d'Alma, vacillant entre le rire et l'horreur, un regard qui lui rappelait une sorte de douleur qui ne lui avait jamais été inconnue — il lui dit la vérité. En tout cas il tenta de lui dire la vérité, mais ce qu'il exprima n'était que la moitié de la vérité. Plus tard, bien plus tard, il s'aperçut qu'il était incapable de se débarrasser de deux regrets : un, qu'au moment où elle s'était reculée il ait vu à la lumière d'un réverbère que le collier qu'il avait fabriqué lui avait irrité la peau et, deux, qu'au moment le plus important de sa vie il ait choisi la mauvaise phrase.

Pendant longtemps je suis restée là à lire les chapitres que maman avait traduits. Quand j'ai eu terminé le dixième chapitre, je savais ce que je devais faire.

J'ai froissé la lettre de ma mère et je l'ai jetée dans une poubelle. Je suis rentrée en courant et je suis montée dans ma chambre rédiger le brouillon d'une nouvelle lettre pour le seul homme qui, je le pensais, pourrait transformer ma mère. Tard cette nuit-là, après que Bird et elle s'étaient endormis, je suis sortie du lit, j'ai avancé dans le couloir sur la pointe des pieds et j'ai pris la machine à écrire de ma mère, celle qu'elle aime utiliser pour les lettres qui font plus de dix-huit mots, et je l'ai emportée dans ma chambre. J'ai dû la taper plusieurs fois avant de parvenir à en produire une sans faute. Je l'ai relue une dernière fois. Puis je l'ai signée du nom de ma mère et je me suis endormie.

## PARDONNE-MOI

Presque tout ce que l'on sait de Zvi Litvinoff provient de l'introduction rédigée par sa femme pour l'édition de *L'histoire de l'amour* publiée quelques années après sa mort. Le ton de sa prose, tendre et effacé, est coloré par la dévotion d'une personne qui a voué sa vie à l'art d'une autre personne. Voici le début de cette introduction : *J'ai rencontré Zvi à Valparaíso, à l'automne 1951, alors que je venais d'avoir vingt ans. Je l'avais souvent aperçu dans les cafés du bord de mer que nous fréquentions, moi et mes amis. Il portait un pardessus, même aux mois les plus chauds, et regardait le paysage d'un air maussade. Il avait presque douze ans de plus que moi, mais il y avait en lui quelque chose qui m'attirait. Je savais qu'il était un réfugié parce que j'avais entendu son accent à plusieurs reprises quand une de ses connaissances, également venue de cet autre monde, s'arrêtait un instant à sa table. Mes parents venaient de Cracovie et avaient émigré au*

*Chili quand j'étais toute petite, de sorte qu'il y avait en lui quelque chose qui m'était familier et qui me touchait. Je faisais durer mon café, je le regardais lire le journal. Mes amis se moquaient de moi, disaient qu'il était un* viejón, *et un jour une fille nommée Gracia Stürmer me mit au défi d'aller lui parler.*

Et c'est ce que fit Rosa. Ce jour-là elle bavarda avec lui pendant presque trois heures tandis que l'après-midi avançait et qu'un peu d'air frais venait de la mer. Et Litvinoff, de son côté — heureux de l'attention que lui portait cette jeune femme au visage pâle et aux cheveux noirs, enchanté d'entendre qu'elle comprenait un peu le yiddish, tout à coup plein d'une nostalgie qu'il portait en lui depuis des années sans le savoir — reprit vie, lui raconta des histoires et lui récita de la poésie. Ce soir-là, Rosa rentra chez elle pleine d'une joie étourdissante. Parmi les étudiants égocentriques et sûrs d'eux-mêmes de l'université, avec leurs cheveux calamistrés et leurs discours vides sur la philosophie, parmi les rares étudiants qui lui avaient déclaré leur amour sur un ton mélodramatique en voyant son corps nu, pas un seul n'avait ne serait-ce que la moitié de l'expérience de Litvinoff. Le lendemain après-midi, après ses cours, Rosa se dépêcha de se rendre au café. Litvinoff était là qui l'attendait, et ils discutèrent une fois de plus avec excitation pendant des heures : à propos du son d'un violoncelle, des films muets et des souvenirs que tous deux associaient à l'odeur de l'eau de mer. Cela se poursuivit pendant deux semaines. Ils avaient beaucoup de choses en commun, mais entre eux flottait une différence sombre et pesante qui rapprocha Rosa de lui, car elle essayait d'en saisir le moindre petit fragment. Mais Litvinoff parlait rarement de son passé et de tout ce qu'il avait perdu. Et pas une seule fois il ne mentionna ce sur quoi il avait commencé à travailler le soir sur la vieille table à dessin de la chambre où il logeait, le livre qui allait devenir son chef-d'œuvre. Il lui apprit simplement qu'il enseignait à mi-temps dans une école juive. Rosa eut du mal à imaginer l'homme assis en face d'elle — aussi sombre qu'un corbeau dans son manteau, enveloppé dans la solennité d'une vieille photographie — entouré par une classe d'enfants qui riaient et gigotaient. *Ce ne fut que deux mois plus tard*, écrit Rosa, *alors que les premiers moments de tristesse paraissaient se glisser par les fenêtres ouvertes sans que nous nous en soyons aperçus, dérangeant l'atmosphère raréfiée qui apparaît au début de l'amour, que Litvinoff commença à me lire les premières pages de l'*Histoire.

Elles étaient écrites en yiddish. Plus tard, avec l'aide de Rosa, Litvinoff allait les traduire en espagnol. Le manuscrit original en yiddish, écrit au stylo, disparut quand la maison de Litvinoff fut inondée un jour qu'ils étaient partis à la montagne. Il n'en reste qu'une seule page, sauvée par Rosa, elle flottait sur l'eau, qui avait atteint soixante centimètres dans le bureau de Litvinoff. *J'aperçus au fond le capuchon doré du stylo qu'il avait toujours dans sa poche,* écrit-elle, *et je dus plonger un bras jusqu'à l'épaule pour l'atteindre.* L'encre avait coulé et, par endroits, l'écriture était illisible. Mais le nom qu'il lui avait donné dans son livre, le nom qui appartenait à toutes les femmes dans l'*Histoire,* était encore déchiffrable dans l'écriture penchée de Litvinoff au bas de la page.

Contrairement à son mari, Rosa Litvinoff n'était pas une écrivaine, et pourtant son introduction suit le fil d'une intelligence naturelle, elle est entièrement ombragée, presque intuitivement, par des pauses, des suggestions, des ellipses, qui finissent par produire une sorte de pénombre dans laquelle le lecteur ou la lectrice peut projeter sa propre imagination. Elle décrit la fenêtre ouverte et la façon dont les sentiments faisaient trembler la voix de Litvinoff quand il lui lisait le début du livre, mais elle ne dit rien de la pièce elle-même — nous laissant deviner que ce devait être la chambre de Litvinoff, avec la table à dessin qui avait autrefois appartenu au fils de sa logeuse et dans un coin de laquelle étaient gravés les mots de la prière juive la plus importante, *Chema Israël Adonaï elohenou Adonaï ehad*, de sorte que, chaque fois que Litvinoff s'asseyait pour écrire devant la surface inclinée, il prononçait consciemment ou inconsciemment une prière — rien du lit étroit dans lequel il dormait, ni des chaussettes qu'il avait lavées et essorées la veille au soir, à présent drapées comme deux animaux épuisés sur le dossier d'une chaise, rien de l'unique photographie encadrée, posée de travers de telle sorte qu'elle faisait face au papier peint décollé (et que Rosa avait sans doute regardée quand Litvinoff s'était excusé pour aller aux toilettes dans le couloir), où l'on voyait un garçon et une fille debout, dont les bras pendaient, avec raideur, le long de leur corps, mains serrées, genoux nus, figés dans l'espace, tandis que par la fenêtre, visible dans l'un des coins supérieurs de la photographie, l'après-midi s'éloignait lentement d'eux. Et s'il est vrai que Rosa décrit comment elle avait fini par épouser son sombre corbeau, comment son père était mort et comment la grande maison de son enfance avec ses jardins pleins de parfums avait été vendue et comment ils avaient eu de l'argent, comment ils avaient acheté une petite maison blanche sur la falaise surplombant l'eau aux environs de Valparaíso, puis comment Litvinoff avait pu abandonner son travail à l'école pendant quelque temps et écrire une grande partie de l'après-midi et de la soirée, elle ne dit rien de la toux persistante de Litvinoff qui au milieu de la nuit l'obligeait souvent à aller sur la terrasse d'où il contemplait les eaux noires, rien de ses longs silences, ni de la façon dont ses mains tremblaient parfois, ni du fait qu'elle le voyait vieillir sous ses yeux, comme si le temps passait plus vite pour lui que pour tout ce qui l'entourait.

Quant à Litvinoff lui-même, nous ne savons de lui que ce qui est écrit dans les pages de l'unique livre qu'il écrivit. Il ne tenait pas de journal et écrivait peu de lettres. Celles qu'il rédigea ont été soit perdues soit détruites. Excepté quelques listes de courses, quelques notes personnelles et l'unique page du manuscrit en yiddish que Rosa parvint à récupérer après l'inondation, il n'existe qu'une seule lettre de lui, une carte postale de 1964 adressée à un neveu à Londres. À cette date, l'*Histoire* avait été publiée en une modeste édition de deux mille exemplaires, et Litvinoff avait recommencé à enseigner ; cette fois-ci — sa récente publication lui ayant valu une petite réputation — il donnait un cours de littérature à l'université. On peut voir la carte postale dans une vitrine tapissée de velours bleu usé du musée historique poussiéreux de la ville, qui est presque toujours fermé quand quelqu'un songe à s'y rendre. Au dos, on y lit simplement :

Cher Boris,

J'ai été tellement content d'apprendre que tu avais réussi tes examens. Ta mère, béni soit son souvenir, aurait été tellement fière. Un vrai médecin! Tu seras maintenant plus occupé que jamais, mais si tu veux nous rendre visite, il y a toujours la chambre d'amis. Tu peux rester aussi longtemps que tu le veux. Rosa est bonne cuisinière. Tu pourrais t'asseoir au bord de la mer et prendre de véritables vacances. Qu'en est-il des filles ? C'est simplement une question. Il faut toujours avoir du temps pour les filles. Je t'envoie toute mon affection et mes félicitations.

Zvi

Le recto de la carte postale, une photo de la mer colorée à la main, est reproduit sur le cartel, on y trouve également la phrase suivante, *Zvi Litvinoff, auteur de* L'histoire de l'amour, *naquit en Pologne et vécut à Valparaíso pendant trente-sept ans jusqu'à sa mort en 1978. Cette carte postale fut écrite au fils aîné de sa sœur, Boris Perlstein.* En petites lettres, dans le coin inférieur gauche, on lit : *Don de Rosa Litvinoff.* Ce qui n'est pas dit, c'est que sa sœur, Miriam, fut tuée d'une balle dans la tête par un officier nazi dans le ghetto de Varsovie, ni que, à l'exception de Boris, qui en réchappa grâce à un *kindertransport* et qui vécut les années de guerre et donc son enfance dans un orphelinat du comté de Surrey, et plus tard les enfants de Boris, qui furent par moments étouffés par le désespoir et la peur qui accompagnaient l'amour de leur père, toute la famille de Litvinoff avait disparu. Il n'est pas dit que la carte postale ne fut jamais envoyée mais toute personne un tant soit peu attentive verra que le timbre n'a pas été oblitéré.

Ce que l'on ne sait *pas* sur Zvi Litvinoff est infini. On ignore, par exemple, que, lors de son premier et dernier voyage à New York à l'automne 1954 — Rosa ayant insisté pour qu'ils présentent son manuscrit à quelques éditeurs —, il fit semblant de se perdre alors qu'il était avec sa femme au milieu de la cohue d'un grand magasin, sortit du magasin, traversa la rue et se retrouva clignant des yeux au soleil dans Central Park. Que, pendant qu'elle le cherchait parmi les étalages de collants et de gants en cuir, il marchait dans une avenue bordée d'ormes. Que lorsque Rosa eut trouvé un responsable et qu'une annonce eut été diffusée via les haut-parleurs — *Mr. Z. Litvinoff, on cherche Mr. Z. Litvinoff. Pourriez-vous rejoindre votre épouse au rayon chaussures pour dames* — il était arrivé près d'un étang et regardait une barque dans laquelle un jeune couple ramait vers les roseaux derrière lesquels il se trouvait, et alors la jeune femme, se croyant dissimulée aux regards, déboutonna son chemisier et révéla deux seins blancs. Qu'après avoir vu ces deux seins Litvinoff s'était senti plein de regrets et qu'il avait rapidement retraversé le parc pour rejoindre le grand magasin, où il trouva Rosa — le visage tout rouge et les cheveux mouillés sur la nuque — en train de discuter avec deux policiers. Que, quand elle l'avait pris dans ses bras en lui expliquant qu'elle avait failli mourir de peur et en lui demandant où il avait bien pu aller, Litvinoff avait répondu qu'il était allé aux toilettes et qu'il n'avait pas pu rouvrir le verrou. Que plus tard, au bar d'un hôtel, les Litvinoff avaient vu le seul éditeur qui eût accepté de les rencontrer, un homme nerveux au rire fluet et aux doigts tachés de nicotine qui leur avait expliqué que, bien qu'il ait beaucoup aimé le livre, il ne pouvait pas le publier parce que personne ne l'achèterait. En témoignage de son intérêt, il leur offrit un livre qui venait d'être publié par sa maison d'édition. Au bout d'une heure, il s'excusa en expliquant qu'il avait un dîner et partit rapidement en les laissant régler l'addition.

Cette nuit-là, quand Rosa se fut endormie, Litvinoff s'enferma dans les toilettes pour de bon. Il le faisait presque toutes les nuits parce qu'il était gêné que sa femme soit obligée de sentir ses besoins. Tandis qu'il était assis sur le siège, il lut la première page du livre que l'éditeur leur avait donné. Il pleura aussi.

On ne sait pas non plus que la fleur préférée de

Litvinoff était la pivoine. Que son signe de ponctuation préféré était le point d'interrogation. Qu'il avait de terribles rêves et ne pouvait s'endormir, quand il parvenait à le faire, qu'après un verre de lait tiède. Qu'il imaginait souvent sa propre mort. Qu'il pensait que la femme qui l'aimait avait tort de l'aimer. Qu'il avait les pieds plats. Que son aliment préféré était la pomme de terre. Qu'il s'imaginait philosophe. Qu'il questionnait tout, même les choses les plus simples, au point que si quelqu'un qui le croisait dans la rue soulevait son chapeau et lui disait « Bonjour », Litvinoff restait tellement longtemps à évaluer le message de ses sens que, lorsqu'il avait fini par trouver une réponse, la personne était déjà loin et il était à nouveau seul. Tout cela était tombé dans l'oubli comme tant de choses sur tant de personnes qui naissent et qui meurent sans que quiconque ait pris le temps de noter ce qu'ils ont fait. Si nous avons quelques informations sur Litvinoff, pour parler franchement, c'est parce qu'il avait une épouse qui lui était extrêmement dévouée.

Quelques mois après la publication du livre par une petite maison d'édition de Santiago, Litvinoff reçut un paquet par la poste. Au moment où le facteur sonna à la porte, le stylo de Litvinoff planait au-dessus d'une feuille de papier blanc, une révélation mouillait ses yeux, remplis par le sentiment qu'il était à deux doigts de comprendre l'essence de quelque chose. Mais quand la sonnette retentit, la pensée se perdit et Litvinoff, redevenu un homme ordinaire, traversa l'entrée sombre en traînant les pieds et ouvrit la porte au facteur, qui se trouvait en plein soleil. « Bonjour », dit le facteur en lui tendant une grosse enveloppe brune bien fermée, et Litvinoff n'eut pas besoin de peser longuement le pour et le contre avant d'aboutir à la conclusion que si, un instant plus tôt, la journée avait été sur le point de devenir excellente, plus qu'il n'aurait pu l'espérer, elle avait changé tout à coup telle la direction d'une bourrasque à l'horizon. Ce qui fut ensuite confirmé quand Litvinoff ouvrit le paquet et y trouva les épreuves corrigées de *L'histoire de l'amour*, accompagnées d'une brève note de son éditeur : *Le texte ci-joint n'étant plus pour nous d'aucune utilité, nous vous le retournons.* Litvinoff grimaça, il ignorait qu'il était habituel de retourner les épreuves corrigées à leur auteur. Il se demanda si cela allait changer l'opinion que Rosa avait du livre. N'ayant aucun désir de l'apprendre, il brûla la note ainsi que les épreuves, regarda le papier crépiter et se tordre dans la cheminée. Quand sa femme rentra des courses, ouvrit largement les fenêtres pour laisser pénétrer la lumière et l'air frais et lui demanda pourquoi il avait allumé du feu par une si belle journée, Litvinoff haussa les épaules et se plaignit d'avoir pris froid.

Des deux mille exemplaires originaux imprimés de *L'histoire de l'amour*, quelques-uns furent achetés et lus, beaucoup furent achetés sans être lus, certains furent offerts, certains demeurèrent dans des devantures de librairies où des mouches les utilisèrent comme piste d'atterrissage, certains furent annotés au crayon, et un grand nombre furent envoyés au pilon, pour être détruits en compagnie d'autres livres non lus ou non désirés, leurs phrases analysées et hachées menu par les lames rotatives de la machine. Lorsqu'il regardait par la fenêtre, Litvinoff imaginait que les deux mille exemplaires de *L'histoire de l'amour* étaient un vol de deux mille pigeons voyageurs qui allaient battre des ailes et revenir vers lui et lui apprendre combien de larmes avaient été versées, combien de rires entendus, combien de passages lus à voix haute, combien d'exemplaires refermés cruellement après la lecture d'à peine une page, combien n'avaient même jamais été ouverts.

Il ne pouvait pas le savoir mais, parmi les exemplaires de la première édition de *L'histoire de l'amour* (il y eut un sursaut d'intérêt après la mort de Litvinoff et le livre fut brièvement réimprimé avec l'introduction de Rosa), l'un d'entre eux au moins allait changer une vie — davantage qu'une vie. Ce livre-là était l'un des derniers exemplaires des deux premiers mille imprimés, et il resta plus longtemps que les autres dans un entrepôt de la banlieue de Santiago, à absorber l'humidité. De là il fut finalement envoyé à une librairie de Buenos Aires. Le propriétaire peu soigneux le remarqua à peine et, pendant quelques années, il languit sur une étagère, sa couverture se couvrit lentement de traces de moisissure. C'était un volume mince et sa position sur les étagères était loin d'être la meilleure : comprimé à gauche par la corpulente biographie d'une actrice de second plan et à droite par un grand succès de librairie d'un romancier que tout le monde avait maintenant oublié, son dos était difficilement visible, même pour un acheteur attentif. Quand le magasin changea de propriétaire, il fut la victime d'un tri massif et fut renvoyé dans un autre entrepôt, sale, lugubre, grouillant de faucheux, où il demeura dans les ténèbres et l'humidité jusqu'à ce qu'il se retrouve finalement dans une petite librairie d'occasion non loin de la maison de l'écrivain Jorge Luis Borges. Borges était alors complètement aveugle et n'avait aucune raison de se rendre dans la librairie — parce qu'il ne pouvait plus lire et parce que, au cours de sa vie, il avait tellement lu, mémorisé tant de pages de Cervantès, de Goethe et de Shakespeare qu'il lui suffisait désormais de s'asseoir dans le noir et de réfléchir. Souvent, des visiteurs qui aimaient Borges l'écrivain cherchaient son adresse et frappaient à sa porte, mais quand on les introduisait, ils se trouvaient en face de Borges le lecteur, lequel faisait glisser ses mains sur le dos des livres jusqu'à ce qu'il ait trouvé celui qu'il voulait entendre et le tendait au visiteur, qui n'avait plus qu'à s'asseoir et à le lui lire à voix haute. Il lui arrivait parfois de quitter Buenos Aires afin de voyager en compagnie de son amie María Kodama, et il lui dictait ses pensées sur la félicité d'un voyage en montgolfière ou la beauté d'un tigre. Mais jamais il ne se rendit dans la librairie d'occasion, alors même que, à l'époque où il voyait encore, il avait entretenu des relations amicales avec la propriétaire.

La propriétaire mit longtemps avant de sortir de leurs caisses les livres qu'elle avait achetés très bon marché et en vrac dans l'entrepôt. Un matin, alors qu'elle fouillait dans les caisses, elle découvrit l'exemplaire moisi de *L'histoire de l'amour*. Elle n'avait jamais entendu parler du livre, mais le titre attira son attention. Elle le mit de côté et, un jour où il y avait peu de clients, elle lut le premier chapitre, intitulé « L'âge du silence ».

Le premier langage des humains était fondé sur les gestes. Il n'y avait rien de primitif dans ce langage qui coulait des mains des hommes et des femmes, rien de ce que nous disons aujourd'hui qui n'aurait pu se dire à l'aide de l'ensemble infini de gestes possibles avec les os minces des doigts et des poignets. Les gestes étaient complexes et subtils, ils nécessitaient une délicatesse de mouvement qui depuis a été complètement perdue.

Pendant l'âge du silence, les gens communiquaient davantage, et non pas moins. La simple survie exigeait que les mains ne soient presque jamais au repos, et ce n'était que durant le sommeil (et encore) que les gens cessaient de se dire des choses. On ne faisait aucune distinction entre les gestes du langage et les gestes de la vie. Le travail que supposait la construction d'une maison, par exemple, ou la préparation d'un repas n'était pas moins une expression que le geste signifiant *Je t'aime* ou *Je suis sérieux*. Lorsqu'une main venait protéger le visage de quelqu'un qui était effrayé par un grand bruit, quelque chose était dit, et quand les doigts servaient à ramasser un objet que quelqu'un avait laissé tomber, quelque chose était dit ; et même quand les mains étaient au repos, cela aussi disait quelque chose. Naturellement, il arrivait que l'on se comprenne mal. Par moments, il arrivait que quelqu'un lève un doigt pour se gratter le nez et, si par hasard son regard croisait alors celui de son amant ou de son amante, le geste pouvait alors être mal compris car il ressemblait énormément à celui signifiant *Je comprends à présent que j'ai eu tort de t'aimer*. Ces erreurs de compréhension étaient déchirantes. Et pourtant, comme les gens savaient avec quelle facilité elles pouvaient se produire, comme ils n'entretenaient pas l'illusion de comprendre parfaitement ce que les autres disaient, ils avaient l'habitude de s'interrompre mutuellement afin de demander s'ils avaient bien compris. Parfois ces malentendus étaient même désirables, puisqu'ils donnaient aux gens une raison de dire : *Pardonne-moi, je ne faisais que me gratter le nez. Naturellement je n'ai jamais douté que j'avais raison de t'aimer.* Du fait de la fréquence de ces erreurs, avec le temps, le geste pour demander pardon a pris une forme des plus simples. Il suffisait simplement d'ouvrir la paume pour dire : Pardonne-moi.

À une exception près, il n'existe presque aucune description de ce premier langage. L'exception, sur laquelle est fondée toute notre connaissance de ce sujet, est une collection de soixante-dix-neuf gestes fossiles, impressions de mains humaines figées au milieu d'une phrase ; cette collection est logée dans un petit musée de Buenos Aires. L'un de ces fossiles contient le geste pour *Parfois quand la pluie*, un autre pour *Après toutes ces années*, un autre pour *Avais-je tort de t'aimer ?* Ces fossiles ont été découverts en 1903 au Maroc par un médecin argentin du nom d'Antonio Alberto de Biedma. Pendant une expédition dans les montagnes du Haut Atlas, il découvrit la grotte où les soixante-dix-neuf gestes avaient été imprimés dans le schiste argileux. Il les étudia pendant des années sans jamais parvenir à les comprendre jusqu'au jour où, souffrant déjà de la dysenterie dont il allait mourir, il se rendit compte tout à coup qu'il pouvait déchiffrer la signification du mouvement délicat de poings et de doigts emprisonnés dans la pierre. Peu de temps après, il fut emmené à l'hôpital de Fès et, au cours de son agonie, ses mains s'activaient comme des oiseaux et dessinaient des milliers de gestes tombés en désuétude depuis tant d'années.

Si, lors de grands meetings ou au cours d'une soirée, ou encore au milieu de gens dont vous vous sentez distant, vos mains parfois pendent maladroitement au bout de vos bras — si vous ne savez qu'en faire, si vous êtes envahi par la tristesse en sentant l'étrangeté de votre propre corps —, c'est parce que vos mains se souviennent d'une époque où la division entre l'esprit et le corps, le cerveau et le cœur, ce qui est à l'intérieur et ce qui est à l'extérieur, était bien *moindre*. Nous n'avons pas entièrement oublié le langage des gestes. Nous avons gardé l'habitude d'agiter nos mains en parlant. Applaudir, montrer du doigt, signaler du pouce que tout va bien : autant d'artéfacts appartenant à d'anciens gestes. Se tenir par la main, par exemple, est une façon de se rappeler comme il est bon d'être ensemble et de ne rien dire. Et la nuit, quand il fait trop sombre pour voir, il nous faut faire des gestes sur le corps de l'autre afin de nous faire comprendre.

La propriétaire de la librairie d'occasion baissa le volume de la radio. Elle tourna le livre pour lire la quatrième de couverture et en savoir davantage sur l'auteur, mais elle apprit simplement que Zvi Litvinoff était né en Pologne et qu'il était arrivé au Chili en 1941, où il vivait toujours. Il n'y avait pas de photographie. Ce jour-là, dans les moments où elle ne s'occupait pas de ses clients, elle termina le livre. Avant de verrouiller la boutique, en fin de journée, elle le posa en vitrine, un peu mélancolique à l'idée de devoir s'en séparer.

Le lendemain matin, les premiers rayons du

soleil levant tombèrent sur la couverture de *L'histoire de l'amour.* La pionnière d'une série de mouches atterrit sur la jaquette. Les pages moisies commencèrent à sécher à la chaleur tandis que le chat persan bleu-gris qui régnait sur la boutique le contournait pour prendre possession d'une flaque de soleil. Quelques heures plus tard, le premier d'une longue série de badauds lui jeta un coup d'œil rapide en passant devant la vitrine.

La propriétaire du magasin ne chercha pas à persuader l'un ou l'autre client d'acheter le livre. Elle savait que, s'il tombait en de mauvaises mains, ce livre serait aisément rejeté ou, pire encore, ne serait pas lu. Elle préféra le laisser là où il était avec l'espoir que le bon lecteur l'y découvrirait.

Et c'est ce qui arriva. Un après-midi, un jeune homme de grande taille aperçut le livre dans la vitrine. Il entra dans la boutique, le prit, en lut quelques pages et se rendit à la caisse. Lorsqu'il parla à la propriétaire, celle-ci ne parvint pas à identifier son accent. Elle lui demanda d'où il venait, curieuse de savoir qui était la personne qui allait acheter ce livre. Israël, lui répondit-il, en expliquant que, ayant terminé son service militaire, il avait décidé de voyager quelques mois en Amérique du Sud. La libraire s'apprêtait à mettre le livre dans un sachet, mais le jeune homme lui dit que ce n'était pas nécessaire et le glissa dans son sac à dos. La clochette de la porte résonnait encore lorsqu'elle le regarda disparaître, ses sandales frappant la chaussée brûlante et luisante.

Ce soir-là, torse nu dans la chambre qu'il louait, sous un ventilateur qui brassait paresseusement l'air lourd, le jeune homme ouvrit le livre et, avec des fioritures qu'il avait mises au point depuis des années, il écrivit son nom : *David Singer.*

Plein d'impatience et de désir, il se mit à lire.

# UNE JOIE ÉTERNELLE

J'ignore ce à quoi je m'attendais, mais j'attendais quelque chose. Mes doigts tremblaient chaque fois que j'allais ouvrir la boîte aux lettres. J'y suis allé lundi. Rien. J'y suis allé mardi et mercredi. Il n'y avait rien jeudi non plus. Deux semaines et demie après avoir mis mon livre à la poste, le téléphone a sonné. J'étais certain que ce serait mon fils. Je m'étais assoupi dans mon fauteuil, j'avais bavé sur mon épaule. J'ai bondi pour répondre. *ALLÔ ?* Mais. Ce n'était que l'enseignante du cours de dessin qui m'apprenait qu'elle était en quête de quelques personnes en vue d'un projet qu'elle montait dans une galerie, et elle avait pensé à moi, à cause de ma ouvrez les guillemets présence irrésistible fermez les guillemets. Évidemment, je me suis senti flatté. À tout autre moment cela aurait été une raison suffisante pour me laisser aller à commander des travers au restaurant chinois. Et pourtant. *Quel genre de projet ?*

ai-je demandé. Elle m'a expliqué qu'on me demanderait simplement de m'asseoir tout nu sur un tabouret métallique au milieu de la pièce et puis, si j'en avais envie, ce qu'elle espérait, d'ailleurs, de plonger mon corps dans un récipient rempli de sang de vache kasher avant de me rouler sur de grandes feuilles de papier blanc disposées à l'avance sur le sol.

Je suis peut-être un imbécile mais je ne suis pas prêt à tout. Il y a des limites que je ne tiens pas à franchir, et je l'ai donc remerciée sincèrement de son offre en lui expliquant que je ne pourrais pas venir puisque je m'étais déjà engagé à m'asseoir sur mon pouce et à tourner au rythme des mouvements de la Terre autour du Soleil. Elle était déçue. Mais elle a paru comprendre. Elle m'a dit que si je voulais voir les dessins que la classe avait faits de moi, je pouvais aller à l'exposition qui s'ouvrirait dans un mois. J'ai noté la date et j'ai raccroché.

J'étais resté dans l'appartement toute la journée. Il commençait à faire sombre, et j'ai donc décidé de sortir me promener. Je suis un vieil homme. Mais je peux encore marcher. J'ai dirigé mes pas vers Zafi's Luncheonette, l'Original Mr. Man Barber et Kossar's Bialys, où je me rends parfois le samedi soir pour commander un bagel tout chaud. Autrefois ils ne faisaient pas de bagels.

Pourquoi en feraient-ils ? Si l'endroit s'appelle Bialys, alors ce sont des bialys. Et pourtant.

J'ai continué à marcher. Je suis entré au drugstore et j'ai renversé un présentoir de vaseline. Mais. Le cœur n'y était pas. Quand je suis passé devant le Centre, il y avait une immense bannière sur laquelle on pouvait lire DUDU FISHER DIMANCHE SOIR PROCHAIN ACHETEZ VOS BILLETS AUJOURD'HUI. Pourquoi pas ? ai-je pensé. Ce genre de trucs ne me passionne pas, mais Bruno adore le chantre Dudu Fisher. Je suis entré et j'ai acheté deux billets.

Je n'avais aucune destination précise en tête. La nuit était presque tombée mais j'ai persévéré. Quand j'ai aperçu un Starbucks, je suis entré et j'ai commandé un café, parce que j'avais envie d'un café, pas parce que je désirais qu'on me remarque. En temps normal j'aurais fait mon numéro : *Donnez-moi un Grande Vente, je veux dire un Tall Grande, Donnez-moi un Chai Super Vente Grande, ou est-ce que je préfère un Short Frappé ?* et puis, pour couronner le tout, j'aurais eu un petit accident devant le distributeur de lait. Pas cette fois. J'ai versé le lait comme une personne normale, un citoyen du monde, et je me suis installé dans un fauteuil en face d'un homme qui lisait le journal. J'ai entouré ma tasse de café avec mes mains. La chaleur était agréable. À la table voisine, il y avait une jeune fille aux cheveux bleus penchée sur un carnet de notes qui mordillait un stylo-bille et, à la table à côté de la sienne, un petit garçon en tenue de foot assis avec sa mère qui lui disait : *Le pluriel de cheval c'est chevaux.* Une vague de bonheur m'a envahi. Je me suis senti tout tourneboulé à l'idée de faire partie de tout ça. De boire une tasse de café comme une personne normale. J'aurais voulu hurler : *Le pluriel de cheval c'est chevaux ! Quelle langue ! Quel monde !*

Il y avait une cabine téléphonique dans les toilettes. J'ai cherché une pièce de vingt-cinq cents dans ma poche et j'ai composé le numéro de Bruno. Il y a eu neuf sonneries. La fille aux cheveux bleus est passée, elle se dirigeait vers les toilettes. Je lui ai souri. Étonnant ! Elle m'a rendu mon sourire. À la dixième sonnerie, il a décroché.

*Bruno ?*

*Oui ?*

*N'est-ce pas magnifique d'être en vie ?*

*Non merci, je n'ai besoin de rien.*

*Je n'essaye pas de te vendre quelque chose ! C'est Leo. Écoute. J'étais assis ici au Starbucks et je buvais un café, et tout à coup ça m'a frappé.*

*Qui t'a frappé ?*

*Ach, écoute ! J'ai été frappé en me disant que c'était tellement magnifique d'être en vie.* En vie ! *Et je voulais te le dire. Tu comprends ce que je veux dire ? Je dis que la vie est une chose de beauté, Bruno. Une chose de beauté et une joie éternelle.*

Il y a eu un silence.

*Mais oui, comme tu veux, Leo. La vie est une beauté.*

*Et une joie éternelle,* ai-je ajouté.

*C'est ça,* a dit Bruno. *Et une joie.*

J'ai attendu.

*Éternelle.*

Je m'apprêtais à raccrocher quand Bruno a ajouté : *Leo ?*

*Oui ?*

*Est-ce que tu veux dire la vie humaine ?*

Je me suis occupé de mon café pendant une demi-heure, pour en tirer le maximum. La fille a refermé son carnet de notes, s'est levée et est partie. L'homme avait presque fini de lire son journal. J'ai lu les gros titres. J'étais une petite partie de quelque chose qui était bien plus grand que moi. Oui, *la vie humaine.* La ! Vie ! Humaine ! Et puis l'homme a tourné la page et mon cœur s'est arrêté.

C'était une photo d'Isaac. Je ne l'avais encore jamais vue. Je collectionne tous ses articles de presse, s'il y avait un fan-club, j'en serais le président. Pendant vingt ans j'ai été abonné à la revue dans laquelle il lui arrive de publier. Je croyais connaître toutes les photos de lui. Je les ai toutes examinées des milliers de fois. Et pourtant. Celle-là m'était inconnue. Il se tenait devant une fenêtre. Il baissait le menton, tête penchée sur le côté. Sans doute réfléchissait-il. Mais ses yeux regardaient vers le haut, comme si quelqu'un avait prononcé son nom juste avant le déclic de l'obturateur. J'avais envie de l'appeler. Ce n'était qu'un journal, mais je voulais hurler de toute la force de mes poumons. *Isaac! Je suis là! Tu m'entends, mon petit Isaac?* J'aurais voulu qu'il tourne ses yeux vers moi comme il l'avait fait pour la personne qui l'avait sorti de ses réflexions. Mais. Il ne pouvait pas. Parce que le gros titre annonçait, ISAAC MORITZ, ROMANCIER, MORT À 60 ANS.

> *Isaac Moritz, célèbre auteur de six romans, dont* Le remède, *lequel a remporté le National Book Award, est mort mardi soir. Il souffrait de la maladie de Hodgkin. Il avait 60 ans.*
>
> *Les romans de Mr. Moritz sont remarquables par leur humour et leur compassion, par l'espoir qui permet de combattre le désespoir. Dès le début, il a trouvé des admirateurs fidèles. Parmi ceux-ci, il y avait Philip Roth, un des membres du jury du National Book Award en 1972, attribué à Mr. Moritz pour son premier roman. « Au centre du* Remède *il y a un cœur humain vivant et ardent, qui*

*implore », a dit Philip Roth dans le communiqué de presse annonçant le prix. Un autre admirateur de Mr. Moritz, Leon Wieseltier, que nous avons joint au téléphone dans ses bureaux du* New Republic *à Washington D.C., a déclaré que Mr. Moritz était « l'un des auteurs les plus importants et sous-estimés de la fin du vingtième siècle. Dire de lui qu'il est un écrivain juif, a-t-il ajouté, ou pis, un écrivain expérimental, revient à laisser entièrement de côté son humanisme, lequel a toujours refusé les étiquettes ».*

*Mr. Moritz est né à Brooklyn en 1940 de parents immigrés. Enfant calme et sérieux, il remplissait ses cahiers de descriptions très précises de scènes empruntées à sa propre vie. L'une d'entre elles, écrite à l'âge de douze ans — où un chien est frappé par une bande d'enfants — a plus tard inspiré la plus célèbre des scènes du* Remède, *le moment où le protagoniste, Jacob, quitte l'appartement d'une jeune femme avec qui il vient de faire l'amour pour la première fois et, debout dans l'ombre d'un réverbère par un froid terrible, regarde un chien sauvagement frappé à mort par deux hommes. C'est alors que, submergé par la tendre brutalité de l'existence physique — par « l'insoluble contradiction d'être à la fois des animaux contraints de réfléchir à leur condition et des êtres moraux contraints de suivre des instincts animaux » —, Jacob se lance dans une lamentation, un unique paragraphe extatique qui couvre cinq pages et qui est, selon la revue* Time, *un des « passages les plus obsédants et incandescents » de la littérature contemporaine.*

*Outre une avalanche de louanges et le National Book Award,* Le remède *a permis à Mr. Moritz d'être connu du grand public. 200 000 exemplaires ont été vendus l'année de la parution et le roman était sur la liste des meilleures ventes du* New York Times.

*Son deuxième livre était attendu avec beaucoup d'impatience mais la publication, cinq ans plus tard, d'un recueil de nouvelles,* Maisons de verre, *a été accueillie avec une certaine tiédeur. Si plusieurs critiques ont déclaré qu'il s'agissait là d'une innovation très courageuse, pour d'autres, tel Morton Levy, qui a rédigé une attaque cinglante dans* Commentary, *le recueil était un échec. « Le premier roman de Mr. Moritz était ennobli par ses spéculations eschatologiques, avait écrit Levy, mais il s'est lancé ici dans la pure scatologie. » Écrites dans un style fragmenté et parfois même surréaliste, les nouvelles de* Maisons de verre *traitent aussi bien d'anges que d'éboueurs.*

*Ayant une fois encore réinventé sa voix, le troisième livre de Mr. Moritz,* Chante, *est rédigé dans une langue dépouillée décrite par le* New York Times *comme « aussi tendue qu'un tambour ». Si, dans ses deux derniers romans, Mr. Moritz a continué à rechercher de nouveaux modes d'expression pour ses thèmes de prédilection, son œuvre n'a jamais cessé d'être cohérente. Au cœur de son art existaient un humanisme passionné et une exploration en profondeur des relations de l'homme avec son Dieu.*

*Mr. Moritz laisse derrière lui un frère, Bernard Moritz.*

Je suis resté là, ébahi. J'ai pensé au visage de mon fils à cinq ans. Également au jour où, depuis l'autre côté de la rue, je l'avais vu nouer ses lacets. Finalement, un employé de Starbucks qui portait un anneau dans un sourcil est venu vers moi. *On ferme*, m'a-t-il dit. J'ai regardé autour de moi. C'était vrai. Tout le monde était parti. Une jeune femme aux ongles peints traînait un balai sur le sol. Je me suis levé. Ou j'ai essayé de le faire, mais mes jambes se sont repliées sous moi. L'employé de Starbucks m'a regardé comme si j'étais un cancrelat dans de la pâte à biscuits. La tasse en carton que je tenais n'était plus qu'une masse de pulpe humide que j'avais écrasée dans ma main. Je la lui ai tendue et je me suis préparé à traverser la salle. Je me suis alors souvenu du journal. L'employé l'avait déjà jeté dans la poubelle qu'il faisait rouler vers la sortie. Je l'en ai extrait, tout sali par des restes de pâtisserie, tandis qu'il m'observait. Comme je ne suis pas un mendiant, je lui ai tendu les billets pour le concert de Dudu Fisher.

J'ignore comment je suis rentré chez moi. Bruno a dû m'entendre ouvrir la porte parce que, une minute plus tard, il est descendu et a frappé. J'étais assis dans le noir sur la chaise près de la fenêtre. Il a continué à frapper. J'ai fini par l'entendre remonter à l'étage. Une heure ou plus s'est passée et je l'ai de nouveau entendu dans l'escalier. Il a fait glisser une feuille de papier sous la porte. Il y avait écrit : *LA VIE EST BÈLE*. Je l'ai repoussée dehors. Il l'a repoussée à l'intérieur. Je l'ai repoussée dehors, il l'a repoussée à l'intérieur. Dehors, dedans, dehors, dedans. Je l'ai examinée. *LA VIE EST BÈLE*. Je me suis dit : C'est peut-être vrai. Peut-être est-ce le mot pour la vie. J'entendais Bruno respirer de l'autre côté de la porte. J'ai trouvé un crayon. J'ai griffonné : *ET UNE BLAGUE ÉTERNELLE*. Je l'ai fait repasser sous la porte. Une pause pendant qu'il lisait. Puis, satisfait, il est remonté à l'étage.

Il est possible que j'aie pleuré. Qu'est-ce que ça peut faire.

Je me suis endormi peu avant l'aube. J'ai rêvé que je me trouvais dans une gare. Le train est arrivé et mon père en est descendu. Il portait un pardessus en poil de chameau. J'ai couru vers lui. Il ne m'a pas reconnu. Je lui ai dit qui j'étais. Il a secoué la tête pour me dire non. Il a dit : *Je n'ai eu que des filles*. J'ai rêvé que mes dents s'effritaient, que j'étais étouffé par mes couvertures. J'ai rêvé de mes frères, il y avait du sang partout. J'aimerais dire : J'ai rêvé que la fille que j'aimais et moi avions vieilli ensemble. Ou j'ai rêvé d'un chien jaune et d'un pré sans clôture. J'aimerais dire : J'ai rêvé que j'étais mort et que mon livre avait été retrouvé parmi mes affaires, et qu'après la fin de ma vie, au bout de quelques années, j'étais devenu célèbre. Et pourtant.

J'ai ramassé le journal et j'ai découpé la photo de mon Isaac. Elle était froissée, mais je l'ai repassée avec la paume de ma main. Je l'ai mise dans mon portefeuille, dans le compartiment en plastique pour les photos. J'ai ouvert et fermé le Velcro plusieurs fois pour regarder son visage. J'ai alors remarqué que juste en dessous de mon coup de ciseau il y avait écrit, *Un service commémoratif aura lieu* — je ne pouvais pas lire le reste. J'ai dû ressortir la photo et coller les deux bouts ensemble. *Un service commémoratif aura lieu samedi 7 octobre à 10 heures, à la synagogue centrale.*

Nous étions vendredi. Je savais que je ne devais pas rester chez moi, alors je me suis forcé à sortir. L'air paraissait différent dans mes poumons. Le monde n'était plus le même. On change et puis on change encore. On devient un chien, un oiseau, une plante qui penche toujours vers la gauche. Ce n'était que maintenant, après la disparition de mon fils, que je me rendais compte à quel point j'avais vécu pour lui. Quand je me réveillais le matin, c'était parce qu'il existait, et quand je commandais à manger, c'était parce qu'il existait, et quand j'écrivais mon livre, c'était parce qu'il existait et qu'il pourrait le lire un jour.

J'ai pris un bus menant vers les quartiers chics. Je me suis dit que je ne pouvais pas aller à l'enterrement de mon propre fils dans le *shmatta* tout froissé que j'appelle un complet. Je ne voulais pas lui faire honte. Plus encore, je voulais me mettre en frais pour lui. Je suis descendu à Madison Avenue et j'ai avancé en regardant les devantures. Mon mouchoir était froid et humide dans ma main. Je ne savais pas dans quel magasin entrer. J'ai fini par en choisir un qui me paraissait bien. J'ai palpé le tissu d'une veste. Un *shvartzer* géant dans un complet d'un beige lumineux et chaussé de bottes de cow-boy est venu vers moi. J'ai cru qu'il allait me jeter dehors. *Je regarde juste le tissu*, ai-je dit. *Vous voulez l'essayer ?* a-t-il demandé. J'étais flatté. Il m'a demandé ma taille. Je l'ignorais. Mais il a paru comprendre. Il m'a regardé de haut en bas, m'a poussé dans une cabine et a accroché le complet à la patère. Je me suis déshabillé. Il y avait trois miroirs. J'étais confronté à des parties de moi-même que je n'avais pas vues depuis des années. Malgré mon chagrin, j'ai pris le temps de les examiner. Puis j'ai enfilé le complet. Le pantalon était raide et étroit et la veste me descendait presque jusqu'aux genoux. J'avais l'air d'un clown. Le *shvartzer* a ouvert tout grand le rideau en souriant. Il m'a redressé et m'a boutonné puis il m'a fait tourner. Tous les deux nous avons regardé dans le miroir. *Il vous va comme un gant*, a-t-il annoncé. *Si vous voulez*, a-t-il dit en pinçant un peu le tissu dans le dos, *nous pourrions le reprendre un peu ici. Mais ce n'est pas nécessaire. On dirait du sur-mesure.* Je me suis dit : Qu'est-ce que je sais de la mode ? Je lui ai demandé le prix. Il a mis la main dans le fond du pantalon et a fouillé autour de mon *tuchas. Celui-ci... mille*, a-t-il déclaré. Je l'ai regardé. *Mille quoi ?* ai-je demandé. Il a ri poliment. Nous étions devant les trois miroirs. Je pliais et repliais mon mouchoir mouillé. Avec un ultime reste de sang-froid, j'ai dégagé mon slip de l'endroit où il s'était logé entre mes fesses. Il devrait y avoir un mot pour ça. La harpe à une corde.

Dans la rue, j'ai continué à marcher. Je savais que le complet était sans importance. Mais. J'avais besoin de faire quelque chose. Pour me remettre d'aplomb.

Il y avait un panneau dans une boutique de Lexington Avenue qui faisait de la publicité pour des photos d'identité. Je fais ça de temps en temps. Je les mets dans un petit album. Ce sont surtout des portraits de moi, sauf un, celui d'Isaac à cinq ans, et un autre, celui de mon cousin, le serrurier. Un photographe amateur qui, un jour, m'a montré comment fabriquer un sténopé. C'était au printemps 1947. J'étais dans l'arrière-salle de sa minuscule boutique et je le regardais insérer le papier photographique dans la boîte. Il m'a dit de m'installer confortablement et a dirigé une lampe vers mon visage. Puis il a enlevé le couvercle sur le trou d'épingle. J'étais tellement immobile que je respirais à peine. Quand il a eu terminé, nous sommes allés dans la chambre noire et l'avons mis dans le bac de développement. Nous avons attendu. Rien. Là où j'aurais dû apparaître, il n'y avait qu'une grisaille grenue. Mon cousin a insisté pour que nous recommencions, et nous avons recommencé, et une fois encore, rien. Trois fois il a essayé de prendre une photographie de moi avec le sténopé, et trois fois il n'est pas parvenu à me faire apparaître. Mon cousin ne comprenait pas. Il a maudit le type qui lui avait vendu le papier en pensant qu'il lui avait vendu un paquet défectueux. Mais je savais que non. Je savais que, comme certaines personnes ont perdu une jambe ou un bras, j'avais perdu la chose, quelle qu'elle soit, qui rend les gens indélébiles. J'ai dit à mon cousin de s'asseoir sur la chaise. Il ne voulait pas mais il a fini par accepter à contrecœur. J'ai pris une photographie de lui et, tandis que nous observions le papier dans le bac de développement, son visage est apparu. Il a ri. Et j'ai ri, moi aussi. C'était moi qui avais pris la photographie et si c'était une preuve de son existence, c'était également une preuve de la mienne. Il m'a permis de la garder. Chaque fois que je la sortais de mon portefeuille et que je le regardais, je savais qu'en réalité c'était moi que je regardais. J'ai acheté un album et j'ai mis la photographie à la deuxième page. Sur la première page, j'ai mis la photo de mon fils. Quelques semaines plus tard, je suis passé devant le photomaton d'un drugstore. Je suis entré. À partir de ce jour-là, chaque fois qu'il me restait un peu d'argent, j'allais dans la cabine. Au début, c'était toujours la même chose. Mais. Je continuais à essayer. Et puis un jour j'ai bougé accidentellement au moment où s'ouvrait l'obturateur. Une ombre est apparue. La fois suivante j'ai vu les contours de mon visage, et quelques semaines plus tard le visage lui-même. C'était le contraire d'une disparition.

Quand j'ai ouvert la porte de la boutique du photographe, une clochette a retenti. Dix minutes plus tard j'étais sur le trottoir avec à la main quatre photos identiques de moi. Je les ai regardées. On peut dire beaucoup de choses à mon propos. Mais. Beau n'en fait pas partie. J'en ai mis une dans mon portefeuille, contre le portrait d'Isaac découpé dans le journal. Le reste, je l'ai jeté dans une poubelle.

J'ai levé les yeux. Bloomingdale's était de l'autre côté de la rue. J'y étais allé une ou deux fois dans ma jeunesse pour avoir droit à un peu de *shpritz* d'une des dames des parfums. Que voulez-vous, on vit dans un pays libre. J'ai pris l'escalier mécanique, vers le haut, vers le bas, jusqu'à ce que je trouve le rayon des complets au sous-sol. Cette fois-ci j'ai d'abord regardé les prix. Il y avait un complet bleu sombre en solde pour deux cents dollars. Il semblait pouvoir m'aller. Je l'ai emporté dans la cabine d'essayage et je l'ai enfilé. Le pantalon était trop long, mais c'était prévisible. Pareil pour les manches. Je suis sorti de la cabine. Un tailleur avec un mètre-ruban autour du cou m'a fait signe de monter sur l'estrade. Je me suis avancé et ce faisant je me suis rappelé la fois où ma mère m'avait envoyé chercher les chemises neuves de mon père chez le tailleur. J'avais neuf ans, peut-être dix. Dans la pénombre à l'intérieur, les mannequins étaient groupés dans un coin comme s'ils attendaient le train. Grodzenski, le tailleur, était penché sur sa machine, il pédalait avec un pied. Je l'observais, fasciné. Tous les jours, sous ses doigts, avec les mannequins comme seuls témoins, sur de tristes rouleaux de tissu poussaient des cols, des manchettes, des fronces, des poches. *Tu veux essayer?* m'a-t-il demandé. Je me suis assis sur son siège. Il m'a montré comment donner vie à la machine. J'ai regardé l'aiguille monter et descendre, laissant derrière elle une piste miraculeuse de points bleus. Pendant que je pédalais, Grodzenski a apporté les chemises de mon père emballées dans du papier kraft. Il m'a fait signe de le rejoindre derrière le comptoir. Il a sorti un autre paquet emballé dans le même papier kraft. Précautionneusement, il en a sorti une revue. Elle datait de quelques années. Mais. En parfait état. Il la maniait du bout des doigts. Dedans il y avait des photographies en noir et argent de femmes à la peau douce et blanche, comme éclairées de l'intérieur. Elles présentaient des modèles de robes comme je n'en avais encore jamais vu : des robes tout en perles, en plumes et en franges, des robes qui révélaient des jambes, des bras, la courbe d'un sein. Un seul mot glissa des lèvres de Grodzenski : *Paris.* Il a tourné les pages en silence, et j'ai regardé en silence. Nos haleines se condensaient sur le papier glacé. Peut-être que Grodzenski me révélait, avec sa fierté tranquille, la raison pour laquelle il fredonnait toujours un peu en travaillant. Il a fini par refermer la revue, par la glisser de nouveau dans le papier. Il s'est remis au travail. Si quelqu'un m'avait dit qu'Ève avait mordu dans la pomme uniquement pour que les Grodzenski de ce monde puissent exister, je l'aurais cru.

Le lointain parent de Grodzenski bourdonnait autour de moi avec de la craie et des épingles. Je lui ai demandé s'il était possible que j'attende pendant qu'on faisait les ourlets. Il m'a regardé comme si j'avais deux têtes. *J'ai deucentcomplets àfinir làbas, et vous voulez le vôtre toudsuite?* Il a secoué la tête. *Minimum, deux semaines.*

*C'est pour un enterrement*, ai-je dit. *Mon fils.* J'ai tenté de me redresser. J'ai cherché mon mouchoir. Je me suis alors rappelé qu'il était dans la poche de mon pantalon en tas sur le sol de la cabine. Je suis descendu de l'estrade et je suis retourné en vitesse dans la cabine. Je savais que je m'étais rendu ridicule avec ce complet de clown. Un homme devrait acheter un complet pour la vie, pas pour la mort. N'était-ce pas ce que me disait le fantôme de Grodzenski ? Je ne pouvais pas faire honte à Isaac et je ne pouvais pas me mettre en frais pour lui. Parce qu'il n'existait pas.

Et pourtant.

Ce soir-là, je suis rentré chez moi avec le complet à ma taille dans un sac en plastique pour vêtements. Je me suis assis à la table de la cuisine et j'ai fait un unique accroc au revers. J'aurais aimé déchirer le tout en lambeaux. Mais je me suis retenu. Fishl le *tsaddik* qui était peut-être un idiot avait dit un jour : *Un seul accroc est plus difficile à supporter que cent accrocs.*

J'ai pris un bain. Pas un bain d'oiseau avec une éponge, mais un vrai bain, assombrissant un peu plus l'anneau de crasse sur l'émail. J'ai enfilé le nouveau complet et j'ai pris la vodka sur l'étagère du haut. J'ai bu une gorgée, je me suis essuyé les lèvres avec le revers de la main, répétant le geste qui avait été fait des centaines de fois par mon père et par son père et par le père de son père, les yeux fermés tandis que le tranchant de l'alcool se substituait au tranchant du chagrin. Et puis, quand la bouteille a été vide, j'ai dansé. D'abord lentement. Puis de plus en plus vite. J'ai frappé du pied et j'ai lancé les jambes, les jointures craquaient. J'ai tapé des pieds, et je me suis accroupi et j'ai déplié les jambes car c'était la danse que dansait mon père, et son père, les larmes coulaient le long de mon visage et j'ai ri et j'ai chanté, dansé et dansé jusqu'à ce que mes pieds me fassent mal et qu'il y ait du sang sous les ongles de mes orteils, j'ai dansé la seule danse que je savais danser : pour la vie, me cognant dans les chaises et tournoyant jusqu'à tomber, de sorte que je devais me relever et recommencer à danser, jusqu'à ce que l'aube apparaisse et me trouve prostré sur le sol, si proche de la mort que j'aurais pu lui cracher dans la bouche et lui chuchoter : *Le-hayim.*

Je me suis réveillé en entendant le bruit d'un pigeon qui ébouriffait son plumage sur l'appui de la fenêtre. Une manche du complet était déchirée, je sentais des coups dans ma tête, il y avait du sang séché sur ma joue. Mais je ne suis pas en verre.

J'ai pensé : Bruno. Pourquoi n'était-il pas venu ? Je n'aurais peut-être pas répondu s'il avait frappé. Quand même. Sans aucun doute, il m'avait entendu, à moins qu'il n'ait mis son walkman. Et encore. Une lampe s'était écrasée par terre, et j'avais renversé toutes les chaises. J'allais monter et frapper à sa porte quand j'ai regardé l'horloge. Il était déjà dix heures et quart. Je me plais à penser que le monde n'était pas prêt pour moi, mais sans doute est-il plus vrai de dire que je n'étais pas prêt pour le monde. Je suis toujours arrivé trop tard pour ma vie. J'ai couru jusqu'à l'arrêt de bus. Ou plutôt, sautillé, enfilé jambe de pantalon, petits-bonds-sautillements-pause-puis-halètements, enfilé jambe de pantalon, un pas, traîne-savate, un pas, traîne-savate, etcetera. Je suis monté dans le bus menant aux quartiers chics. Bloqué par un embouteillage. *Ce truc ne peut pas aller plus vite ?* ai-je dit à voix haute. La femme à côté de moi s'est levée et est allée s'asseoir un peu plus loin. Il se peut que, trop démonstratif, je lui aie tapé sur la cuisse, je ne sais pas. Un homme avec une veste orange et un pantalon imitation peau de serpent s'est levé et s'est mis à chanter. Tout le monde s'est détourné pour regarder dehors à travers les vitres jusqu'à ce que l'on se rende compte qu'il ne mendiait pas. Il chantait, tout simplement.

Lorsque je suis enfin arrivé à la shul le service était terminé, mais l'endroit était encore plein de monde. Un homme avec un nœud papillon jaune et une veste blanche, le peu de cheveux qui lui restaient plaqués sur son crâne, a dit : *Naturellement, nous étions au courant, mais quand c'est arrivé aucun d'entre nous n'était prêt,* ce à quoi une femme qui était debout près de lui a répondu : *Qui est jamais prêt ?* Je me tenais, tout seul, pas loin d'une grande plante en pot. Mes paumes étaient moites, je sentais le vertige me gagner. Cela avait peut-être été une erreur de venir.

Je voulais demander où il avait été enterré ; le journal ne l'avait pas mentionné. Le fait d'avoir acheté ma propre concession prématurément m'a tout à coup empli de regrets. Si j'avais su, j'aurais pu être près de lui. Demain. Ou le lendemain. J'avais eu peur qu'on me mette avec les chiens. Je m'étais rendu au cimetière de Pinelawn quand on avait posé la dalle de Mrs. Freid et l'endroit m'avait paru plutôt bien. Un Mr. Simchik m'en avait fait faire le tour et m'avait donné une brochure. J'avais imaginé quelque chose sous un arbre, un saule pleureur par exemple, peut-être un petit banc. Mais. Quand il m'a annoncé ce que ça coûtait, j'ai eu un coup au cœur. Il m'a montré des endroits dans mes prix, quelques concessions soit trop proches de la route soit couvertes d'un gazon pelé. *Rien du tout avec un arbre?* ai-je demandé. Simchik a secoué la tête. *Un buisson?* Il a léché un doigt et a fouillé dans ses papiers. Il a hésité, bafouillé, puis il a fini par se laisser amadouer. *Nous avons peut-être quelque chose*, a-t-il dit, *c'est plus cher que ce que vous vouliez mettre mais vous pouvez payer par mensualités.* C'était tout au bout, dans la banlieue de la section juive. Ce n'était pas vraiment sous un arbre mais pas très loin, suffisamment près pour que, à l'automne, quelques feuilles viennent se poser sur moi. J'y ai réfléchi. Simchik m'a dit de prendre mon temps et est retourné dans son bureau. Je suis resté au soleil. Puis je me suis étendu dans l'herbe et allongé sur le dos. Le sol était dur et froid sous mon imperméable. J'ai regardé les nuages passer au-dessus de moi. Peut-être me suis-je assoupi. Tout à coup, Simchik me dominait de toute sa taille. *Nou? Vous le prenez?*

Du coin de l'œil, j'ai aperçu Bernard, le demi-frère de mon fils. Un immense balourd, le portrait craché de son père, béni soit son souvenir. Oui, même le sien. Son nom était Mordecai. Elle l'appelait Morty. Morty! Il est sous terre depuis trois ans. Je considère comme une petite victoire le fait qu'il ait été le premier à passer l'arme à gauche. Et pourtant. Quand je m'en souviens, j'allume une bougie de *yartzeit* pour lui. Si je ne le fais pas, qui le fera?

La mère de mon fils, la fille dont je suis tombé amoureux à dix ans, est morte il y a cinq ans. Je pense que je ne vais pas tarder à la rejoindre au moins pour ça. Demain. Ou le lendemain. J'en suis convaincu. Je pensais que ce serait étrange de vivre dans ce monde alors qu'elle n'y était plus. Et pourtant. Je m'étais depuis longtemps habitué à vivre avec son souvenir. Ce n'est que tout à la fin que je l'ai revue. Je me glissais dans sa chambre à l'hôpital et je restais assis près d'elle tous les jours. Il y avait une infirmière, une jeune femme, et je lui ai expliqué — pas la vérité. Mais. Une histoire assez peu différente de la vérité. Cette infirmière m'autorisait à venir en dehors des heures de visites, quand je ne risquais pas de rencontrer quelqu'un. Elle était reliée à tout un système de réanimation, des tubes dans le nez, un pied dans l'autre monde. Chaque fois que je regardais ailleurs, je m'attendais plus ou moins à ne plus la voir quand je me retournerais vers elle. Elle était minuscule, et ridée, et sourde comme un pot. Il y avait tant de choses que j'aurais dû dire. Et pourtant. Je lui ai raconté des blagues. J'étais un vrai comique, un Jackie Mason. J'ai parfois cru voir l'ombre d'un sourire. J'essayais de rester léger. Je disais : *Tu ne vas pas me croire, mais ce truc-là, l'endroit où ton bras se plie, ici ils appellent ça un* elbow. Je disais : *Deux rabbins étaient en désaccord dans un bois jaune.* Je disais : *Moïse va chez le médecin. Docteur, dit-il,* etcetera, etcetera. Il y a beaucoup de choses que je n'ai pas dites. Exemple. *J'ai attendu tellement longtemps.* Autre exemple. *Et tu étais heureuse? Avec ce nebbish ce pataud cette gourde de schlemiel que tu dis être ton mari?* La vérité était que j'avais cessé d'attendre depuis longtemps. Le moment était passé, la porte entre les vies que nous aurions pu avoir et les vies que nous avons eues s'était refermée à notre nez. Il vaudrait mieux dire, à *mon* nez. La grammaire de ma vie : empiriquement, chaque fois qu'apparaît un pluriel, mettre un singulier. S'il m'arrivait de laisser passer un *Nous* royal, abrégez mon supplice avec un bon petit coup sur la tête.

*Ça ne va pas? Vous êtes tout pâle.*

C'était l'homme que j'avais vu plus tôt, celui qui avait un nœud papillon jaune. Quand votre pantalon est en accordéon autour de vos chevilles, c'est alors que tout le monde arrive, jamais un instant avant, au moment où vous auriez pu être présentable pour recevoir les gens. J'ai essayé de me redresser en m'agrippant à la plante en pot.

*Très bien, très bien,* ai-je dit.

*Et comment l'avez-vous connu?* m'a-t-il demandé, après un coup d'œil méfiant.

*Nous étions* — j'ai coincé mon genou entre le pot et le mur, espérant retrouver ainsi mon équilibre. *Apparentés.*

*La famille! Désolé, pardonnez-moi. Je croyais avoir rencontré toute la mishpocheh!* Il le prononçait plutôt comme *mishpoky*.

*Naturellement, j'aurais dû deviner.* Il m'a une fois de plus examiné de haut en bas en passant une main sur ses cheveux pour vérifier qu'ils étaient bien en place. *J'ai cru que vous étiez un des admirateurs*, a-t-il dit en faisant un geste vers la foule qui s'amenuisait. *De quel côté, alors?*

J'ai agrippé la partie la plus solide de la plante. J'ai essayé de fixer du regard le nœud papillon de l'homme tandis que toute la pièce chavirait autour de moi.

*Des deux*, ai-je répondu.

*Des deux*, a-t-il répété, incrédule, et il a baissé les yeux vers les racines qui essayaient de ne pas quitter la terre du pot.

*Je suis* — ai-je commencé. Mais la plante s'est libérée avec une secousse brutale. J'ai titubé vers l'avant, mais voilà que ma jambe était toujours coincée, si bien que ma jambe libre a été obligée de bondir en avant toute seule, ce qui n'a pas laissé au rebord du pot d'autre choix que celui de s'enfoncer dans mon entrejambe, et ma main n'a pas eu d'autre choix que d'écraser la motte de terre attachée aux racines sur le visage de l'homme au nœud papillon jaune.

*Désolé*, ai-je dit, sentant la douleur s'emparer de

mon entrejambe et électrocuter mes *kishkes*. J'ai tenté de me redresser. Ma mère, béni soit son souvenir, me disait toujours : *Tiens-toi droit*. Un peu de terre dégringolait des narines de l'homme. En guise de touche finale, j'ai sorti mon mouchoir cradingue et je le lui ai enfoncé dans le nez. Il a écarté ma main d'un revers de la sienne et a sorti le sien, qui venait d'être lavé et repassé en un beau carré. Il l'a secoué pour le déployer. Un drapeau blanc. Un moment embarrassant a passé tandis qu'il se nettoyait et que je massais mes parties basses.

Et voilà que je me trouvais face à face avec le demi-frère de mon fils, ma manche entre les dents du pitbull au nœud papillon. *Regarde donc ce que j'ai ramassé*, a-t-il aboyé. Bernard a froncé les sourcils. *Prétend qu'il est mishpoky*.

Bernard a souri poliment en examinant d'abord l'accroc à mon revers, puis la déchirure au bras. *Excusez-moi*, m'a-t-il dit, *je ne me souviens pas de vous. Nous nous connaissons ?*

Le pitbull salivait ouvertement. Une légère poussière de terre glissait dans les plis de sa chemise. J'ai jeté un coup d'œil au panneau SORTIE. J'aurais pu m'y précipiter si je n'avais pas été gravement blessé dans les parties. Une vague de nausée m'a envahi. Et pourtant. Il faut parfois un éclair de génie et, voyez-moi ça, le génie vient vous caresser.

*De rets yiddish?* ai-je demandé d'une voix rauque.

*Pardon?*

J'ai saisi la manche de Bernard. Le chien avait la mienne et j'avais celle de Bernard. J'ai approché mon visage du sien. Ses yeux étaient injectés de sang. C'était peut-être un balourd mais c'était un homme bon. Et pourtant je n'avais pas le choix.

J'ai élevé la voix. *DE RETS YIDDISH?* Je sentais l'alcool frelaté dans mon haleine. Je l'ai saisi par son revers. Les veines de son cou ont gonflé lorsqu'il a eu un mouvement de recul. *FARSHTAIST?*

*Désolé.* Bernard a secoué la tête. *Je ne comprends pas.*

*Bon,* ai-je continué en yiddish, *parce que cet imbécile-là,* ai-je dit en faisant un geste en direction de l'homme au nœud papillon, *ce putz-là s'est inséré dans mon tuchas et c'est seulement parce que je ne peux pas chier librement qu'il n'a pas été éjecté. Pourriez-vous lui demander gentiment d'enlever ses paluches de là avant que je sois forcé de lui écraser le schnoz avec une autre plante, et cette fois je ne prendrai pas la peine de la dépoter.*

*Robert?* Bernard faisait de gros efforts pour comprendre. Il semblait avoir saisi que je parlais de l'homme qui s'agrippait à mon coude avec ses dents. *Robert était l'éditeur d'Isaac. Vous connaissiez Isaac?*

Le pitbull a resserré sa prise. J'ai ouvert la bouche. Et pourtant.

*Excusez-moi*, a dit Bernard. *Dommage que je ne parle pas yiddish, mais. Eh bien, merci d'être venu. J'ai été touché de voir autant de gens. Isaac aurait été content.* Il a pris ma main entre les siennes et l'a serrée. Il s'est détourné pour s'éloigner.

*Slonim*, ai-je dit. Je ne l'avais pas préparé. Et pourtant.

Bernard s'est retourné vers moi.

*Pardon ?*

Je l'ai répété.

*Je viens de Slonim*, ai-je dit.

*Slonim ?* a-t-il répété.

J'ai hoché la tête.

Il avait tout à coup l'air d'un enfant que sa mère est venue chercher en retard et qui, maintenant qu'elle est là, s'autorise à s'abandonner aux sanglots.

*Elle nous en parlait parfois.*

*Qui, elle ?* a demandé le chien.

*Ma mère. Il vient de la même ville que ma mère*, a dit Bernard. *J'ai entendu tant de récits.*

J'avais l'intention de lui tapoter le bras mais il a bougé pour ôter quelque chose qu'il avait dans l'œil, et le résultat a été que je me suis retrouvé à tapoter sa poitrine. Ne sachant pas quoi faire d'autre, j'ai pincé l'aréole.

*La rivière, n'est-ce pas? Où elle allait se baigner,* a dit Bernard.

L'eau était glaciale. On se déshabillait et on plongeait depuis le pont en hurlant comme si on nous égorgeait. Nos cœurs allaient s'arrêter. Nos corps allaient se pétrifier. Pendant un instant on pensait qu'on se noyait. Quand on remontait sur la rive, tentant de reprendre notre souffle, nos jambes étaient lourdes, une douleur sourdait de nos chevilles. Ta mère était maigrichonne, avec de petits seins pâles. Je m'endormais en me laissant sécher au soleil et je me réveillais sous le choc d'une eau glaciale dans le dos. Et son rire.

*Connaissiez-vous le magasin de chaussures de son père?* a demandé Bernard.

Tous les matins j'allais la chercher à la boutique et nous partions ensemble à l'école. Sauf la fois où nous nous sommes disputés et où nous ne nous sommes pas parlé pendant trois semaines, il était rare qu'un jour passe sans que nous ne fassions le chemin ensemble. Dans le froid, ses cheveux mouillés gelaient et se couvraient de glaçons.

*Je pourrais continuer encore et encore, toutes les histoires qu'elle nous a racontées. Le pré où elle allait jouer.*

*Ya,* ai-je dit en lui tapotant la main. *Le bré.*

Un quart d'heure plus tard, j'était en sandwich entre le pitbull et une jeune femme à l'arrière d'une limousine, à croire que j'en faisais une habitude. Nous nous rendions à la maison de Bernard pour une petite réunion des parents et amis. J'aurais préféré aller dans la maison de mon fils, vivre mon deuil au milieu de ses objets, mais j'ai dû me contenter de la maison de son demi-frère. Deux autres personnes étaient assises en face de moi dans la limousine. Lorsque l'une d'elles a hoché la tête et souri dans ma direction, j'ai hoché la tête et souri en réponse. *Un parent d'Isaac?* a-t-elle demandé. *Apparemment*, a répondu le chien, qui cherchait à saisir une mèche de cheveux déplacée par le courant d'air provoqué par le fait que la femme venait de baisser la vitre.

Il a fallu au moins une heure pour atteindre la maison de Bernard. Quelque part à Long Island. De beaux arbres. Je n'avais jamais vu des arbres aussi beaux. Dans l'allée, un des neveux de Bernard avait déchiré les jambes de son pantalon jusqu'aux genoux et il courait dans tous les sens au soleil en les regardant gonfler sous la brise. Dans la maison, les gens se tenaient autour d'une table surchargée de nourriture et parlaient d'Isaac. Je savais que ma place n'était pas là. Je pensais que j'étais un imbécile et un imposteur. Je suis resté près d'une fenêtre, je me suis rendu invisible. Je ne pensais pas que ce serait aussi douloureux. Et pourtant. Entendre les gens parler du fils que je n'avais pu qu'imaginer comme s'ils le connaissaient aussi bien qu'un parent était presque impossible à supporter. Je me suis donc éloigné. Je me suis promené dans les pièces de la maison du demi-frère d'Isaac. J'ai pensé : Mon fils a foulé ce tapis. Je suis arrivé dans une chambre d'amis. Je me suis dit : De temps en temps il a dormi dans ce lit. Ce lit-là, devant moi ! Sa tête sur ces oreillers. Je me suis étendu. J'étais fatigué, je n'ai pas pu m'en empêcher. L'oreiller s'est enfoncé sous ma joue. Et quand il était couché là, ai-je pensé, il regardait par cette même fenêtre, ce même arbre.

*Tu es un tel rêveur*, dit Bruno, et c'est peut-être vrai. Peut-être rêvais-je également ceci, dans un instant quelqu'un sonnerait à la porte, j'ouvrirais les yeux et Bruno serait là pour me demander un rouleau de papier hygiénique.

J'ai dû m'endormir parce que, un instant plus tard, Bernard était debout au-dessus de moi et me regardait.

*Excusez-moi ! Je ne savais pas qu'il y avait quelqu'un. Vous n'êtes pas malade ?*

J'ai bondi. Si le mot *bond* peut être employé en référence à mes mouvements en général, c'était bien à ce moment-là. Et c'est alors que je l'ai vue. Elle était sur une étagère juste derrière son épaule. Dans un cadre en argent. Je dirais bien *clair comme le jour*, mais je n'ai jamais vraiment compris cette expression. Rien ne pourrait être moins clair qu'un jour d'orage.

Bernard s'est retourné.

*Oh, ça,* a-t-il dit en la prenant sur l'étagère. *Voyons voir. C'est ma mère quand elle était petite. Ma mère, vous comprenez? Est-ce que vous la connaissiez alors, à l'époque de cette photographie?*

(« Mettons-nous sous un arbre », a-t-elle dit. « Pourquoi ? » « Parce que c'est mieux. » « Tu devrais sans doute être assise sur une chaise, et je me tiendrais au-dessus de toi, comme on fait toujours pour les couples mariés. » « C'est idiot. » « Pourquoi idiot ? » « Parce que nous ne sommes pas mariés. » « Tu ne crois pas qu'on devrait se tenir par la main ? » « Ce n'est pas possible. » « Mais pourquoi ? » « Parce que les gens seraient au courant. » « Au courant de quoi ? » « Pour nous deux. » « Et alors, qu'est-ce que ça peut faire ? » « C'est mieux si ça reste un secret. » « Pourquoi ? » « Comme ça personne ne peut nous l'enlever. »)

*Isaac l'a trouvée peu de temps après la mort de sa mère, dans ses affaires,* a dit Bernard. *C'est une belle photographie, n'est-ce pas? J'ignore qui il est. Elle n'avait pas grand-chose de là-bas. Quelques photos de ses parents et de ses sœurs, c'est tout. Naturellement, elle ne pouvait pas savoir qu'elle ne les reverrait plus, c'est pour ça qu'elle n'a pas emporté grand-chose. Mais celle-là, je ne l'avais jamais vue, jusqu'à ce qu'Isaac la trouve dans un tiroir de son appartement. Elle était dans une enveloppe avec quelques lettres. Toutes en yiddish. Isaac pensait qu'elles avaient été envoyées par quelqu'un dont elle avait été amoureuse à Slonim. Mais j'en doute. Elle n'a jamais parlé de quiconque. Vous ne comprenez pas un mot de ce que je vous raconte, pas vrai ?*

(« Si j'avais un appareil photo, avais-je dit, je prendrais une photo de toi tous les jours. Comme ça, je me rappellerais comment tu étais chaque jour de ta vie. » « Je suis toujours la même, exactement. » « Non, pas du tout. Tu changes tout le temps. Tous les jours un tout petit peu. Si je pouvais, je garderais une trace de tout ça. » « Puisque tu es tellement malin, dis-moi en quoi j'ai changé aujourd'hui ? » « Tu es plus grande d'une fraction de millimètre, c'est déjà ça. Tes cheveux sont plus longs d'une fraction de millimètre. Et tes seins ont grandi d'une fraction de ... » « C'est pas vrai ! » « Mais si. » « PAS vrai. » « Si. » « Quoi d'autre, gros cochon ? » « Tu es un peu plus heureuse et aussi un peu plus triste. » « C'est-à-dire que ça s'annule, et je reste exactement la même. » « Pas du tout. Le fait qu'aujourd'hui tu es un peu plus heureuse ne change rien au fait que tu es aussi un peu plus triste. Tous les jours tu es un peu plus de chaque, ce qui veut dire que maintenant, en ce moment précis, tu es plus heureuse et plus triste que tu ne l'as jamais été de toute ta vie. » « Comment le sais-tu ? » « Réfléchis-y. Est-ce que tu as jamais été plus heureuse que maintenant, couchée comme ça dans l'herbe ? » « Je ne crois pas. Non. » « Et est-ce que tu as jamais été plus triste ? » « Non. » « Ce n'est pas la même chose pour tout le monde, tu sais. Il y a des gens, comme ta sœur, qui sont tous les jours un peu plus heureux. Et d'autres gens, comme Beyla Asch, sont de plus en plus tristes. Et d'autres encore, comme toi, sont les deux à la fois. » « Et toi alors ? Est-ce que tu es plus triste et plus heureux que tu as jamais été ? » « Mais oui, naturellement. » « Pourquoi ? » « Parce que rien ne me rend plus heureux et rien ne me rend plus triste que toi. »)

Mes larmes sont tombées sur le cadre. Heureusement il y avait un verre.

*J'aimerais beaucoup rester ici à égrener des souvenirs,* a dit Bernard, *mais je dois vraiment vous laisser. Tous ces gens-là en bas.* Il a fait un geste. *Si vous avez besoin de quelque chose, dites-le-moi.* J'ai hoché la tête. Il a refermé la porte derrière lui, et puis, que Dieu me pardonne, j'ai pris la photographie et je l'ai mise dans mon pantalon. J'ai descendu l'escalier et je suis sorti par la porte. Dans l'allée devant la maison, j'ai frappé à la vitre de l'une des limousines. Le chauffeur s'est réveillé.

*Je suis prêt à rentrer maintenant,* ai-je dit.

À ma grande surprise, il est sorti, a ouvert la portière et m'a aidé à monter.

Quand je suis arrivé chez moi, j'ai cru que j'avais été cambriolé. Les meubles étaient renversés et le sol était couvert de poudre blanche. J'ai saisi la batte de base-ball que je range toujours dans le porte-parapluies et j'ai suivi les traces de pas jusqu'à la cuisine. Il y avait des casseroles et des bols sales un peu partout. Il semblait que la personne qui était entrée pour me cambrioler avait eu le temps de se préparer à manger. Je suis resté là avec la photographie dans mon pantalon. J'ai entendu un fracas derrière moi, je me suis retourné et j'ai donné un coup de batte sans regarder. Mais ce n'était qu'une casserole qui avait glissé de la table et roulé par terre. Sur la table de la cuisine, à côté de ma machine à écrire, se trouvait un grand gâteau, affaissé au centre. Mais il tenait droit, quand même. Il était recouvert de sucre glace jaune et, sur le dessus, en lettres roses maladroites, on lisait, *REGARDE QUI T'A FAIT UN GÂTEAU*. De l'autre côté de ma machine à écrire, il y avait un mot : *J'AI ATTENDU TOUTE LA JOURNÉE.*

Je n'ai pas pu m'en empêcher, j'ai souri. J'ai remis la batte de base-ball dans le porte-parapluies, j'ai remis les meubles en place en me rappelant que je les avais renversés la nuit précédente, j'ai sorti le cadre, soufflé mon haleine sur le verre, je l'ai essuyé avec ma chemise et je l'ai installé sur ma table de chevet. Je suis monté chez Bruno. J'allais frapper quand j'ai vu un mot sur la porte. J'y ai lu : *NE PAS DÉRANGER. CADEAU SOUS TON OREILLER.*

Il y avait bien longtemps que personne ne m'avait fait de cadeau. Un sentiment de bonheur est venu toucher mon cœur. Parce que je peux me réveiller tous les matins et me chauffer les mains sur une tasse de thé brûlant. Parce que je peux regarder les pigeons voler. Parce qu'à la fin de ma vie, Bruno ne m'a pas oublié.

J'ai redescendu l'escalier. Pour retarder le plaisir que j'allais connaître, je suis allé chercher mon courrier. Je suis rentré dans mon appartement. Bruno avait réussi à saupoudrer tout le sol avec de la farine. Peut-être que le vent l'avait éparpillée, qui sait ? Dans la chambre, j'ai vu qu'il s'était accroupi par terre et avait dessiné un ange dans la farine. J'en ai fait le tour, pour ne pas détruire ce qui avait été dessiné avec tant d'amour. J'ai soulevé l'oreiller.

C'était une grosse enveloppe brune. Dessus, il y avait mon nom, une écriture que je ne reconnaissais pas. Je l'ai ouverte. À l'intérieur, il y avait un paquet de feuilles de papier. Je me suis mis à lire. Les mots m'étaient familiers. Pendant un instant je ne suis pas parvenu à les situer. Puis je me suis rendu compte que c'étaient mes mots.

# LA TENTE DE MON PÈRE

## 1. MON PÈRE N'AIMAIT PAS ÉCRIRE DES LETTRES

La vieille boîte Cadbury pleine des lettres de ma mère ne contient aucune des réponses de mon père. Je les ai cherchées partout, sans jamais les trouver. Il ne m'a pas non plus laissé de lettre à ouvrir pour quand je serais plus grande. Je le sais parce que j'ai demandé à ma mère s'il m'en avait laissé une, et elle m'a dit Non. Elle a dit qu'il n'était pas le genre d'homme à le faire. Quand je lui ai demandé quel genre d'homme il était, elle a réfléchi un instant. Son front s'est plissé. Elle a réfléchi encore un peu. Puis elle m'a dit qu'il était le genre d'homme qui aimait défier l'autorité. « Et puis aussi, a-t-elle ajouté, il était incapable de rester assis sans bouger. » Ce n'est pas ainsi que je me souviens de lui.

Je me souviens de lui assis dans un fauteuil ou couché dans un lit. Sauf quand j'étais très petite et que je croyais qu'être « ingénieur » voulait dire qu'il conduisait un train. Je l'imaginais alors sur le siège d'une locomotive de la couleur du charbon, tirant derrière elle une série de wagons de passagers étincelants. Un jour mon père a ri et m'a corrigée. Tout s'est remis en place d'un seul coup. C'était un de ces moments inoubliables que vit un enfant quand il découvre que jusque-là le monde l'a trompé.

## 2. IL M'A DONNÉ UN STYLO QUI FONCTIONNAIT EN APESANTEUR

« Il marche également en apesanteur », m'a dit mon père pendant que j'examinais le stylo dans son écrin en velours avec l'insigne de la NASA. C'était mon septième anniversaire. Il était couché dans un lit d'hôpital et portait un chapeau parce qu'il n'avait plus de cheveux. Du papier d'emballage glacé et froissé traînait sur la couverture. Il me tenait la main et m'a raconté que quand il avait six ans il avait lancé une pierre sur la tête d'un gamin qui harcelait son frère et que, par la suite, personne ne les avait plus embêtés, ni l'un ni l'autre. « Il faut que tu te défendes », m'a-t-il expliqué. « Mais ce n'est pas bien de lancer des pierres », ai-je dit. « Je sais, a-t-il dit. Tu es plus maligne que moi. Tu trouveras quelque chose de mieux que les pierres. » Quand l'infirmière est venue, je suis allée regarder par la fenêtre. Le pont de la 59e Rue brillait dans les ténèbres. J'ai compté les bateaux qui passaient sur la rivière. Quand j'ai commencé à m'ennuyer, je suis allée rendre visite au vieillard dont le lit était de l'autre côté du rideau. Il dormait la plupart du temps et ses mains tremblaient quand il était éveillé. Je lui ai montré le stylo. Je lui ai expliqué qu'il fonctionnait même en apesanteur, mais il n'a pas compris. J'ai essayé de lui expliquer encore une fois mais il est resté perplexe. J'ai fini par lui dire : « Je pourrai m'en servir quand je serai dans le cosmos. » Il a hoché la tête et a fermé les yeux.

## 3. L'HOMME QUI NE POUVAIT PAS ÉCHAPPER À LA PESANTEUR

Alors mon père est mort, et j'ai rangé le stylo dans un tiroir. Les années ont passé puis, à l'âge de onze ans, j'ai eu une correspondante russe. Cela avait été organisé dans le cadre de notre heder par la branche régionale de Hadassah. Pour commencer, nous étions censés écrire à des Juifs russes qui venaient d'immigrer en Israël, mais cela n'a pas marché et on nous a attribué des correspondants juifs en Russie. Pour la fête de Soukkot nous avons envoyé un etrog, un cédrat, avec notre première lettre à nos correspondants. Ma correspondante s'appelait Tatiana. Elle vivait à Saint-Pétersbourg, près du Champ de Mars. J'aimais bien prétendre qu'elle vivait dans le cosmos. L'anglais de Tatiana n'était pas très bon et il m'arrivait souvent de ne pas comprendre ses lettres. Mais je les attendais avec impatience. *Papa est mathématicien*, avait-elle écrit. *Mon père saurait survivre dans la nature*, ai-je répondu. Pour chacune de ses lettres, je lui en envoyais deux. *Est-ce que tu as un chien ? Combien de personnes utilisent ta salle de bains ? Est-ce que tu possèdes quelque chose qui a appartenu au tsar ?* Un jour une lettre est arrivée. Elle voulait savoir si j'étais déjà allée au grand magasin Sears Roebuck. À la fin, il y avait un P.-S. Elle y disait : *Garçon dans ma classe il est parti à New York. Peut-être tu veux lui écrire parce qu'il connaît personne.* Je n'ai plus jamais entendu parler d'elle.

« Où se trouve Brighton Beach ? » ai-je demandé. « En Angleterre », a répondu ma mère, qui fouillait dans les placards de la cuisine, en quête de quelque chose qu'elle avait égaré. « Je veux dire, la plage à New York. » « Près de Coney Island, je crois. » « C'est loin, Coney Island ? » « Une demi-heure, peut-être. » « En voiture ou à pied ? » « Tu peux prendre le métro. » « Combien de stations ? » « Je n'en sais rien. Pourquoi t'intéresses-tu tellement à Brighton Beach ? » « J'ai un ami là-bas. Il s'appelle Misha et il est russe », ai-je dit, pleine de fierté. « Simplement russe ? » a demandé ma mère depuis l'intérieur du placard sous l'évier. « Qu'est-ce que tu veux dire, *simplement* russe ? » Elle s'est relevée et s'est tournée vers moi. « Rien, a-t-elle dit avec sur son visage l'expression qu'elle a parfois quand elle vient de penser à quelque chose d'extraordinairement fascinant. C'est juste que toi, par exemple, tu es un quart russe, un quart hongroise, un quart polonaise et un quart allemande. » Je n'ai rien dit. Elle a ouvert un tiroir, puis l'a refermé. « En réalité, a-t-elle dit, tu pourrais dire que tu es pour trois quarts polonaise et pour un quart hongroise, puisque les parents de Bubbe vivaient en Pologne avant de s'installer à Nuremberg, et que la ville de grand-maman Sasha était à l'origine en Biélorussie, ou Russie blanche, avant de faire partie de la Pologne. » Elle a ouvert un autre placard rempli de sacs en plastique et s'est mise à tripatouiller dedans. Je me suis tournée pour partir. « Maintenant que j'y pense, a-t-elle dit, je crois que tu pourrais également dire que tu es trois quarts polonaise et un quart tchèque, parce que la ville dont venait Zeyde était en Hongrie avant 1918 et ensuite en Tchécoslovaquie, bien que les Hongrois aient continué à se considérer hongrois, et sont même devenus brièvement hongrois pendant la Seconde Guerre mondiale. Naturellement, tu pourrais tout aussi bien dire que tu es à moitié polonaise, un quart hongroise et un quart anglaise, puisque grand-papa Simon a quitté la Pologne pour aller vivre à Londres à l'âge de neuf ans. » Elle a pris une feuille de papier du bloc près du téléphone et s'est mise à écrire avec vigueur. Une minute s'est écoulée pendant qu'elle gribouillait sur la feuille. « Regarde! a-t-elle dit en poussant la feuille vers moi pour que je puisse voir. En fait, tu peux construire *seize* camemberts *différents*, tous exacts ! » J'ai regardé la feuille de papier. On y voyait :

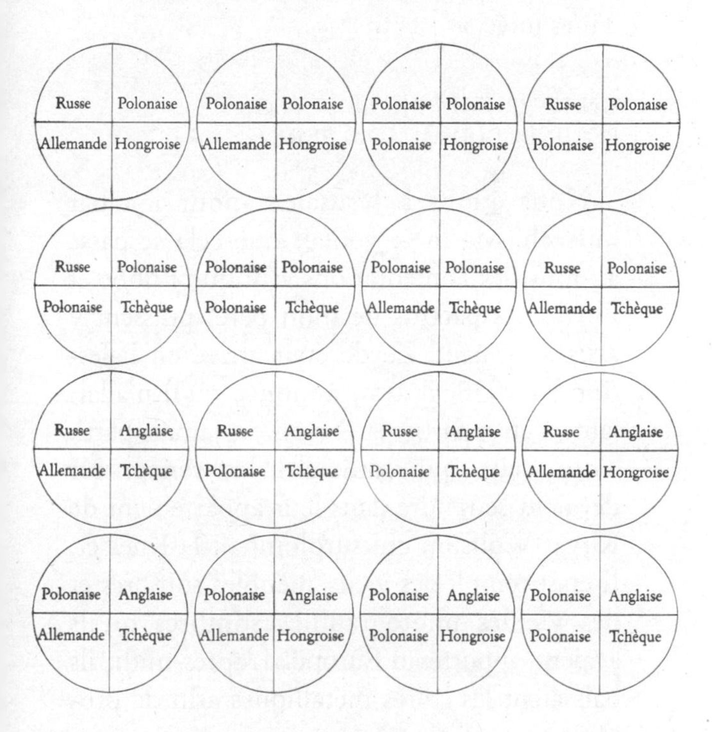


« Et puis aussi, tu pourrais vouloir rester à moitié anglaise et à moitié israélienne, puisque... » « JE SUIS AMÉRICAINE ! » ai-je hurlé. Ma mère a cligné des yeux. « Comme tu veux », a-t-elle dit avant de mettre la bouilloire sur le feu. Depuis le coin de la pièce où il regardait les photos d'un magazine, Bird a murmuré : « Non, pas du tout. Tu es juive. »

## 5. UN JOUR J'AI PRIS LE STYLO POUR ÉCRIRE À MON PÈRE

Nous étions à Jérusalem pour ma bar mitsvah. Ma mère voulait que cela se passe au mur des Lamentations afin que Bubbe et Zeyde, les parents de mon père, puissent y assister. Quand Zeyde était arrivé en Palestine en 1938, il avait annoncé qu'il n'allait jamais en repartir, et il n'en est jamais parti. Tous ceux qui voulaient les rencontrer devaient se rendre dans leur appartement de Kiryat Wolfson, qui surplombait la Knesset. Il était rempli des vieux meubles sombres et des vieilles photographies sombres qu'ils avaient apportés d'Europe. L'après-midi, ils baissaient les stores métalliques afin de protéger tout cela de la lumière aveuglante, parce que rien de ce qu'ils possédaient n'était fait pour résister à ce climat.

Ma mère a passé des semaines à rechercher des billets bon marché et a fini par trouver trois billets à $700 sur El Al. Cela représentait quand même beaucoup d'argent pour nous, mais elle a déclaré que c'était une bonne façon de le dépenser. La veille de ma bar mitsvah, maman nous a emmenés voir la mer Morte. Bubbe est également venue, elle avait mis un chapeau de paille qui tenait avec un ruban sous le menton. Quand elle est sortie de la cabine en maillot de bain, elle était fascinante, sa peau était toute ridée et plissée et couverte de veines bleues. Nous avons vu son visage devenir tout rouge dans les sources sulfureuses chaudes, des perles de transpiration apparaître sur sa lèvre supérieure. En sortant des sources, elle dégoulinait. Nous l'avons suivie jusqu'au bord de l'eau. Bird était debout dans la boue, les jambes croisées. « Si tu dois le faire, fais-le dans l'eau », a dit Bubbe en élevant la voix. Un groupe d'épaisses femmes russes couvertes d'argile minérale noire se sont tournées pour nous regarder. Si Bubbe s'en est aperçue, elle s'en fichait. Nous flottions sur le dos tandis qu'elle nous surveillait de sous le large bord de son chapeau. J'avais fermé les yeux, mais je sentais son ombre au-dessus de moi. « Tu n'as bas de boitrine? Bourquoi donc? » J'ai senti mon visage devenir brûlant et j'ai fait semblant de ne pas avoir entendu. « Tu n'as bas de betit ami ? » a-t-elle demandé. Bird a dressé l'oreille. « Non », ai-je bredouillé. « Quoi ? » « *Non.* » « Bourquoi bas ? » « J'ai douze ans. » « Et alors ! Gand ch'avais ton âge, j'en avais trois, beut-être quatre. Tu es jeune et jolie, *keyneynehore.* » J'ai barboté un peu pour m'éloigner de son immense, imposante poitrine. Sa voix m'a suivie. « Mais ça ne durera bas toujours ! » J'ai essayé de me mettre debout et j'ai glissé sur l'argile. J'ai cherché des yeux ma mère à la surface calme de l'eau et je l'ai aperçue. Elle avait nagé plus loin que le dernier baigneur et continuait à nager.

Le lendemain matin je me suis trouvée devant le mur des Lamentations, je puais toujours le soufre. Les fentes entre les énormes pierres étaient remplies de petits bouts de papier froissé. Le rabbin m'avait dit que, si je le désirais, je pouvais écrire un mot à Dieu et le mettre dans une fente. Je ne croyais pas en Dieu et j'ai donc écrit à mon père : *Cher papa, je t'écris ceci avec le stylo que tu m'as donné. Hier Bird m'a demandé si tu savais faire la manœuvre de Heimlich et je lui ai dit que oui. Je lui ai dit aussi que tu savais piloter un hovercraft. Oh, j'ai trouvé ta tente à la cave. Je suppose que maman l'a oubliée quand elle a jeté tout ce qui t'appartenait. Elle sent le moisi, mais il n'y a pas de trous. Il m'arrive de la monter dans le jardin et de m'étendre à l'intérieur en pensant que toi aussi tu t'y étendais. Je t'écris ça mais je sais que tu ne peux pas le lire. Baisers. Alma.* Bubbe a également écrit un mot. Quand j'ai voulu pousser le mien dans le mur, le sien est tombé. Elle était occupée par sa prière, alors je l'ai ramassé et je l'ai défroissé. J'y ai lu : *Baroukh Ha-chem, moi et mon mari vivrions bien encore un peu et faites que mon Alma grandisse dans la santé et le bonheur et puis si ce n'est pas trop demander des jolis seins.*

## 6. SI J'AVAIS L'ACCENT RUSSE TOUT SERAIT DIFFÉRENT

Quand je suis rentrée à New York, la première lettre de Misha m'attendait. Elle commençait par, *Chère Alma. Salutations! Je suis très content de ton accueil!* Il avait presque treize ans, cinq mois de plus que moi. Son anglais était meilleur que celui de Tatiana parce qu'il avait appris par cœur presque toutes les chansons des Beatles. Il les chantait en s'accompagnant avec l'accordéon que son grand-père lui avait donné, celui qui était venu vivre chez eux quand la grand-mère de Misha était morte et quand, selon Misha, son âme était arrivée au jardin d'Été à Saint-Pétersbourg sous la forme d'un vol d'oies. Elles étaient restées là deux semaines, cacardant sous la pluie et, quand elles étaient reparties, l'herbe était couverte de crottes. Son grand-père est arrivé quelques semaines plus tard, tirant derrière lui une valise toute cabossée contenant les dix-huit volumes de *L'histoire des Juifs*. Il a emménagé dans la chambre que Misha partageait avec sa sœur aînée, Svetlana, où ils étaient déjà à l'étroit, a sorti son accordéon et s'est mis à composer l'œuvre de sa vie. Il a commencé par écrire des variations sur des thèmes folkloriques russes mélangés à des riffs juifs. Plus tard il est passé à des versions plus sombres, plus sauvages et, tout à la fin, il a cessé de jouer des airs qu'ils pouvaient reconnaître, il tenait de longues notes tout en sanglotant, et personne n'avait besoin d'expliquer à Misha et à Svetya, pourtant plutôt obtus, qu'il était enfin devenu le compositeur qu'il avait toujours voulu être. Il avait une voiture pourrie garée dans l'allée derrière leur immeuble. Selon les explications de Misha, il conduisait à l'aveugle, accordant à la voiture une bonne dose d'indépendance, rebondissant contre les choses et lui laissant trouver son chemin, se contentant de faire tourner le volant du bout des doigts quand la situation frôlait le danger mortel. Lorsque leur grand-père venait les chercher à la sortie de l'école, Misha et Svetlana se bouchaient les oreilles et essayaient de regarder ailleurs. Quand il faisait ronfler le moteur et qu'il devenait impossible de l'ignorer, ils se dépêchaient de rejoindre la voiture, tête baissée, et se glissaient sur la banquette arrière. Ils se blottissaient l'un contre l'autre pendant que leur grand-père, au volant, fredonnait les airs d'une cassette du groupe punk de leur cousin Lev, Pussy Ass Mother Fucker. Mais il se trompait toujours dans les paroles. Au lieu de « *Me suis battu, lui ai écrasé le visage sur la portière* », il chantait « *Tu n'es qu'un fétu, et pourtant tu es aussi fier qu'un condottiere* », et au lieu de « *T'es une peau de vache, mais t'es si jolie* », il chantait « *Mais où donc tu te caches, ma petite folie ?* » Quand Misha et sa sœur lui faisaient remarquer qu'il se trompait, leur grand-père prenait l'air surpris et montait le volume pour mieux entendre, mais la fois suivante il chantait la même chose. Quand il est mort, il a légué à Svetya les dix-huit volumes de *L'histoire des Juifs*, et à Misha, l'accordéon. C'est plus ou moins à cette époque que la sœur de Lev, qui mettait du bleu sur ses paupières, a invité Misha dans sa chambre, lui a joué *Let it Be* et lui a appris à embrasser.

## 7. LE GARÇON À L'ACCORDÉON

Misha et moi avons échangé vingt et une lettres. C'était l'année de mes douze ans, deux ans avant que Jacob Marcus écrive à ma mère pour lui demander de traduire *L'histoire de l'amour*. Les lettres de Misha étaient remplies de points d'exclamation et de questions du genre : *Que veut dire, ton cul est herbeux ?* et les miennes de questions sur la vie en Russie. Puis il m'a invitée à sa bar mitsvah.

Ma mère m'a fait des tresses, m'a prêté son châle rouge et m'a conduite jusqu'à son immeuble à Brighton Beach. J'ai appuyé sur la sonnette et j'ai attendu que Misha descende. Ma mère m'a fait un signe de la main depuis la voiture. Je frissonnais dans l'air froid. Un garçon plutôt grand, à la lèvre supérieure couverte d'un duvet sombre, est sorti. « Alma ? » a-t-il demandé. J'ai hoché la tête. « Bienvenue, mon amie ! » a-t-il dit. J'ai fait un signe en direction de ma mère et je suis entrée derrière lui. Le hall sentait le chou un peu sur. À l'étage, l'appartement était rempli de gens qui mangeaient et qui criaient en russe. Il y avait un groupe de musiciens dans un coin de la salle à manger et les gens essayaient de danser en dépit du manque de place. Misha était occupé à bavarder avec tout le monde et à bourrer ses poches d'enveloppes, de sorte que j'ai passé la plus grande partie de la réception assise dans un coin du canapé avec une assiette de crevettes géantes. Je ne mange jamais de crevettes mais c'était la seule chose que j'avais identifiée. Si quelqu'un s'adressait à moi, il fallait que j'explique que je ne parlais pas russe. Un vieil homme m'a offert de la vodka. C'est à ce moment-là que Misha a surgi de la cuisine harnaché dans son accordéon, lequel était branché à un ampli, et il s'est mis à chanter. « *You say it's your birthday!* » a-t-il crié. La foule avait l'air inquiète. « *Well it's my birthday, too!* » a-t-il hurlé, et l'accordéon a pris vie en couinant. Cela a été suivi par *Sgt. Pepper's Lonely Hearts Club Band*, qui a été suivi par *Here Comes the Sun* puis, pour finir, après cinq ou six chansons, les Beatles sont passés à *Hava Nagila* et la foule a été prise de folie, tout le monde s'est mis à chanter et à essayer de danser. Quand la musique s'est enfin arrêtée, Misha est venu me trouver, le visage rose et transpirant. Il m'a pris la main et nous sommes sortis de l'appartement, nous avons suivi le couloir, grimpé cinq étages, poussé une porte et nous sommes sortis sur le toit. On voyait l'océan au loin, les lumières de Coney Island et, au-delà, des montagnes russes abandonnées. J'ai commencé à claquer des dents et Misha a ôté sa veste et l'a posée sur mes épaules. Elle était chaude et sentait la transpiration.

8. БЛЯДЬ

J'ai tout dit à Misha. Comment mon père était mort, et la solitude de ma mère, et l'indéracinable croyance en Dieu de Bird. Je lui ai parlé des trois volumes de *Comment survivre dans la nature*, du correcteur anglais et de sa régate, de Henry Lavender et de ses coquillages philippins, du vétérinaire, Tucci. Je lui ai parlé du docteur Eldridge et de *La vie telle que nous ne la connaissons pas*, et plus tard — deux ans après que nous avons commencé à nous écrire, sept ans après la mort de mon père, et 3,9 milliards d'années après l'apparition de la vie sur terre —, quand la première lettre de Jacob Marcus est arrivée de Venise, j'ai parlé à Misha de *L'histoire de l'amour.* Le plus souvent, nous nous écrivions ou nous nous téléphonions, mais il arrivait que nous nous retrouvions le week-end. Je préférais aller à Brighton Beach parce que Mrs. Shklovsky nous apportait du thé avec des cerises au sirop dans un service en porcelaine, et Mr. Shklovsky, qui avait toujours des auréoles sombres de transpiration sous les aisselles, m'apprenait à jurer en russe. Parfois nous louions des films, particulièrement des histoires d'espions ou des films de suspense. Nos préférés étaient *Fenêtre sur cour, L'inconnu du Nord-Express* et *La mort aux trousses,* que nous avons regardés dix fois. Quand j'ai écrit à Jacob Marcus en prétendant être ma mère, c'est à Misha que j'en ai parlé, lui lisant l'ultime brouillon au téléphone. « Qu'en penses-tu ? » ai-je demandé. « Je crois que ton cul est... » « Laisse tomber », ai-je dit.

## 9. L'HOMME QUI CHERCHAIT UNE PIERRE

Une semaine s'est écoulée après l'envoi de ma lettre, ou de la lettre de ma mère, comme vous préférez. Une autre semaine s'est écoulée et je me suis dit que Jacob Marcus était peut-être à l'étranger, par exemple au Caire, ou peut-être même à Tokyo. Une semaine s'est écoulée et je me suis dit qu'il avait peut-être compris la vérité. Quatre jours se sont écoulés et j'ai observé le visage de ma mère pour voir s'il présentait des signes de colère. Nous étions déjà à la fin du mois de juillet. Un jour s'est écoulé et je me suis dit que je devrais peut-être écrire à Jacob Marcus et m'excuser. Le lendemain sa lettre est arrivée.

Le nom de ma mère, Charlotte Singer, était écrit très grand au stylo sur l'enveloppe. Je l'ai glissée sous la ceinture de mon short au moment où le téléphone sonnait. « Allô ? » ai-je demandé avec impatience. « Est-ce que le *Moshiah* est là ? » a demandé la voix à l'autre bout de la ligne. « *Qui ?* » « Le *Moshiah* », a dit le gamin, et j'ai entendu des rires étouffés à l'arrière-plan. Cela ressemblait à la voix de Louis, qui vivait non loin de chez nous et qui avait été l'ami de Bird jusqu'à ce qu'il rencontre d'autres amis qu'il lui préférait et qu'il cesse de lui parler. « Laisse-le tranquille », ai-je dit en raccrochant, regrettant de ne pas avoir trouvé mieux.

J'ai couru sur toute la longueur du pâté de maisons jusqu'au parc en me tenant le flanc pour que la lettre ne glisse pas. Il faisait chaud et j'ai commencé à transpirer. J'ai déchiré l'enveloppe près d'une poubelle dans Long Meadow. Sur la première page, Jacob Marcus expliquait combien il aimait les chapitres que ma mère lui avait envoyés. J'ai passé rapidement jusqu'à ce que, sur la deuxième page, je tombe sur la phrase suivante : *Je n'ai pas encore parlé de votre lettre.* Il avait écrit :

> Votre curiosité me flatte. J'aurais aimé pouvoir apporter des réponses plus intéressantes à toutes vos questions. Je dois avouer que, ces jours-ci, je passe une grande partie de mon temps simplement assis à regarder par la fenêtre. Autrefois, j'adorais voyager. Mais le séjour à Venise a été plus dur que je ne m'y attendais et je doute fort de pouvoir recommencer. Ma vie, pour des raisons qui ne dépendent pas de moi, se trouve réduite à ses plus simples éléments. Par exemple, ici, sur mon bureau, est posée une pierre. Un morceau de granit gris sombre coupé en deux par une veine blanche. La trouver m'a demandé toute la matinée. J'ai commencé par rejeter bon nombre de pierres. Je n'étais pas parti avec une idée précise sur cette pierre. Je pensais que je la reconnaîtrais quand je la verrais. Tout en cherchant, j'ai élaboré

certaines exigences. Elle devait tenir confortablement dans la paume de ma main, être lisse, de préférence grise, etc. Voilà ce qu'a été ma matinée. J'ai eu besoin des dernières heures pour récupérer.

Il n'en a pas toujours été ainsi. Autrefois, une journée était gâchée si je n'avais pas produit une certaine quantité de travail. Remarquer ou ne pas remarquer le boitillement du jardinier, la glace sur le lac, les longues sorties solennelles du fils de mon voisin qui apparemment n'a pas d'ami — tout cela ne comptait pas. Mais les choses ont changé maintenant.

Vous me demandez si je suis marié. Je l'ai été, mais c'était il y a bien longtemps et nous avons été suffisamment intelligents ou stupides pour ne pas avoir d'enfants. Nous nous étions rencontrés très jeunes, avant d'en savoir assez sur les déceptions et, une fois que nous avons su ce que c'était, nous nous rappelions mutuellement notre déception. Je suppose que vous pourriez dire également que je porte un petit astronaute russe sur le revers de ma veste. Je vis seul à présent, ce qui ne me dérange pas. Ou peut-être juste un petit peu. Mais seule une femme extraordinaire accepterait de me tenir compagnie maintenant que je peux à peine marcher jusqu'au bout du jardin et en revenir avec le courrier. Bien que je continue à le faire. Deux fois par semaine, un ami m'apporte des provisions, et ma voisine passe une fois par jour au prétexte qu'elle aimerait jeter un coup d'œil aux fraises qu'elle a plantées dans mon jardin. Je n'aime pas les fraises.

Je vous donne une image qui est pire que la

réalité. Je ne vous connais pas encore et je sollicite déjà un peu de compassion.

Vous m'avez également demandé ce que je faisais de mon temps. Je lis. Ce matin, j'ai terminé *La rue des crocodiles* pour la troisième fois. J'ai trouvé ce livre d'une beauté presque insupportable.

Et puis aussi, je regarde des films. Mon frère m'a offert un lecteur de DVD. Vous ne me croiriez pas si je vous disais le nombre de films que j'ai regardés le mois dernier. Voilà ce que je fais. Je regarde des films et je lis. Il m'arrive parfois de faire semblant d'écrire, mais je ne trompe personne. Oh, et je marche jusqu'à la boîte aux lettres.

Suffit. J'ai beaucoup aimé votre livre. J'aimerais que vous m'en envoyiez davantage.

JM

## 10. J'AI LU LA LETTRE UNE CENTAINE DE FOIS

Et chaque fois que la lisais, j'avais l'impression d'en savoir un peu moins sur Jacob Marcus. Il disait qu'il avait passé la matinée à chercher une pierre, mais il n'a rien dit de plus sur la raison pour laquelle *L'histoire de l'amour* avait tant d'importance pour lui. Naturellement, j'ai bien remarqué qu'il avait écrit : *Je ne vous connais pas encore*. Pas encore ! Indiquant qu'il pensait un jour mieux nous connaître, ou du moins ma mère, puisqu'il ne savait rien de Bird ni de moi. (Pas encore!) Mais pourquoi trouvait-il difficile de marcher jusqu'à la boîte aux lettres et d'en revenir? Et pourquoi la femme qui lui tiendrait compagnie devrait-elle être si extraordinaire? Et pourquoi porte-t-il un astronaute russe sur le revers de sa veste?

J'ai décidé de dresser une liste des indices. Je suis rentrée à la maison, j'ai fermé la porte de ma chambre et j'ai sorti le troisième volume de *Comment survivre dans la nature.* J'ai commencé une nouvelle page. J'ai décidé de tout écrire en langage codé, au cas où quelqu'un déciderait de venir fouiller dans mes affaires. Je me suis rappelé Saint-Ex. Tout en haut, j'ai écrit *Comment survivre si votre parachute ne s'ouvre pas.* Puis j'ai écrit :

1. *Chercher une pierre*
2. *Vivre près d'un lac*
3. *Avoir un jardinier qui boite*
4. *Lire* La rue des crocodiles
5. *Avoir besoin d'une femme extraordinaire*
6. *Peiner à marcher simplement jusqu'à la boîte aux lettres*

C'étaient là les seuls indices que je pouvais glaner dans sa lettre, je me suis donc glissée dans la chambre de ma mère pendant qu'elle était en bas et j'ai pris les autres lettres dans le tiroir de son bureau. Je les ai lues, en quête d'indices supplémentaires. C'est alors que je me suis rappelé que sa première lettre commençait par une citation tirée de l'introduction que ma mère avait rédigée sur Nicanor Parra, où elle écrivait qu'il portait sur son revers un petit astronaute russe et avait dans ses poches les lettres d'une femme qui l'avait quitté pour un autre homme. Quand Jacob Marcus écrivait que lui aussi portait un astronaute russe, est-ce que cela signifiait que sa femme l'avait quitté pour un autre homme ? Comme je n'en étais pas certaine, je ne l'ai pas relevé comme indice. Mais j'ai écrit :

*7. Faire un voyage à Venise*
*8. Il y a très longtemps, vous faire lire par quelqu'un, alors que vous vous endormez, quelques pages de* L'histoire de l'amour
*9. Ne jamais l'oublier.*

J'ai examiné ces indices. Aucun d'entre eux ne m'était utile.

J'ai décidé que si je voulais vraiment savoir qui était Jacob Marcus et pourquoi il était tellement important pour lui que le livre soit traduit, le seul autre endroit où je pouvais espérer trouver quelque chose était *L'histoire de l'amour.*

Je me suis glissée dans la chambre de ma mère à l'étage afin de voir si je pouvais imprimer les chapitres qu'elle avait déjà traduits à partir de son ordinateur. Le seul problème était qu'elle était assise devant. « Bonjour », a-t-elle dit. « Bonjour », ai-je dit, essayant d'avoir l'air de rien. « Comment vas-tu ? » a-t-elle demandé. « Trèsbienmerciettoi ? » ai-je répondu, parce que c'est ce qu'elle m'avait appris à dire, ainsi que comment tenir correctement mon couteau et ma fourchette, comment tenir une tasse de thé bien droite entre deux doigts et la meilleure façon d'enlever un fragment de nourriture d'entre deux dents sans attirer l'attention, au cas où la Reine m'inviterait à prendre le thé chez elle. Quand j'avais fait remarquer que personne ne tient correctement son couteau et sa fourchette, elle avait pris un air malheureux et avait dit qu'elle essayait d'être une bonne mère et que, si elle ne me l'apprenait pas, qui le ferait ? J'aurais préféré qu'elle s'abstienne, toutefois, parce que se montrer poli est parfois pire que se montrer impoli, comme le jour où Greg Feldman était passé près de moi dans le hall de l'école et m'avait dit : « Salut, Alma, quoi de neuf? » et j'avais répondu : « Trèsbienmerciettoi ? » et il s'était arrêté et m'avait regardée comme si j'étais tombée de Mars en parachute, et il m'avait dit : « Tu ne peux donc pas dire : *Pas grand-chose*? »

## 12. PAS GRAND-CHOSE

Dehors, la nuit a commencé à tomber, et ma mère a dit qu'il n'y avait rien à manger à la maison, et désirions-nous commander un dîner thaïlandais, ou peut-être antillais, et pourquoi pas cambodgien ? « On ne peut pas faire la cuisine ? » ai-je demandé. « Gratin de macaroni ? » a demandé ma mère. « Mrs. Shklovsky fait un très bon poulet à l'orange », ai-je dit. Ma mère n'avait pas l'air convaincue. « Du chili ? » ai-je demandé. Tandis qu'elle était au supermarché, je suis allée dans son bureau et j'ai imprimé les chapitres un à quinze de *L'histoire de l'amour*, elle n'était pas allée plus loin. J'ai descendu les pages et je les ai cachées dans mon sac de survie sous mon lit. Quelques minutes plus tard, ma mère est rentrée avec une livre de dinde hachée, une tête de brocoli, trois pommes, un pot de cornichons et une boîte de pâte d'amandes importée d'Espagne.

## 13. L'ÉTERNELLE DÉCEPTION DE LA VIE TELLE QU'ELLE EST

Après un dîner de boulettes de poulet, soi-disant de la viande, cuites au micro-ondes, je me suis couchée et, sous la couverture, avec une lampe de poche, j'ai lu les chapitres de *L'histoire de l'amour* que ma mère avait traduits. Il y avait le chapitre sur la façon dont les gens avaient parlé avec les mains, et le chapitre sur l'homme qui croyait être en verre, et un chapitre que je n'avais pas lu, intitulé « La naissance du sentiment ». Il commençait par *Les sentiments n'ont pas toujours existé.*

> Tout comme il y eut un premier instant où quelqu'un frotta deux morceaux de bois pour produire une étincelle, il y eut un premier instant où quelqu'un ressentit de la joie, et un premier instant pour la tristesse. Pendant quelque

temps, on inventa continuellement de nouveaux sentiments. Le désir naquit très tôt, de même que le regret. Quand l'entêtement fut ressenti pour la première fois, ce fut le début d'une réaction en chaîne, créant d'une part le ressentiment et d'autre part l'aliénation et la solitude. Peut-être fut-ce un certain mouvement des hanches contraire aux aiguilles d'une montre qui marqua la naissance de l'extase ; un éclair qui provoqua le premier sentiment de crainte révérencielle. Ou peut-être fût-ce le corps d'une jeune femme nommée Alma. Contrairement à ce qui semblerait logique, le sentiment de surprise n'apparut pas immédiatement. Il ne survint qu'une fois que les gens eurent eu suffisamment de temps pour s'habituer aux choses telles qu'elles étaient. Et quand suffisamment de temps *se fut* écoulé et que quelqu'un ressentit la surprise pour la première fois, quelqu'un, ailleurs, ressentit les premières atteintes de la nostalgie.

Il est également vrai qu'il arrivait que les gens aient senti certaines choses et que, comme il n'y avait pas de mot pour les dire, personne ne les ait mentionnées. La plus ancienne émotion du monde est sans doute de se sentir ému ; mais la décrire — simplement la nommer — devait être comme essayer d'attraper l'invisible.

(Mais il est vrai que le plus ancien sentiment du monde a très bien pu être la confusion.)

Ayant commencé à ressentir, les gens désiraient sentir davantage. Ils voulaient ressentir plus de choses, plus profondément, quelle que soit la souffrance qui en découlait parfois. Les gens étaient devenus incapables de se passer du sentiment. Ils cherchèrent à découvrir de nouvelles émotions. Il se peut que ce fût ainsi que naquit l'art. De nouvelles sortes de joie furent forgées, ainsi que de nouvelles sortes de tristesse : l'éternelle déception de la vie telle qu'elle est ; le soulagement d'un sursis inattendu ; la peur de mourir.

Même aujourd'hui, toute la gamme possible des sentiments n'existe pas encore. Il en est qui attendent, au-delà de nos capacités et de notre imagination. De temps en temps, quand apparaît une nouvelle œuvre musicale encore jamais écrite, une peinture encore jamais peinte, ou une chose impossible à prédire, à sonder ou même à décrire, un nouveau sentiment pénètre le monde. Et alors, pour la millionième fois dans l'histoire du sentiment, le cœur se gonfle, et absorbe l'impact.

Tous les chapitres étaient plus ou moins de ce type et aucun d'entre eux ne me révélait vraiment pourquoi le livre avait tant d'importance pour Jacob Marcus. Je me suis surprise, en revanche, à penser à mon père. À tout ce que *L'histoire de l'amour* avait dû signifier pour lui puisqu'il l'avait offert à ma mère deux semaines à peine après leur rencontre, alors même qu'il la savait encore incapable de lire l'espagnol. Pourquoi ? Parce qu'il était en train de tomber amoureux d'elle, naturellement.

J'ai alors pensé à autre chose. Et si mon père avait écrit quelque chose dans l'exemplaire de *L'histoire de l'amour* qu'il avait offert à ma mère ? Je n'avais même pas eu l'idée de regarder.

Je suis sortie de mon lit et montée à l'étage. Le bureau de maman était vide et le livre était à côté de son ordinateur. Je l'ai pris et je l'ai ouvert à la page de titre. D'une écriture que je ne reconnaissais pas, quelqu'un avait écrit : *Pour Charlotte, mon Alma. Voici le livre que je t'aurais écrit si j'avais été capable d'écrire. Avec mon amour, David.*

Je suis retournée au lit et j'ai réfléchi à mon père, et à ces vingt mots, pendant longtemps.

Et puis je me suis mise à penser à elle. À Alma. Qui était-elle ? Ma mère aurait dit qu'elle était n'importe qui, toutes les jeunes filles et toutes les femmes que quelqu'un a aimées. Mais plus j'y réfléchissais et plus je pensais qu'elle avait également dû être *quelqu'un*. Car comment Litvinoff aurait-il pu écrire autant sur l'amour sans être lui-même amoureux ? De quelqu'un en particulier. Et ce quelqu'un avait certainement comme nom...

Sous les neuf indices que j'avais déjà notés, j'en ai ajouté un autre :

*10. Alma*

14. LA NAISSANCE DU SENTIMENT

Je suis descendue à toute vitesse à la cuisine, mais elle était vide. Dehors, devant la fenêtre, au milieu du jardin rempli de mauvaises herbes, se trouvait ma mère. J'ai ouvert d'une poussée la porte grillagée. « Alma », ai-je dit, en essayant de reprendre mon souffle. « Hmm ? » a fait ma mère. Elle tenait un transplantoir. Je n'ai pas eu le temps de me demander pourquoi elle avait un transplantoir à la main puisque c'était mon père, et pas elle, qui s'occupait du jardin, et puisqu'il était neuf heures et demie du soir. « Quel est son nom de famille ? » ai-je demandé. « Mais de quoi tu parles ? » a dit ma mère. « Alma, ai-je dit avec impatience. La fille dans le livre. Quel est son nom de famille ? » Ma mère s'est essuyé le front, y laissant une traînée de terre. « C'est vrai, maintenant que tu me le demandes — un des chapitres donne bien un nom de famille. Mais c'est étrange car, alors que tous les autres noms du livre sont espagnols, son nom de famille est... » Ma mère a froncé les sourcils. « Quoi ? ai-je demandé, tout excitée. C'est quoi ? » « Mereminski », a dit ma mère. « Mereminski », ai-je répété. Elle a hoché la tête. « M-E-R-E-M-I-N-S-K-I. Mereminski. Polonais. C'est un des seuls indices que nous a laissés Litvinoff sur l'endroit d'où il venait. »

J'ai couru à l'étage, grimpé sur mon lit, allumé ma lampe de poche, puis j'ai ouvert le troisième volume de *Comment survivre dans la nature*. Après *Alma*, j'ai écrit *Mereminski*.

Le lendemain, je me suis mise à sa recherche.

# LES PROBLÈMES QUE CRÉE LA RÉFLEXION

Si Litvinoff toussait de plus en plus au fil des années — une toux sèche qui secouait son corps tout entier, l'obligeant à se plier en deux et le contraignant à se lever de table en s'excusant quand il était invité à dîner, à refuser les conversations téléphoniques et à rejeter les rares invitations à parler en public — ce n'était pas tant parce qu'il était malade que parce qu'il y avait quelque chose qu'il aurait aimé dire. Plus le temps passait, plus le désir d'exprimer cette chose augmentait, et plus il lui devenait impossible de la dire. Il lui arrivait parfois de se réveiller au milieu d'un rêve, saisi par la panique. *Rosa!* avait-il envie de crier. Mais avant que les mots ne soient sortis de sa bouche, il sentait sa main sur sa poitrine et, en entendant sa voix — *Qu'y a-t-il? Qu'est-ce qui ne va pas, mon chéri?* —, il perdait courage, submergé par la crainte des conséquences. Et alors, au lieu d'énoncer ce qu'il voulait dire, il disait : *Ce n'est rien.*

*Simplement un cauchemar*, et il attendait qu'elle se fût rendormie avant de repousser les couvertures et de se rendre sur le balcon.

Dans sa jeunesse, Litvinoff avait un ami. Pas son meilleur ami, mais un bon ami. Il avait vu son ami pour la dernière fois le jour où il avait quitté la Pologne. Son ami se tenait à un coin de rue. Ils s'étaient déjà dit au revoir, mais tous les deux s'étaient retournés pour regarder l'autre partir. Ils étaient restés ainsi debout pendant longtemps. Son ami serrait un poing contre sa poitrine et, dans son poing, sa casquette. Il leva une main, salua Litvinoff et sourit. Puis il enfonça sa casquette sur ses yeux, fit demi-tour et disparut, les mains vides, dans la foule. Pas un jour ne s'écoulait sans que Litvinoff ne pensât à ce moment, à cet ami.

Les nuits où il ne parvenait pas à s'endormir, Litvinoff se rendait parfois dans son bureau et prenait son exemplaire de *L'histoire de l'amour*. Il avait si souvent lu le quatorzième chapitre, « L'âge de la ficelle », que le livre avait fini par s'ouvrir automatiquement à cet endroit :

> Tant de mots disparaissent. Ils quittent la bouche et perdent courage, se promènent à l'aventure jusqu'à ce qu'ils soient balayés dans les caniveaux comme des feuilles mortes. Les jours de pluie, on entend leur

chœur qui coule à toute vitesse : *JétaisunebellefilleNetenvapasMoiaussijecroisquemoncorpsestenverreJenaijamaisaimépersonneJemetrouveplutôtdrôlePardonnez-moi...*

Autrefois, il n'était pas du tout inhabituel d'utiliser un morceau de ficelle afin de guider des mots qui sinon auraient pu vaciller avant d'atteindre leur destination. Les gens timides avaient une petite pelote de ficelle dans leur poche, mais les personnes que l'on considérait comme des grandes gueules en avaient elles aussi besoin, puisque ceux qui ont l'habitude d'être écoutés par tout le monde sont souvent perdus quand il s'agit d'être écouté par une seule personne. La distance physique entre deux personnes utilisant une ficelle était souvent petite; parfois, plus la distance était petite, plus le besoin de ficelle était grand.

La pratique d'attacher des gobelets à l'extrémité de la ficelle est venue bien plus tard. D'aucuns disent que cela vient du désir irrépressible de presser un coquillage contre une oreille afin d'entendre l'écho toujours vivant de la première expression du monde. D'autres disent que l'on doit cette pratique à un homme tenant l'extrémité d'une ficelle qu'une jeune fille partie en Amérique avait déroulée d'une rive à l'autre de l'océan.

Quand le monde est devenu plus vaste et qu'il n'y eut plus assez de ficelle pour empêcher que ce que les gens voulaient dire ne disparaisse dans cette immensité, le téléphone fut inventé.

Parfois il n'y a pas de longueur de ficelle suffisante pour dire les choses qui ont besoin d'être dites. Dans ces cas-là, tout ce que peut faire la ficelle, quelle que soit sa forme, c'est guider le silence de quelqu'un.

Litvinoff toussa. Le livre imprimé entre ses mains était la copie d'une copie d'une copie d'une copie de l'original, lequel n'existait plus, sauf dans sa tête. Pas l'« original » au sens du livre idéal qu'imagine un écrivain avant de s'asseoir pour écrire. L'original qui existait dans la tête de Litvinoff était le souvenir du manuscrit rédigé dans sa langue maternelle, celui qu'il avait entre les mains le jour où il avait dit au revoir à son ami pour la dernière fois. Ils ne savaient pas que cela allait être la dernière fois. Mais dans son cœur, chacun d'entre eux s'était posé la question.

À cette époque, Litvinoff était journaliste. Il travaillait pour un quotidien, rédigeait les notices nécrologiques. De temps en temps, le soir, après le travail, il se rendait dans un café que fréquentaient des artistes et des philosophes. Comme Litvinoff ne connaissait pas grand-monde là-bas, il se contentait le plus souvent de commander une boisson et d'écouter les conversations autour de lui en faisant semblant de lire le journal :

*La notion du temps en dehors de notre expérience est intolérable!*

*Marx, mon cul.*

*Le roman est mort!*

*Avant de déclarer notre consentement, il nous faut attentivement examiner...*

*La libération n'est que le moyen d'obtenir la liberté ; elle n'en est pas le synonyme !*

*Malevitch ? Ma morve est plus intéressante que ce trouduc.*

*Et voilà, mon ami, les problèmes que crée la réflexion !*

Il arrivait parfois que Litvinoff soit en désaccord avec les arguments avancés par quelqu'un et, dans sa tête, il lui assénait une réfutation fort brillante.

Un soir, il entendit une voix derrière lui : « Ce doit être un bon article — cela fait une demi-heure que tu le lis. » Litvinoff sursauta et, quand il leva les yeux, le visage familier de son vieil ami d'enfance souriait au-dessus de lui. Ils s'étreignirent et observèrent les légères transformations que le temps avait apportées aux traits de chacun d'eux. Litvinoff s'était toujours senti des affinités avec cet ami, et il avait très envie de savoir ce qu'il avait fait au cours des dernières années. « J'ai travaillé, comme tout le monde », lui dit son ami en s'asseyant. « Et l'écriture ? » demanda Litvinoff. Son ami haussa les épaules. « La nuit, c'est tranquille. Personne ne me dérange. Le chat du propriétaire vient s'asseoir sur mes genoux. Le plus souvent je m'endors à mon bureau et je me réveille quand le chat s'en va aux premières lueurs du jour. » Et alors, sans aucune raison, tous deux éclatèrent de rire.

À partir de ce jour-là, ils se retrouvèrent tous les soirs au café. Avec un sentiment d'horreur toujours croissant, ils discutaient des mouvements de l'armée d'Hitler et des rumeurs au sujet des mesures prises contre les Juifs jusqu'à en être trop déprimés pour continuer à parler. « Mais peut-être quelque chose d'un peu plus réjouissant », disait finalement l'ami de Litvinoff, et ce dernier était content de changer de sujet, ayant très envie d'expérimenter ses théories philosophiques sur son vieil ami, de lui exposer son nouveau projet qui devait rapporter beaucoup d'argent au marché noir avec des bas pour dames, ou de lui décrire la jolie fille qui vivait en face de chez lui. Son ami, à son tour, lui montrait parfois des petits extraits de ce sur quoi il travaillait. De petites choses, un paragraphe ici et là. Mais Litvinoff en était toujours touché. Dès la première page, il avait compris que, depuis l'époque où ils étaient allés à l'école ensemble, son ami était devenu un véritable écrivain.

Quelques mois plus tard, lorsqu'on apprit qu'Isaac Babel avait été tué par la police secrète de Moscou, Litvinoff fut chargé de la notice nécrologique. C'était une importante mission et il y travailla dur, tenta de trouver le ton qui convenait pour la mort tragique d'un grand écrivain. Il était minuit quand il quitta son bureau mais, tout en rentrant chez lui à pied dans la nuit froide, il souriait, persuadé que cette notice nécrologique était l'une de ses meilleures. Le matériau à partir duquel il devait travailler était souvent bien mince et dérisoire, et il était obligé de recoller les bouts avec quelques superlatifs, des lieux communs et des fausses notes de gloire afin de commémorer une vie et de produire un sentiment de perte face à la mort. Mais pas cette fois-ci. Cette fois-ci, il avait dû se montrer à la hauteur de son matériau, se battre pour trouver les mots correspondant à un homme qui avait été le maître des mots, qui avait voué toute son existence au refus du cliché en espérant faire découvrir au monde une nouvelle façon de penser et d'écrire ; et même une nouvelle façon de ressentir. Et tout ce que ses efforts lui avaient valu, c'était de mourir devant un peloton d'exécution.

Le lendemain, l'article parut dans le journal. Son rédacteur en chef le fit venir dans son bureau pour le féliciter. Quelques-uns de ses collègues le félicitèrent. Lorsqu'il retrouva son ami au café ce soir-là, celui-ci le complimenta également. Litvinoff commanda de la vodka pour eux deux, il se sentait heureux et fier.

Quelques semaines plus tard, son ami ne vint pas au café comme à l'habitude. Litvinoff attendit une heure et demie avant d'abandonner et de rentrer chez lui. Le lendemain soir, il attendit de nouveau et, une fois de plus, son ami ne vint pas. Inquiet, Litvinoff se dirigea vers la maison où logeait son ami. Il n'y était jamais allé, mais il connaissait l'adresse. Lorsqu'il y arriva, il fut surpris de constater à quel point la maison était minable et vétuste, les murs de l'entrée étaient graisseux et une odeur rance y traînait. Il frappa à la première porte qu'il trouva. Une femme ouvrit. Litvinoff demanda où habitait son ami. « Ouais, dit-elle, le grand écrivain. » Elle fit un geste du pouce vers le haut. « Dernier étage à droite. »

Litvinoff frappa pendant cinq minutes avant d'entendre enfin les pas lourds de son ami à l'intérieur. Lorsque la porte s'ouvrit, il vit son ami en pyjama, l'air pâle et hagard. « Que s'est-il passé ? » demanda Litvinoff. Son ami haussa les épaules et toussa. « Fais attention, ou tu l'attraperas aussi », dit-il en se traînant jusqu'à son lit. Litvinoff était mal à l'aise dans la minuscule chambre de son ami, désireux de l'aider, mais ignorant comment. Ensuite sa voix lui parvint depuis les oreillers : « Une tasse de thé me ferait plaisir. » Litvinoff se précipita vers le coin cuisine improvisé et fouilla à la recherche de la bouilloire (« Sur le poêle », lui dit faiblement son ami). Tandis que l'eau chauffait, il ouvrit la fenêtre pour faire entrer un peu d'air frais et lava la vaisselle sale. Lorsqu'il apporta la tasse de thé fumante à son ami, il vit que celui-ci tremblait de fièvre, de sorte qu'il referma la fenêtre et descendit réclamer une couverture supplémentaire à la propriétaire. Son ami finit par s'endormir. Ne sachant quoi faire, Litvinoff s'assit sur la seule chaise de la chambre et attendit. Au bout d'un quart d'heure, un chat miaula derrière la porte. Litvinoff le fit entrer mais, quand le chat vit que le compagnon de ses nuits était malade, il ressortit.

Devant la chaise se trouvait un bureau en bois. Des pages étaient éparpillées sur sa surface. L'une d'elles attira l'attention de Litvinoff et, après avoir jeté un coup d'œil pour s'assurer que son ami était bien endormi, il la prit. En haut de la page était écrit : *LA MORT D'ISAAC BABEL.*

> Ce ne fut qu'après avoir été accusé du crime de silence que Babel découvrit qu'il existait bien des types de silence différents. Quand il écoutait de la musique, il n'écoutait plus les notes mais les silences qui les séparaient. Quand il lisait un livre, il s'abandonnait entièrement aux virgules et aux points-virgules, à l'espace entre le point et la lettre majuscule de la phrase suivante. Il découvrit des endroits de silence amassés dans une pièce; les plis des lourds

rideaux, les plats profonds de l'argenterie familiale. Lorsqu'on lui parlait, il entendait de moins en moins ce qu'on lui disait et de plus en plus ce qu'on ne lui disait pas. Il apprit à déchiffrer la signification de certains silences, ce qui est équivalent à la résolution d'une affaire épineuse sans le moindre indice, à l'aide de la seule intuition. Et personne ne pouvait l'accuser de ne pas se montrer prolifique dans le métier qu'il avait choisi. Quotidiennement, il produisait des épopées de silence complètes. Au début, il avait eu du mal. Imaginez à quel point il est difficile de garder le silence quand votre enfant vous demande si Dieu existe, ou quand la femme que vous aimez vous demande si vous l'aimez en retour. Pour commencer, Babel aurait désespérément voulu n'utiliser que deux mots : Oui et Non. Mais il savait que prononcer un seul mot reviendrait à détruire la délicate fluidité du silence.

Même lorsqu'ils l'eurent arrêté et qu'ils eurent brûlé tous ses manuscrits, qui n'étaient que des pages blanches, il refusa de parler. Même pas un grognement quand il reçut un coup sur la tête, la pointe d'une botte dans l'entrejambe. Ce ne fut qu'au tout dernier moment, alors qu'il faisait face au peloton d'exécution, que l'écrivain Babel sentit qu'il avait peut-être commis une erreur. Lorsque les fusils furent pointés sur sa poitrine, il se demanda si ce qu'il avait pris pour la richesse du silence n'était pas en fait la pauvreté de n'être jamais entendu. Il avait cru que les possibilités du silence humain étaient infinies. Mais, quand les balles surgirent des fusils, son corps fut transpercé par la vérité. Et une petite partie de lui riait avec amertume parce que, à l'évidence, comment avait-il pu oublier ce qu'il avait toujours su : Rien ne peut égaler le silence de Dieu.

Litvinoff laissa tomber la page. Il était furieux. Comment son ami, qui pouvait choisir de traiter n'importe quel sujet, avait-il pu lui voler le seul sujet sur lequel lui, Litvinoff, avait précisément écrit quelque chose dont il était fier ? Il se sentit ridiculisé et humilié. Il voulut tirer son ami hors de son lit et lui demander ce que cela signifiait. Mais, au bout d'un instant, il se calma, relut le texte et, ce faisant, il reconnut la vérité. Son ami ne lui avait rien volé qui lui eût appartenu. Comment aurait-il pu le faire ? La mort de quelqu'un n'appartient qu'à la personne qui est morte.

Il fut envahi par un sentiment de tristesse. Toutes ces années, Litvinoff s'était imaginé vraiment semblable à son ami. Il s'était enorgueilli de ce qu'il pensait être leurs similitudes. Mais la vérité était qu'il ne ressemblait pas plus à l'homme qui luttait contre la fièvre dans le lit à trois mètres de lui qu'il ne ressemblait au chat qui venait de sortir furtivement : ils appartenaient à des espèces différentes. C'était évident, pensa Litvinoff. Il suffisait de voir l'approche que chacun d'eux avait choisie face au même sujet. Là où il voyait une page de mots, son ami voyait le champ des hésitations, des trous noirs et des possibilités entre les mots. Là où son ami voyait la lumière mouchetée, le bonheur de l'envol, la tristesse de la pesanteur, lui ne voyait que la forme compacte d'un vulgaire moineau. La vie de Litvinoff était définie par le plaisir qu'il prenait au poids du réel ; celle de son ami par un rejet de la réalité, avec son armée de faits balourds. En regardant son image reflétée dans la fenêtre sombre, Litvinoff était persuadé qu'un voile avait été soulevé et qu'une vérité lui avait été révélée : il était un homme moyen. Un homme prêt à accepter les choses telles qu'elles sont et, de ce fait, il lui manquait la possibilité d'être original. Et, bien qu'il se trompât du tout au tout sur ce point, après cette nuit-là, rien ne put l'en dissuader.

En dessous de *LA MORT D'ISAAC BABEL* se trouvait une autre feuille de papier. Les sinus irrités par des larmes d'apitoiement sur lui-même, Litvinoff poursuivit sa lecture.

### FRANZ KAFKA EST MORT

Il mourut dans un arbre dont il ne voulait pas descendre. « Descends ! » lui criait-on. « Descends ! Descends ! » Le silence remplissait la nuit et la nuit remplissait le silence tandis qu'ils attendaient que Kafka parle. « Je ne peux pas », finit-il par dire, sur le ton du regret. « Pourquoi ? » crièrent-ils. Les étoiles envahirent le ciel noir. « Parce que vous cesserez de m'appeler. » Les gens chuchotèrent et hochèrent la tête. Ils se tinrent par les épaules et touchèrent les cheveux de leurs enfants. Ils enlevèrent leurs chapeaux et en saluèrent le petit homme maladif dont les oreilles étaient celles d'un étrange animal, assis sur une branche de l'arbre sombre dans son costume de velours noir. Puis ils se tournèrent et, sous le dais du feuillage, se dirigèrent vers leurs maisons. Les enfants étaient assis sur les épaules de leurs pères, ensommeillés après avoir été emmenés voir l'homme qui écrivait ses livres sur des morceaux d'écorce qu'il arrachait à l'arbre duquel il refusait de descendre. De sa belle écriture délicate, illisible. Et ils admiraient ces livres, et ils admiraient sa volonté et son endurance. Après tout : qui ne désire donner sa solitude en spectacle ? Les unes après les autres, les familles se séparèrent après s'être souhaité bonne nuit et s'être serré les mains, éprouvant tout à coup de la gratitude devant la présence de leurs voisins. Les portes se refermèrent sur des maisons chaudes. Des bougies furent allumées sur les appuis de fenêtre. Très loin, sur son perchoir dans les arbres, Kafka écoutait tout cela : le bruissement des vêtements que l'on laisse tomber par terre, les lèvres qui frôlent des épaules nues, les lits qui grincent sous le poids de la tendresse. Tout cela fut capté par les délicats coquillages de ses oreilles pointues et roula comme des boules d'acier dans les grands vestibules de son esprit.

Cette nuit-là, un vent glacial se mit à souffler. Quand les enfants s'éveillèrent, ils allèrent à la fenêtre et virent que le monde était pris dans la glace. Un enfant, le plus petit, glapit de bonheur et son cri déchira le silence et fit exploser la glace d'un chêne géant. Le monde étincelait.

Ils le trouvèrent gelé sur le sol tel un oiseau. On dit que lorsqu'ils posèrent leurs oreilles sur le coquillage de ses oreilles, ils s'entendirent parler.

Sous cette feuille de papier, il y en avait une autre, intitulée *LA MORT DE TOLSTOÏ*, et en dessous une autre pour Ossip Mandelstam, qui mourut dans le froid de la fin de l'année 1938 dans un camp de transit proche de Vladivostok, et, en dessous, six ou huit autres. Seule la dernière feuille était différente. Il y était écrit : *LA MORT DE LEOPOLD GURSKY*. Litvinoff sentit une bouffée d'air froid pénétrer dans son cœur. Il jeta un coup d'œil à son ami, qui respirait bruyamment. Il commença à lire. Quand il fut arrivé à la fin, il secoua la tête et recommença. Et encore une fois. Il lut et relut cette feuille, marmonnant les mots comme s'ils n'étaient pas une annonce de mort mais une prière pour la vie. Comme si le simple fait de les prononcer lui permettait de protéger son ami de l'ange de la mort, comme si la force de son souffle pouvait empêcher les ailes de s'ouvrir un instant, un instant — jusqu'à ce que l'ange abandonne et laisse son ami en paix. Toute la nuit, Litvinoff veilla sur son ami, et toute la nuit ses lèvres bougèrent. Et pour la première fois depuis qu'il avait des souvenirs, il ne se sentit pas inutile.

Lorsque le jour se leva, Litvinoff vit avec soulagement que la couleur était revenue sur le visage de son ami. Il dormait du sommeil réparateur de la guérison. Quand le soleil fut monté jusqu'à la position indiquant huit heures, il se leva. Ses jambes étaient raides. Ses entrailles étaient irritées. Mais il était rempli de bonheur. Il plia en deux *LA MORT DE LEOPOLD GURSKY*. Et c'est là encore une chose que personne ne sait à propos de Zvi Litvinoff : tout le reste de sa vie il transporta dans la poche de sa veste la page qu'il avait empêchée toute une nuit de devenir réalité, de sorte qu'il avait pu acheter encore un peu de temps — pour son ami, pour la vie.

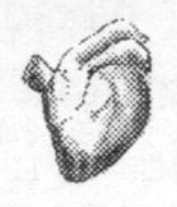

# JUSQU'À FAIRE MAL À LA MAIN QUI ÉCRIT

Les pages que j'avais écrites il y a si longtemps se sont échappées de mes mains et se sont éparpillées par terre. J'ai pensé : Qui ? Et comment ? J'ai pensé : Après toutes ces... Ces quoi ? Ces années.

Je me suis replongé dans mes souvenirs. La nuit a passé dans le brouillard. Le matin, j'étais encore sous le choc. Il était midi quand je me suis enfin senti capable de redémarrer. Je me suis agenouillé dans la farine. J'ai ramassé les pages une à une. La page dix m'a entaillé la main. La page vingt-deux m'a asséné un coup dans les reins. La page quatre a provoqué un blocage du cœur.

Une plaisanterie amère m'est venue à l'esprit. *Les mots m'ont trahi.* Et pourtant. Je serrais les pages, craignant de voir mon esprit me jouer des tours, de baisser le regard et de découvrir qu'elles étaient blanches.

Je me suis rendu à la cuisine. Sur la table le

gâteau s'avachissait. Mesdames et Messieurs. Nous voici réunis aujourd'hui afin de célébrer les mystères de la vie. Quoi ? Non, lancer des pierres est interdit. Uniquement des fleurs. Ou de l'argent.

J'ai enlevé les coquilles d'œuf et le sucre saupoudré sur ma chaise et je me suis assis à la table. Dehors, mon loyal pigeon roucoulait et battait des ailes contre la vitre. Sans doute aurais-je dû lui donner un nom. Pourquoi pas ? Je me suis efforcé de nommer beaucoup de choses bien moins réelles que lui. J'ai essayé de trouver un nom que j'aurais du plaisir à prononcer. J'ai regardé autour de moi. Mon regard s'est posé sur le menu du traiteur chinois. Cela fait des années qu'ils ne l'ont pas changé. *LA CÉLÈBRE CUISINE CANTONAISE, SÉTCHOUANNE ET HUMAINE DE MR. TONG.* J'ai frappé sur la vitre. Le pigeon s'est envolé d'un battement d'ailes. *Au revoir, Mr. Tong.*

Lire tout ça m'a pris presque tout l'après-midi. Les souvenirs s'amassaient. Mes yeux se mouillaient, j'avais du mal à voir clairement. Je me suis dit : j'ai des visions. J'ai repoussé ma chaise et je me suis levé. J'ai pensé : Mazel tov, Gursky, tu as fini par la perdre. J'ai arrosé la plante. *Pour perdre il faut avoir possédé.* Ah ? Et *maintenant* tu serais devenu pointilleux ? Possédé, pas possédé ! Écoute-toi un peu ! Perdre, tu en as fait une profession. Tu étais un champion quand il s'agissait de perdre. Et pourtant. Où est la preuve que tu l'as jamais possédée ? Où est la preuve qu'elle aurait voulu que tu la possèdes ?

J'ai rempli l'évier d'eau savonneuse et j'ai lavé les casseroles sales. Et chaque fois que je rangeais un bol, une casserole, une cuillère, je rangeais également une pensée que je ne supportais pas, jusqu'à ce que ma cuisine et mon esprit aient retrouvé leur ordre respectif. Et pourtant.

Shlomo Wasserman était devenu Ignacio da Silva. Le personnage que j'appelais Duddelsach était maintenant Rodriguez. Feingold était De Biedma. La dénommée Slonim était devenue Buenos Aires, une ville dont je n'avais jamais entendu parler remplaçait à présent Minsk. C'était presque drôle. Mais. Je ne riais pas.

J'ai analysé l'écriture sur l'enveloppe. Il n'y avait pas de mot à l'intérieur. Croyez-moi : J'ai vérifié cinq ou six fois. Pas d'adresse d'expéditeur. J'aurais interrogé Bruno si j'avais pensé qu'il avait quoi que ce soit à dire. Lorsqu'il y a un paquet, le portier le laisse sur la table dans l'entrée. Il ne fait aucun doute que Bruno l'avait vu et l'avait pris. Quand quelque chose arrive pour l'un de nous, trop grand pour entrer dans la boîte aux lettres, c'est un événement. Si je ne me trompe pas, la dernière fois, c'était il y a deux ans. Bruno avait commandé un collier de chien clouté. Il va sans dire, peut-être, qu'il avait récemment ramené une chienne chez lui. Elle était petite, et chaude, et c'était une chose à aimer. Il l'a appelée Bibi. Je l'entendais appeler : *Viens, Bibi, viens!* Mais Bibi ne venait jamais. Puis un jour il l'a emmenée dans une canisette. Quelqu'un a appelé son chien : *Vamos, Chico!* et Bibi s'est précipitée vers le Portoricain. *Viens, Bibi, viens!* a crié Bruno, mais en vain. Il a changé de tactique. *Vamos, Bibi!* a-t-il crié de toute la force de ses poumons. Et voilà-t-il pas que Bibi est arrivée en courant. Elle aboyait toute la nuit et chiait par terre, mais il l'adorait.

Un jour Bruno est retourné à la canisette. La chienne a gambadé, et chié, et reniflé tandis que Bruno la regardait avec fierté. Le portail s'est ouvert et un setter irlandais est entré. Bibi a levé les yeux. Avant que Bruno ait le temps de faire quoi que ce soit, elle s'est précipitée vers le portail ouvert et a disparu dans la rue. Il a essayé de la poursuivre. *Cours!* s'est-il dit. Le souvenir de la vitesse a envahi son organisme, mais son corps s'est révolté. Dès les premiers pas, ses jambes se sont emmêlées et ont fléchi. *Vamos, Bibi!* a-t-il crié. Et pourtant. Personne n'est venu. Dans ce moment de détresse — affalé sur le trottoir tandis que Bibi le trahissait en étant ce qu'elle était : un animal — j'étais chez moi et je pianotais sur ma machine à écrire. Il est rentré, anéanti. Ce soir-là, nous sommes retournés l'attendre à la canisette. *Elle reviendra*, ai-je dit. Mais! Elle n'est jamais revenue. C'était il y a deux ans, et il continue à s'y rendre et à attendre.

J'ai essayé de donner un sens aux choses. Maintenant que j'y pense, j'ai toujours essayé. Ce pourrait être mon épitaphe. LEO GURSKY : IL A ESSAYÉ DE DONNER DU SENS.

La nuit est tombée et j'étais toujours perdu. Je n'avais pas mangé de la journée. J'ai appelé Mr. Tong. Le traiteur, pas l'oiseau. Vingt minutes plus tard, j'étais seul avec mes rouleaux de printemps. J'ai allumé la radio. Ils demandaient une contribution des auditeurs. En contrepartie, on avait droit à une ventouse de cabinet portant les lettres WNYC.

Il y a des choses que j'ai du mal à décrire. Et pourtant je persévère telle une mule entêtée. Un jour Bruno est descendu et m'a vu assis à la table de la cuisine devant la machine à écrire. *Encore ce truc?* Ses écouteurs avaient glissé et étaient posés comme une demi-auréole sur sa nuque. J'ai frotté mes jointures dans la vapeur qui montait de ma tasse de thé. *Un vrai Vladimir Horowitz*, a-t-il remarqué en passant devant moi pour aller au frigo. Il s'est penché en avant, y cherchant ce dont il avait besoin. J'ai introduit une nouvelle feuille dans la machine. Il s'est retourné, la porte du frigo encore ouverte, une moustache de lait sur sa lèvre supérieure. *Continue à jouer, maestro*, a-t-il dit, puis il a remis ses écouteurs sur ses oreilles et s'est dirigé lentement vers la porte, allumant la lampe au-dessus de la table en passant. J'ai regardé la chaîne de la lampe osciller en écoutant la voix de Molly Bloom hurler dans ses oreilles, Y A RIEN DE TEL QU'UN BAISER LONG ET CHAUD QUI DESCEND JUSQU'À L'ÂME VOUS PARALYSE PRESQUE ENSUITE, Bruno n'écoute plus qu'elle maintenant, ce qui use la bande.

Encore et encore, j'ai lu les pages du livre que j'avais écrit quand j'étais jeune homme. C'était il y a si longtemps. J'étais naïf. Vingt ans et amoureux ! Un cœur gonflé et une tête toute pareille. Je croyais pouvoir tout faire ! Aussi étrange que cela puisse paraître, à présent que j'ai fait tout ce que je ferai jamais.

Je me suis demandé : comment a-t-il survécu ? Pour autant que je le sache, l'unique exemplaire a été perdu pendant une inondation. Je veux dire hormis les passages que j'ai envoyés dans les lettres à la jeune femme que j'aimais une fois qu'elle est partie en Amérique. Je n'ai pas pu résister à l'envie de lui envoyer les meilleures pages. Mais. Ce n'étaient que quelques passages. Et voilà qu'ici, entre mes mains, j'avais presque le livre tout entier! Et en anglais, bizarrement! Avec des noms espagnols! J'étais plongé dans l'ahurissement.

J'ai fait shiva pour Isaac et, assis là, j'ai cherché à comprendre. Seul dans mon appartement, les pages sur les genoux. La nuit est devenue jour qui est devenu nuit qui est devenue jour. Je me suis endormi et je me suis réveillé. Mais je n'étais pas plus près d'une solution au mystère. L'histoire de ma vie : j'étais serrurier. Je pouvais ouvrir toutes les portes de la ville. Et pourtant je ne pouvais pas déverrouiller ce que je voulais déverrouiller.

J'ai décidé de faire une liste de tous les gens que je savais être en vie, au cas où j'oublierais quelqu'un. J'ai passé un moment à chercher du papier et un stylo. Puis je me suis assis, j'ai aplati de la main la feuille de papier et j'ai abaissé la plume du stylo jusqu'à la toucher. Mais. Mon esprit était vide.

Au lieu de commencer la liste, j'ai écrit : *Questions à l'expéditeur.* Ça, je l'ai souligné deux fois. J'ai continué :

1. *Qui êtes-vous?*
2. *Où avez-vous trouvé ça?*
3. *Comment a-t-il survécu?*
4. *Pourquoi est-il en anglais?*

5. *Qui d'autre l'a lu?*

~~6. *L'ont-il aimé?*~~

6. *Le nombre de lecteurs est-il plus ou moins grand que—*

J'ai arrêté et réfléchi. Y aurait-il un nombre qui ne me décevrait pas?

J'ai regardé par la fenêtre. De l'autre côté de la rue, un arbre était secoué par le vent. C'était l'après-midi, les enfants glapissaient. J'aime bien entendre leurs chansons. Les filles chantent et frappent dans leurs mains : *C'est un jeu! De concentration! Pas de répétition! Pas d'hésitation! On commence par...* J'attends, sur des charbons ardents. *Animaux!* hurlent-elles. Animaux! Je réfléchis. *Cheval!* dit l'une. *Singe!* dit l'autre. De l'une à l'autre. *Vache!* crie la première. *Tigre!* dit l'autre, parce qu'un moment d'hésitation détruit le rythme et met fin au jeu. *Poney! Kangourou! Souris! Lion! Girafe!* Une fille trébuche. *YAK!* crié-je.

J'ai examiné ma page de questions. Que faudrait-il, me suis-je demandé, pour qu'un livre que j'ai écrit il y a soixante ans arrive dans ma boîte aux lettres, dans une langue différente?

Tout à coup, une idée m'a frappé. Elle m'est venue en yiddish, et je vais essayer de la paraphraser de mon mieux, c'était quelque chose dans le genre : SERAIS-JE CÉLÈBRE SANS LE SAVOIR ? J'ai été pris de vertige. J'ai bu un verre d'eau froide et j'ai avalé une aspirine. Ne sois pas idiot, me suis-je dit. Et pourtant.

J'ai saisi mon manteau. Les premières gouttes de pluie frappaient la vitre et j'ai donc enfilé mes caoutchoucs. Bruno les appelle des gommes. Mais c'est son affaire. Dehors, le vent hurlait. J'ai avancé avec difficulté, en lutte constante avec mon parapluie. À trois reprises il s'est retourné. J'ai tenu bon. Une fois il m'a poussé contre un immeuble. Deux fois j'ai été soulevé.

Je suis arrivé à la bibliothèque, le visage ruisselant de pluie. L'eau dégoulinait sur mon nez. La bête qu'était devenu mon parapluie, détruite, je l'ai jetée dans le porte-parapluies. Je me suis dirigé vers le bureau de la bibliothécaire. Petit trot, pause, on souffle, remonte jambe de pantalon, un pas, traîne-savate, un pas, traîne-savate, etcetera. La chaise de la bibliothécaire était vide. J'ai ouvrez les guillemets traversé la salle en trombe fermez les guillemets. J'ai fini par trouver quelqu'un. Elle rangeait des livres sur les rayonnages. J'ai eu du mal à me calmer.

*Je voudrais tout ce que vous avez de l'écrivain Leo Gursky !* ai-je crié.

Elle s'est retournée pour me regarder. Tous les lecteurs également.

*Excusez-moi ?*

*Tout ce que vous avez de l'écrivain Leo Gursky*, ai-je répété.

*Je suis occupée. Il vous faudra attendre un peu.*

J'ai attendu un peu.

*Leo Gursky*, ai-je dit. *G-U-R-*

Elle a poussé son chariot un peu plus loin. *Je sais comment ça s'écrit.*

Je l'ai suivie jusqu'à l'ordinateur. Elle y a entré mon nom. Mon cœur battait la chamade. Je suis peut-être vieux. Mais. Mon cœur peut toujours goder.

*Il y a un livre sur la corrida par un Leonard Gursky*, a-t-elle dit.

*Pas lui*, ai-je dit. *Il n'y a pas un Leopold ?*

*Leopold, Leopold*, a-t-elle dit. *Le voici.*

J'ai agrippé l'objet stable le plus proche. Roulement de tambour, s'il vous plaît :

*Les incroyables et fantastiques aventures de Frankie, le petit prodige édenté*, a-t-elle dit avec un sourire. Je me suis retenu pour ne pas lui donner un coup sur la tête avec l'un de mes caoutchoucs. La voilà partie chercher le livre dans la section enfants. Je ne l'ai pas arrêtée. Un peu de moi est mort. Elle m'a fait asseoir en me donnant le livre. *Bonne lecture*, a-t-elle dit.

Un jour Bruno m'a annoncé que si j'achetais un pigeon, après être sorti du magasin, il se transformerait en colombe, dans le bus en perroquet et, dans mon appartement, juste avant que je le fasse sortir de sa cage, en phénix. *Ça, c'est toi*, a-t-il dit en balayant de la table des miettes qui n'y étaient pas. Quelques minutes se sont écoulées. *Non, pas vraiment*, ai-je dit. Il a haussé les épaules et regardé par la fenêtre. *Qui a jamais entendu parler d'un phénix ?* ai-je dit. *Un paon, peut-être. Mais un phénix, je ne crois pas.* Son visage était tourné de l'autre côté et j'ai cru voir ses lèvres dessiner un bref sourire.

Mais à présent je ne pouvais pas transformer en quelque chose le rien que la bibliothécaire avait trouvé.

Les jours qui ont suivi ma crise cardiaque, avant que je me remette à écrire, je n'ai pensé qu'à la mort. Une fois de plus, j'y avais échappé, et ce n'est qu'une fois le danger passé que j'ai laissé mes pensées se dérouler jusqu'à leur inévitable conclusion. J'ai imaginé toutes les façons possibles de disparaître. Caillot de sang dans le cerveau. Infarction. Thrombose. Pneumonie. Obstruction épileptique de la veine cave. Je me voyais avec de l'écume aux lèvres, gigotant sur le plancher. Je me réveillais au milieu de la nuit, les mains à la gorge. Et pourtant. Peu importait le nombre de fois où j'imaginais l'arrêt possible de mes organes, les conséquences demeuraient inconcevables. Que cela puisse m'arriver à moi. Je me suis forcé à envisager les ultimes moments. Le pénultième souffle. Un dernier soupir. Et pourtant. Il était toujours suivi d'un autre soupir.

Je me rappelle la première fois où j'ai compris ce que c'était de mourir. J'avais neuf ans. Mon oncle, le frère de mon père, béni soit son souvenir, mourut dans son sommeil. Il n'y avait aucune explication. Un type immense, costaud, qui mangeait comme un ogre et sortait dans le grand froid pour casser des blocs de glace à mains nues. Parti, kaput. Il m'appelait Leopo. Il le prononçait ainsi : *Leille-o-po.* Derrière le dos de ma tante, il nous faisait passer subrepticement, à moi et à mes cousins, des morceaux de sucre. Nous étions pliés en deux de rire quand il imitait Staline.

Ma tante le trouva mort un matin, son corps était déjà raide. Il fallut trois hommes pour le porter jusqu'à la *hevra kadicha.* Mon frère et moi nous entrâmes en catimini afin d'observer l'énorme masse. Le corps était pour nous plus extraordinaire dans la mort que dans la vie — la forêt de fourrure sur le dos de ses mains, les ongles aplatis et jaunes, les cals épais sur la plante de ses pieds. Il paraissait tellement humain. Et pourtant. Horriblement non humain. On me demanda d'apporter un verre de thé à mon père. Il était assis près du corps, qui ne devait pas rester seul ne serait-ce qu'une minute. *Je dois aller aux toilettes*, me dit-il. *Attends ici que je revienne.* Sans me laisser le temps de protester que je n'avais pas encore fait ma bar mitsvah, il se précipita vers les toilettes. Les quelques minutes suivantes durèrent des heures. Mon oncle était étendu sur une dalle de pierre couleur de viande crue parcourue de veines blanches. J'eus pendant un instant l'impression de voir sa poitrine se soulever un peu et je faillis hurler. Mais. Ce n'était pas seulement de lui que j'avais peur. J'avais également peur pour moi-même. Dans cette pièce glaciale, je sentais ma propre mort. Un évier avec des carreaux de céramique ébréchés se trouvait dans un coin. Par ce tuyau étaient partis, au moment où l'on avait lavé le mort, tous les ongles coupés, les cheveux et les particules de saleté. Le robinet coulait un peu, et à chaque goutte je sentais ma vie s'en aller. Un jour il n'y aurait plus rien. La joie d'être en vie se cristallisa tellement que j'eus envie de crier. Je n'ai jamais été un enfant dévot. Mais. Tout à coup je ressentis le besoin de supplier Dieu de m'épargner aussi longtemps que possible. Quand mon père revint, il trouva son fils agenouillé par terre, les yeux fermés très fort et les jointures des mains toutes blanches.

À partir de ce jour-là, j'ai été terrifié à l'idée que moi ou l'un de mes parents puisse mourir. Ma mère surtout m'inquiétait. Elle était la force autour de laquelle tournait notre monde. Contrairement à mon père, qui passait sa vie dans les nuages, ma mère traversait l'univers poussée par la force brute de la raison. Elle était l'arbitre de toutes nos disputes. Un seul mot désapprobateur de sa part suffisait à nous envoyer nous cacher dans un coin, où nous pouvions pleurer et laisser libre cours aux fantasmes de notre propre martyre. Et pourtant. Un baiser suffisait à nous rendre notre royaume. Sans elle, nos vies se seraient dissoutes dans le chaos.

La peur de la mort me hanta pendant un an. Je pleurais chaque fois que quelqu'un laissait tomber un verre ou cassait une assiette. Mais même une fois cette peur disparue, restait une tristesse qui ne voulait pas disparaître. Non que quelque chose de nouveau se fût passé. C'était pire : j'étais devenu conscient de ce qui m'accompagnait depuis longtemps à mon insu. Je traînais cette conscience nouvelle avec moi comme une pierre attachée à ma cheville. Où que je sois, elle était là. J'avais pris l'habitude de composer des petites chansons tristes dans ma tête. Les feuilles mortes m'incitaient à un panégyrique. J'imaginais ma mort selon des centaines de manières différentes, mais l'enterrement était toujours le même : de quelque endroit sorti de mon imagination apparaissait un tapis rouge que l'on déroulait. Parce que, après chacune de mes morts secrètes, on découvrait toujours ma grandeur.

Les choses auraient très bien pu continuer de la sorte.

Un matin, ayant traîné quelque temps devant mon petit déjeuner puis m'étant arrêté pour examiner les immenses sous-vêtements de Mrs. Stanislawski qui séchaient sur une corde, j'arrivai en retard à l'école. La cloche avait sonné, mais une fille de ma classe était agenouillée dans la cour poussiéreuse. Elle avait une longue tresse dans le dos. Elle serrait quelque chose entre ses mains. Je lui demandai ce que c'était. *J'ai attrapé une phalène*, dit-elle sans me regarder. *Que veux-tu faire d'une phalène?* demandai-je. *Qu'est-ce que c'est que cette question?* dit-elle. J'ai transformé ma question. *Eh bien, si c'était un papillon, ce serait autre chose*, dis-je. *Non*, dit-elle. *Ce serait autre chose encore. Tu devrais la laisser partir*, dis-je. *C'est une phalène très rare*, dit-elle. *Comment le sais-tu?* demandai-je. *Je le sens*, dit-elle. Je fis remarquer que la cloche avait déjà sonné. *Alors rentre*, dit-elle. *Personne ne t'en empêche. Seulement si tu la laisses partir. Alors tu devras sans doute attendre jusqu'à la fin du monde.*

Elle entrouvrit l'espace entre ses pouces et regarda. *Laisse-moi voir*, dis-je. Elle ne répondit pas. *S'il te plaît, je peux regarder?* Elle tourna les yeux vers moi. Ses yeux étaient verts et pénétrants. *D'accord. Mais fais attention.* Elle souleva ses mains jointes vers mon visage et écarta ses deux pouces d'un centimètre. Je sentis le savon sur sa peau. Je voyais seulement un petit bout d'aile brune, et je soulevai son pouce pour mieux voir. Et pourtant. Elle crut sans doute que j'essayais de libérer la phalène, car tout à coup elle referma ses mains. Nous nous regardâmes avec horreur. Quand elle rouvrit lentement ses mains, la phalène sautillait faiblement sur sa paume. Une aile s'était détachée. La petite fille poussa un cri. *J'ai rien fait*, dis-je. Quand je croisai son regard, ses yeux étaient remplis de larmes. Un sentiment que je ne savais pas encore être un désir nostalgique me serra l'estomac. *Je suis désolé*, chuchotai-je. J'avais envie de l'étreindre, de faire disparaître la phalène et son aile brisée par un baiser. Elle ne disait rien. Nous nous regardions fixement.

C'était comme si nous partagions un secret coupable. Je l'avais vue tous les jours à l'école et je n'avais jamais rien ressenti de particulier à son sujet. Peut-être même la trouvais-je un peu dominatrice. Elle savait être charmante. Mais. Elle n'aimait pas perdre. Plus d'une fois elle avait refusé de me parler lors des rares occasions où j'étais parvenu à répondre avant elle à une des questions simplettes du professeur. *Le roi d'Angleterre est George!* criais-je, et tout le reste de la journée je devais me heurter à son silence glacial.

Mais à présent elle me parut sous un jour différent. Je pris conscience de ses pouvoirs spéciaux. Comment elle semblait attirer la lumière et la pesanteur vers l'endroit où elle se trouvait. Je remarquai, et pour la première fois, que ses pieds étaient légèrement tournés vers l'intérieur. La saleté sur ses genoux nus. La façon dont son manteau était parfaitement ajusté à ses minces épaules. Mes yeux semblant désormais avoir un pouvoir grossissant, je la vis de plus près. Le grain de beauté noir, telle une tache d'encre au-dessus de sa lèvre. Le coquillage rose et translucide de son oreille. Le duvet blond sur ses joues. Centimètre après centimètre, elle se révéla à moi. Je m'attendais plus ou moins, au bout d'une minute, à être capable de distinguer les cellules de sa peau comme sous un microscope, et une idée me traversa l'esprit, une inquiétude fréquente qui m'incitait à me demander si je n'avais pas un peu trop hérité de mon père. Mais cela ne dura pas longtemps, parce que, tout en prenant conscience de son corps, je prenais conscience du mien. Cette sensation faillit me couper le souffle. Une sensation de picotement enflamma mes nerfs sur toute leur longueur et s'étendit. Tout cela ne dura sans doute pas plus de trente secondes. Et pourtant. Quand ce fut terminé, j'avais été initié au mystère qui garde l'entrée de la fin de l'enfance. Il me fallut des années pour dépenser toute la joie et toute la douleur qui étaient nées en moins d'une demi-minute.

Sans un mot de plus, elle laissa tomber la phalène brisée et courut à l'école. La lourde porte en fer se referma sur elle avec un bruit sourd.

*Alma.*

Cela fait longtemps que je n'ai pas prononcé ce nom.

Je décidai qu'elle allait m'aimer, quel qu'en soit le prix. Mais. Je savais quand même que je ne devais pas me mettre en campagne tout de suite. J'observai chacun de ses gestes pendant les deux semaines qui suivirent. La patience a toujours été une de mes vertus. Une fois j'étais resté caché quatre heures sous la remise derrière la maison du rabbin pour savoir si le célèbre *tsaddik* qui était venu en visite de Baranowicze chiait vraiment comme le commun des mortels. La réponse était oui. Galvanisé par mon enthousiasme pour les miracles grossiers de la vie, j'émergeai de la remise en hurlant une affirmation. Cela me valut cinq coups sur les jointures des mains et je dus rester agenouillé sur des épis de maïs jusqu'à en avoir les genoux ensanglantés. Mais. Ça en valait la peine.

Je me voyais comme un espion infiltré dans un monde étranger : le domaine du féminin. Sous le prétexte de rassembler des indices, je volai l'énorme culotte de Mrs. Stanislawski sur la corde à linge. Tout seul dans la remise, je la reniflai sans contrainte. Je plongeai mon visage dans le fond de la culotte. Je la posai sur ma tête. Je la soulevai pour que la brise la gonfle tel le drapeau d'une nouvelle nation. Quand ma mère ouvrit la porte, j'étais en train de l'essayer. Trois comme moi auraient pu tenir dans cette culotte.

Avec un seul coup d'œil assassin — et l'humiliante punition de devoir frapper à la porte de Mrs. Stanislawski pour lui rendre son sous-vêtement — ma mère mit fin à la partie générale de mes recherches. Et pourtant. Je poursuivis la partie spécifique. Là, je fis des recherches approfondies. J'appris qu'Alma était la plus jeune de quatre enfants, et la préférée de son père. J'appris que son anniversaire était le vingt et un février (elle avait donc cinq mois et vingt-huit jours de plus que moi), qu'elle aimait les cerises aigres au sirop qui venaient de Russie en contrebande, qu'une fois elle avait secrètement avalé la moitié d'un de ces pots, et que, quand sa mère l'avait su, elle lui avait fait avaler l'autre moitié en espérant que ça la rendrait malade et que ça la dégoûterait à jamais des cerises. Mais ce ne fut pas le cas. Elle avait avalé le tout et avait même prétendu en en parlant avec une autre fille de notre classe qu'elle aurait pu en avaler davantage. J'appris que son père voulait qu'elle prenne des leçons de piano, mais qu'elle voulait jouer du violon, et que cette dispute demeura sans solution, les deux opposants campant sur leur position, jusqu'à ce qu'Alma ait trouvé un étui de violon vide (elle prétendait l'avoir trouvé, abandonné, au bord de la route), se soit mise à le trimballer en présence de son père, faisant même parfois semblant de jouer de ce violon fantôme, et ce fut la goutte d'eau qui fit déborder le vase, son père avait cédé et s'était arrangé pour qu'un de ses frères qui étudiait au *Gymnasium* lui en rapporte un de Vilna, le violon tout neuf était arrivé dans un étui en cuir noir brillant doublé de velours pourpre et tous les airs qu'Alma apprenait à jouer, même les plus tristes, avaient indubitablement des accents de victoire. Je le savais parce que je l'entendais jouer quand j'étais sous sa fenêtre, attendant avec la même ardeur que celle qui m'avait fait attendre la merde du grand *tsaddik* que le secret de son cœur me soit révélé.

Mais. Cela n'a pas été le cas. Un jour elle s'avança vers moi à grands pas le long de la maison et m'affronta. *Je t'ai vu ici tous les jours depuis une semaine, et tout le monde sait que tu es tout le temps en train de me regarder à l'école, si tu as quelque chose à me dire, pourquoi tu ne me le dis pas en face au lieu de venir en tapinois comme un escroc?* J'examinai les options qui s'offraient à moi. Soit je prenais la fuite pour ne jamais retourner à l'école, peut-être même quitterais-je le pays en embarquant pour l'Australie comme passager clandestin. Soit je prenais le risque de tout lui avouer. La réponse était évidente : Je partirais pour l'Australie. J'ouvris la bouche afin de lui dire adieu pour toujours. Et pourtant. Ce que je lui dis, ce fut : *Je voudrais savoir si tu acceptes de m'épouser.*

Elle n'eut aucune réaction. Mais. Ses yeux avaient le même éclat que lorsqu'elle sortait le violon de son étui. Un long moment passa. Nos regards étaient fixés l'un dans l'autre brutalement. *J'y réfléchirai*, finit-elle par dire avant de faire demi-tour et de rentrer en longeant la maison. J'entendis la porte claquer. Un peu plus tard retentirent les premières notes des *Chants que m'a appris ma mère* de Dvorák. Et, bien qu'elle n'eût pas dit oui, je savais désormais que j'avais une chance.

Ce qui, pour résumer, fut la fin de mon obsession de la mort. Non que je cessai de la craindre. Je cessai simplement d'y penser. Si j'avais disposé d'un peu de temps supplémentaire qui n'eût pas été occupé par mes pensées concernant Alma, je l'aurais sans doute passé à m'inquiéter de la mort. Mais la vérité est que j'appris à construire un mur pour me protéger de ces pensées. Chaque chose nouvelle que j'apprenais sur le monde était une pierre de ce mur, jusqu'au jour où je compris que je m'étais exilé d'un lieu où je ne pourrais plus jamais retourner. Et pourtant. Le mur me protégea également de la douloureuse clarté de l'enfance. Même pendant les années où je me cachais dans la forêt, dans les arbres, les trous et les caves, avec la mort qui soufflait sur ma nuque, je ne pensais jamais à la vérité : que j'allais mourir. Ce n'est qu'après ma crise cardiaque, quand les pierres du mur qui me séparait de l'enfance ont enfin commencé à s'effriter, que la peur de la mort m'est revenue. Et c'était tout aussi effrayant que par le passé.

Je suis resté assis, penché sur *Les incroyables et fantastiques aventures de Frankie, le petit prodige édenté*, écrites par un Leopold Gursky qui n'était pas moi. Je n'ai pas ouvert le livre. J'écoutais la pluie couler dans les gouttières du toit.

Je suis sorti de la bibliothèque. En traversant la rue, j'ai été frappé de plein fouet par une solitude brutale. Je me sentais sombre et creux. Abandonné, invisible, oublié, j'étais sur le trottoir, un rien, un réceptacle à poussière. Les gens passaient précipitamment. Et tous ceux qui marchaient là étaient plus heureux que moi. J'ai ressenti l'ancienne envie. J'aurais donné n'importe quoi pour être l'un d'entre eux.

Il y avait une femme que j'avais connue autrefois. Elle s'était enfermée dehors et je l'ai aidée à rentrer chez elle. Elle avait vu l'une de mes cartes, j'avais l'habitude de les disséminer derrière moi comme des miettes de pain. Elle m'a appelé et je suis arrivé aussi rapidement que possible. C'était Thanksgiving, un mois avant Noël, et personne ne devait dire que nous n'avions pas, l'un comme l'autre, un endroit où aller. La serrure s'est ouverte dès que je l'ai touchée. Peut-être a-t-elle pensé que c'était le signe d'un talent d'un autre type. À l'intérieur traînait une odeur d'oignons frits, il y avait une affiche de Matisse, ou peut-être de Monet. Non! Modigliani. Je m'en souviens maintenant parce que c'était une femme nue et que, pour la flatter, j'ai demandé : *C'est vous?* Cela faisait longtemps que je n'avais pas été avec une femme. Je sentais la graisse sur mes mains, et l'odeur de mes aisselles. Elle m'a invité à m'asseoir et nous a préparé un repas. Je me suis excusé et je suis allé dans la salle de bains me donner un coup de peigne et essayer de me nettoyer un peu. Quand je suis sorti, elle était en sous-vêtements, dans le noir. Il y avait une enseigne lumineuse de l'autre côté de la rue, laquelle projetait une ombre bleue sur ses jambes. Je voulais lui dire que ça ne me dérangeait pas qu'elle ne veuille pas regarder mon visage.

Quelques mois plus tard, elle m'a rappelé. Elle m'a demandé de lui faire un double de sa clé. J'étais content pour elle. Qu'elle ne soit plus seule. Ce n'est pas que je m'apitoyais sur moi-même. Mais je voulais lui dire : *Ce serait plus facile si vous le lui demandiez, à celui pour qui vous voulez la clé, et qu'il l'apporte à la quincaillerie.* Et pourtant. J'ai fait deux doubles. Je lui en ai donné un, et j'ai gardé l'autre. Pendant longtemps, je l'ai eu dans ma poche, pour faire semblant.

Un jour je me suis dit que je pouvais entrer où je voulais. Je n'y avais encore jamais pensé. J'étais un immigré, il m'avait fallu longtemps avant de cesser de craindre qu'ils me renvoient. Je vivais dans la hantise de commettre une erreur. Une fois, j'ai raté six trains parce que je ne savais pas comment acheter un billet. Un autre homme serait simplement monté dans le train. Mais. Pas un Juif de Pologne qui pense qu'il suffirait qu'il oublie de tirer la chasse d'eau pour qu'on l'expulse. J'essayais de garder la tête baissée. Je verrouillais et je déverrouillais, et c'est tout ce que je faisais. Si je crochetais une serrure, dans le pays d'où je venais, j'étais un cambrioleur, mais ici, en Amérique, j'étais un professionnel.

Au fil du temps, je me suis senti plus à l'aise. Ici et là, j'ajoutais une petite fioriture à mon travail. Une petite torsion à la fin, qui n'avait pas de raison d'être mais qui apportait une certaine sophistication. Ayant cessé d'être nerveux, je suis devenu sournois. Sur chaque serrure que j'installais, je gravais mes initiales. Une signature, toute petite, au-dessus du trou de la serrure. Peu importait si personne ne s'en rendait jamais compte. Il suffisait que je le sache. Je notais toutes les serrures que j'avais signées sur un plan de la ville plié et replié si souvent que certaines rues avaient disparu dans les plis.

Un soir, je suis allé au cinéma. Avant le grand film, ils ont passé un court métrage sur Houdini. C'était un homme qui pouvait sortir d'une camisole de force alors qu'on l'avait enterré. On le mettait dans un coffre verrouillé avec des chaînes qu'on laissait tomber dans l'eau et, hop, il réapparaissait. Ils montraient comment il s'exerçait et se chronométrait. Il s'exerçait encore et encore jusqu'à ne plus avoir besoin que de quelques secondes. Depuis ce soir-là, j'ai été encore plus fier de mon travail. Je rapportais chez moi les serrures les plus compliquées et je me chronométrais. Puis je divisais le temps par deux et je m'exerçais à les ouvrir dans ce laps de temps. Je continuais jusqu'à ne plus sentir mes doigts.

J'étais étendu sur mon lit et je rêvais à des défis de plus en plus difficiles à relever quand je me suis dit : si je peux crocheter la serrure de l'appartement d'un inconnu, pourquoi ne pourrais-je pas crocheter la serrure de Kossar's Bialys ? Ou de la bibliothèque publique ? Ou de Woolworth's ? Hypothétiquement, qu'est-ce qui m'empêchait de crocheter la serrure de... du Carnegie Hall ?

J'ai laissé mes pensées vagabonder tandis que mon corps picotait d'excitation. Il me suffirait d'entrer, et puis je ressortirais. Peut-être en laissant une petite signature.

J'ai préparé ça pendant des semaines. J'ai hanté l'endroit. Pas un centimètre que je n'aie exploré. D'ailleurs, pour tout dire : Je l'ai fait. Par l'entrée des artistes dans la 56e Rue au petit matin. Il m'a fallu 103 secondes. Chez moi, la même serrure ne m'en avait demandé que 48. Mais il faisait froid dehors et j'avais les doigts gourds.

Le grand Arthur Rubinstein devait jouer ce soir-là. Le piano était posé sur la scène, un Steinway à queue noir étincelant. Je suis sorti de derrière les rideaux. Je voyais à peine les rangées infinies de sièges dans la lueur des veilleuses. Je me suis assis sur le tabouret et j'ai pressé une pédale du bout de la chaussure. Je n'ai pas osé poser un doigt sur les touches.

Quand j'ai levé les yeux, elle était devant moi. Claire comme le jour, une fille de quinze ans, une natte dans le dos, à moins de deux mètres de moi. Elle a soulevé son violon, celui que son frère lui avait rapporté de Vilna, et a baissé le menton jusqu'à le toucher. J'ai essayé de prononcer son nom. Mais. Il est resté bloqué dans ma gorge. D'ailleurs, je savais qu'elle ne m'entendrait pas. Elle a levé son archet. J'ai entendu les premières notes du Dvorák. Ses yeux étaient fermés. La musique s'est échappée de ses doigts. Elle l'a jouée parfaitement, comme elle ne l'avait encore jamais jouée.

Quand la dernière note s'est éteinte, elle avait disparu. Mes applaudissements ont résonné dans l'auditorium vide. J'ai arrêté et le silence a tonné dans mes oreilles. J'ai jeté un dernier regard au théâtre vide. Puis je me suis dépêché de sortir par où j'étais entré.

Je n'ai jamais recommencé. Je me l'étais prouvé à moi-même et ça me suffisait. De temps en temps je passais devant l'entrée d'un certain club privé, je ne vais pas citer de nom, et je me disais : Shalom, têtes de nœud, voici un Juif à qui vous ne pouvez pas interdire d'entrer. Mais après cette nuit-là, je n'ai plus jamais tenté ma chance. S'ils me jetaient en prison, ils apprendraient la vérité : Je ne suis pas un Houdini. Et pourtant. Dans ma solitude, je suis réconforté par l'idée que les portes du monde, même bien fermées, ne sont jamais définitivement verrouillées pour moi.

Tel était le réconfort dont je cherchais à m'emparer, debout sous la pluie battante devant la bibliothèque tandis que des inconnus passaient devant moi. Après tout, n'était-ce pas là la vraie raison pour laquelle mon cousin m'avait appris ce métier? Il savait que je pourrais rester à jamais invisible. *Montre-moi un Juif qui survit*, m'a-t-il dit un jour pendant que je regardais une serrure céder sous ses doigts, *et je te montrerai un magicien.*

J'étais debout dans la rue et la pluie me dégoulinait dans le cou. J'ai fermé les yeux très fort. Porte après porte après porte après porte après porte après porte s'ouvraient.

Après la bibliothèque, après le rien qu'avaient été *Les incroyables et fantastiques aventures de Frankie, le petit prodige édenté*, je suis rentré chez moi. J'ai ôté mon manteau et je l'ai suspendu pour qu'il sèche. J'ai mis de l'eau à chauffer. Derrière moi, quelqu'un s'est raclé la gorge. J'ai failli tomber à la renverse. Mais ce n'était que Bruno, assis dans le noir. *Qu'est-ce que tu cherches à faire, provoquer une crise d'hystérie?* ai-je glapi en allumant la lumière. Les pages du livre que j'avais écrit quand j'étais un gamin étaient éparpillées par terre. *Oh non*, ai-je dit, *ce n'est pas ce que tu...*

Il ne m'a pas laissé le temps de finir.

*Pas mauvais*, a-t-il dit. *Je n'aurais pas choisi de la décrire de cette façon. Mais, que dire, ce sont tes affaires.*

*Écoute*, ai-je dit.

*Tu n'as pas besoin d'expliquer*, a-t-il dit. *C'est un bon livre. J'aime l'écriture. À part ce que tu as volé — très inventif. Si on reste sur le plan purement littéraire...*

Il m'a fallu un moment. Et puis j'ai compris la différence. Il me parlait en yiddish.

*... sur le plan purement littéraire, rien que l'on puisse ne pas aimer. Je me suis toujours demandé sur quoi tu travaillais. Maintenant, après toutes ces années, je le sais.*

*Mais je me suis demandé sur quoi tu travaillais*, ai-je dit, me rappelant l'époque lointaine où nous avions vingt ans et où nous voulions être écrivains.

Il a haussé les épaules, comme seul Bruno sait le faire. *La même chose que toi.*

*La même?*

*Naturellement, la même.*

*Un livre sur elle?*

*Un livre sur elle*, a dit Bruno. Il a tourné la tête, regardé par la fenêtre. J'ai vu alors qu'il tenait la photographie sur ses genoux, celle où elle et moi étions debout devant l'arbre sur lequel elle n'avait jamais su que j'avais gravé nos initiales. A + L. On les voit à peine. Mais. Elles sont là.

Il a dit : *Elle était douée pour garder les secrets.*

C'est alors que ça m'est revenu. Ce jour-là, il y a soixante ans, j'avais quitté sa maison en larmes et je l'avais aperçu, lui, debout contre un arbre avec un cahier entre les mains, attendant mon départ pour aller la retrouver. Quelques mois plus tôt, nous avions été les meilleurs des amis. Nous restions éveillés la moitié de la nuit avec deux autres garçons, à fumer et à discuter littérature. Et pourtant. Lorsque je l'ai aperçu cet après-midi-là, nous avons cessé d'être amis. Nous ne nous parlions même plus. Je suis passé devant lui comme s'il n'était pas là.

*Juste une question*, m'a dit Bruno, soixante ans plus tard. *J'ai toujours voulu savoir.*

*Quoi ?*

Il a toussé. Puis il m'a regardé. *Est-ce qu'elle t'a dit que tu étais un meilleur écrivain que moi ?*

*Non*, ai-je menti. Puis je lui ai dit la vérité. *Personne n'avait besoin de me le dire.*

Il y a eu un long silence.

*C'est étrange. J'ai toujours pensé...* Il s'est interrompu.

*Quoi ?* ai-je demandé.

*Je pensais que nous nous battions pour plus que pour son amour*, a-t-il dit.

C'était à présent mon tour de regarder par la fenêtre.

*Qu'y a-t-il d'autre que son amour?* ai-je demandé.

Nous sommes restés assis en silence.

*J'ai menti*, a dit Bruno. *J'ai une autre question.*

*Quoi donc?*

*Pourquoi tu restes debout comme un imbécile?*

*Qu'est-ce que tu veux dire?*

*Ton livre*, a-t-il dit.

*Eh bien?*

*Va le chercher.*

Je me suis agenouillé sur le plancher et j'ai commencé à rassembler les pages.

*Pas celui-ci!*

*Lequel?*

*Oy vey!* a dit Bruno en se tapant le front. *Mais il faut donc tout te dire!*

Un lent sourire a pris possession de mes lèvres.

*Trois cent une*, a dit Bruno. Il a haussé les épaules puis détourné le regard, mais j'ai cru le voir sourire. *Ce n'est pas rien.*

# DÉLUGE

## 1. COMMENT ALLUMER UN FEU SANS ALLUMETTES

J'ai fait une recherche sur Internet au sujet d'Alma Mereminski. Je me suis dit que quelqu'un avait pu écrire quelque chose sur elle, ou que je pourrais trouver des informations sur sa vie. J'ai tapé son nom et j'ai pressé sur Retour. Mais je n'ai trouvé qu'une liste d'immigrants qui étaient arrivés à New York en 1891 (Mendel Mereminski) et une liste de victimes de la Shoah venant de Yad Vashem (Adam Mereminski, Fanny Mereminski, Nacham, Zellig, Herschel, Bluma, Ida, mais, à mon grand soulagement, parce que je ne voulais pas la perdre avant même de commencer à chercher, pas d'Alma).

## 2. TOUT LE TEMPS MON FRÈRE ME SAUVE LA VIE

Oncle Julian est venu loger chez nous. Il était à New York pour aussi longtemps que dureraient les ultimes recherches concernant un livre sur lequel il travaillait depuis cinq ans, à propos du sculpteur et peintre Alberto Giacometti. Tante Frances était restée à Londres pour s'occuper du chien. Oncle Julian dormait dans le lit de Bird, Bird dormait dans le mien et je dormais par terre dans mon sac de couchage cent pour cent duvet, et pourtant une véritable experte n'en aurait pas eu besoin puisque, en cas d'urgence, elle pouvait simplement tuer quelques oiseaux et mettre leurs plumes sous ses vêtements pour se tenir chaud.

La nuit, il m'arrivait parfois d'entendre mon frère parler dans son sommeil. Des bouts de phrases, rien que je puisse comprendre. Sauf une fois, quand il a parlé tellement fort que j'ai cru qu'il était réveillé. « Ne marche pas là », a-t-il dit. « Quoi ? » ai-je demandé en m'asseyant. « C'est trop profond », a-t-il bredouillé avant de tourner son visage vers le mur.

## 3. MAIS POURQUOI

Un samedi, Bird et moi sommes allés au musée d'Art moderne avec oncle Julian. Bird a insisté pour payer son entrée avec ce qu'il avait gagné en vendant de la limonade. Nous avons parcouru l'endroit tandis qu'oncle Julian allait parler au conservateur à l'étage. Bird a demandé à l'un des gardiens combien de fontaines d'eau potable il y avait dans le bâtiment. (Cinq.) Il a produit d'étranges bruits vidéo jusqu'à ce que je lui dise de rester tranquille. Il a alors compté le nombre de personnes qui avaient des tatouages visibles. (Huit.) Nous nous sommes trouvés devant une peinture représentant un groupe de personnes jonchant le sol. « Pourquoi elles sont couchées comme ça ? » a-t-il demandé. « Quelqu'un les a tuées », ai-je répondu, bien que je ne sache pas vraiment pourquoi elles étaient étendues là, ni même s'il s'agissait bien de personnes. Je suis allée regarder une autre peinture de l'autre côté de la salle. Bird m'a suivie. « Mais pourquoi quelqu'un les a tuées ? » a-t-il demandé. « Parce qu'elles avaient besoin d'argent et qu'elles ont cambriolé une maison », ai-je dit avant de prendre l'escalier mécanique pour descendre.

Dans le métro, alors que nous rentrions chez nous, Bird a touché mon épaule. « Mais pourquoi elles avaient besoin de l'argent ? »

## 4. PERDU EN MER

« Qu'est-ce qui te fait penser que cette Alma dans *Histoire de l'amour* est personne réelle ? » a demandé Misha. Nous étions assis sur la plage derrière son immeuble, nos pieds enterrés dans le sable, mangeant les sandwichs au rôti de bœuf et raifort de Mrs. Shklovsky. « "Une" », ai-je dit. « Une quoi ? » « *Une* personne réelle. » « D'accord, a dit Misha. Réponds à la question. » « Évidemment qu'elle existe. » « Mais comment tu le sais ? » « Parce qu'il n'y a qu'une seule raison expliquant pourquoi Litvinoff, qui a écrit le livre, ne lui a pas donné un nom espagnol comme à tous les autres. » « Pourquoi ? » « Il ne pouvait pas. » « Pourquoi pas ? » « Tu ne vois pas ? ai-je dit. Il pouvait changer tous les détails, mais il ne pouvait pas la changer, elle. » « Mais *pourquoi* ? » Sa stupidité me frustrait. « Parce qu'il était *amoureux* d'elle ! ai-je dit. Parce que, pour lui, elle était la seule chose réelle. » Misha a mâché un morceau de rôti de bœuf. « Je me dis que tu regardes trop de films », a-t-il dit. Mais je savais que j'avais raison. Pas besoin d'être un génie pour deviner ça en lisant *L'histoire de l'amour* et.

### 5. LES CHOSES QUE JE VEUX DIRE RESTENT BLOQUÉES DANS MA BOUCHE

Nous marchions sur la promenade en direction de Coney Island. Il faisait extrêmement chaud et des gouttes de sueur dégoulinaient le long de la tempe de Misha. Quand nous sommes passés devant quelques vieillards qui jouaient aux cartes, Misha les a salués. Un vieil homme ridé vêtu d'un minuscule maillot de bain lui a rendu son salut. « Ils croient que tu es ma petite amie », a annoncé Misha. À ce moment-là mon orteil a buté contre quelque chose et j'ai failli tomber. J'ai senti mon visage rougir et j'ai pensé : Je suis la personne la plus maladroite du monde. « Eh bien, ce n'est pas vrai », ai-je dit, ce qui n'était pas ce que je voulais dire. J'ai détourné mon regard, prétendant m'intéresser à un gamin qui tirait un requin gonflable vers la mer. « *Moi*, je le sais, a dit Misha. Mais pas eux. » Il venait d'avoir quinze ans, avait grandi de plus de dix centimètres et avait commencé à raser les poils sombres au-dessus de sa lèvre supérieure. Lorsque nous allions nous baigner dans l'océan, j'observais son corps quand il plongeait dans les vagues et je ressentais à l'estomac quelque chose qui n'était pas une douleur mais autre chose.

« Je te parie cent dollars qu'elle est dans l'annuaire », ai-je dit. En fait, rien en moi ne croyait cela, mais c'était tout ce qui m'était venu à l'esprit pour détourner la conversation.

## 6. EN QUÊTE DE QUELQU'UN QUI SANS DOUTE N'EXISTE PAS

« Je cherche le numéro de téléphone d'Alma Mereminski, ai-je dit. M-E-R-E-M-I-N-S-K-I. » « Quel arrondissement ? » a demandé la femme. « Je l'ignore », ai-je dit. Il y a eu une pause et j'ai entendu cliqueter un clavier. Misha regardait une fille en bikini turquoise qui passait sur des rollers. La femme au téléphone me disait quelque chose. « Excusez-moi ? » ai-je dit. « Je dis que j'ai une A. Mereminski dans la 147e, dans le Bronx, a-t-elle dit. Je vous donne le numéro. »

Je l'ai gribouillé dans ma main. Misha est venu vers moi. « Alors ? » « Tu as une pièce de vingt-cinq cents ? » ai-je demandé. C'était idiot, mais au point où j'en étais... Il a levé les sourcils et a mis la main dans la poche de son short. J'ai composé le numéro gribouillé sur ma paume. Un homme a décroché. « Alma est-elle là ? » ai-je demandé. « Qui ? » a-t-il dit. « Je cherche Alma Mereminski. » « Il n'y a pas d'Alma ici, m'a-t-il dit. Vous avez un mauvais numéro. Je suis Artie », a-t-il annoncé avant de raccrocher.

Nous nous sommes dirigés vers l'appartement de Misha. Je suis allée dans la salle de bains, qui sentait le parfum de sa sœur et était pleine des sous-vêtements grisâtres de son père qui séchaient sur une corde. Quand j'en suis ressortie, Misha était torse nu dans sa chambre, il lisait un livre en russe. J'ai attendu sur son lit pendant qu'il prenait une douche, j'ai feuilleté les pages en cyrillique. J'entendais l'eau couler, et la chanson qu'il fredonnait, mais pas les paroles. Quand j'ai posé ma tête sur son oreiller, j'ai senti son odeur.

## 7. SI LES CHOSES CONTINUENT DE LA SORTE

Quand Misha était petit, sa famille se rendait chaque été dans leur datcha, lui et son père allaient au grenier chercher les filets et ils essayaient d'attraper les papillons en migration qui remplissaient l'air. La vieille maison était pleine de la porcelaine chinoise de sa grand-mère qui venait vraiment de Chine, ainsi que des papillons que trois générations de Shklovsky avaient attrapés dans leur jeunesse et encadrés. Au fil du temps, leurs écailles étaient tombées et, quand on courait pieds nus dans la maison, la porcelaine s'entrechoquait et la plante des pieds ramassait de la poussière d'ailes.

Quelques mois plus tôt, le soir qui précédait son quinzième anniversaire, j'avais décidé de faire une carte de vœux pour Misha avec un papillon. Je suis allée chercher sur le web une photo d'un papillon russe mais, à la place, j'ai trouvé un article qui déclarait que la plupart des espèces de papillons avaient été décimées au cours des deux dernières décennies et que leur taux de disparition était environ 10 000 fois supérieur à ce qu'il devrait être. Il déclarait également qu'en moyenne soixante-quatorze espèces d'insectes, de plantes et d'animaux disparaissent chaque jour. Se fondant sur ces statistiques ainsi que sur d'autres, tout aussi effrayantes, expliquait l'article, les scientifiques pensent que nous sommes au milieu de la sixième extinction massive de l'histoire de la vie sur Terre. Presque un quart des mammifères du monde risque de disparaître au cours des trente années à venir. Une espèce d'oiseaux sur huit aura bientôt disparu. Quatre-vingt-dix pour cent des plus gros poissons ont disparu au cours des cinquante dernières années.

J'ai fait une recherche sur les extinctions massives.

La dernière extinction massive s'est déroulée il y a environ 65 millions d'années, au moment où un astéroïde s'est sans doute écrasé sur notre planète, tuant tous les dinosaures et environ la moitié des animaux marins. Auparavant, il y avait eu l'extinction du Triassique (également provoquée par un astéroïde, ou peut-être par des volcans), qui a éliminé jusqu'à quatre-vingt-quinze pour cent des espèces, et avant cela l'extinction du Dévonien tardif. L'extinction massive actuelle devrait être la plus rapide des 4 ou 5 milliards d'années de l'histoire de la Terre et, contrairement aux autres extinctions, elle n'est pas due à des causes naturelles mais à l'ignorance des êtres humains. Si les choses continuent de la sorte, la moitié des espèces de la Terre auront disparu dans un siècle.

C'est pour ça que je n'ai pas mis de papillon sur la carte de vœux pour Misha.

## 8. INTERGLACIAIRE

Le jour de février où ma mère a reçu la lettre lui demandant de traduire *L'histoire de l'amour*, il est tombé une cinquantaine de centimètres de neige et Misha et moi avons construit une caverne en neige dans le parc. Nous y avons travaillé des heures et nos doigts sont devenus complètement gourds, mais nous avons continué à creuser. Quand nous avons eu terminé, nous avons rampé à l'intérieur. Une lueur bleue arrivait par l'entrée. Nous étions assis épaule contre épaule. « Peut-être qu'un jour je t'emmènerai en Russie », a dit Misha. « Nous pourrions camper dans les montagnes de l'Oural, ai-je dit. Ou simplement les steppes kazakhes. » Nos haleines produisaient de petits nuages quand nous parlions. « Je t'emmènerai voir la chambre où j'habitais avec mon grand-père, a dit Misha, et je t'apprendrai à faire du patin à glace sur la Neva. » « Je pourrais apprendre le russe. » Misha a approuvé de la tête. « Je t'apprendrai. Premier mot. *Daï.* » « *Daï.* » « Deuxième mot. *Roukou.* » « Qu'est-ce que ça veut dire ? » « Dis-le d'abord. » « *Roukou.* » « *Daï roukou.* » « *Daï roukou.* Qu'est-ce que ça veut dire ? » Misha a pris ma main et l'a gardée dans la sienne.

## 9. SI ELLE EXISTE

« Qu'est-ce qui te fait penser qu'Alma est venue à New York ? » a demandé Misha. Nous avions terminé la dixième partie de rami et nous étions maintenant étendus sur le plancher de sa chambre à regarder le plafond. Il y avait du sable dans mon maillot de bain et entre mes dents. Les cheveux de Misha étaient encore mouillés et je sentais l'odeur de son déodorant.

« Au chapitre quatorze, Litvinoff parle d'une ficelle déroulée d'une rive à l'autre de l'océan par une jeune fille qui était partie en Amérique. Il venait de Pologne, d'accord ? et ma maman dit qu'il a fui avant l'invasion allemande. Les nazis ont tué plus ou moins tout le monde dans son village. De sorte que, s'il ne s'était pas enfui, il n'y aurait pas d'*Histoire de l'amour.* Or si Alma était également du même village, et je te parie cent dollars qu'elle l'était... »

« Tu me dois déjà cent dollars. »

« Ce qui est important, c'est que dans les parties que j'ai lues, il y a des histoires sur Alma quand elle était très jeune, quand elle avait à peu près dix ans. Donc, si elle existe, et je crois qu'elle existe, Litvinoff a dû la connaître enfant. Ce qui signifie qu'ils venaient sans doute du même village. Et Yad Vashem ne mentionne aucune Alma Mereminski polonaise qui serait morte pendant la Shoah. »

« Qui est Yad Vashem ? »

« Le musée de la Shoah en Israël. »

« D'accord, alors peut-être qu'elle n'est même pas juive. Et même si elle l'est — même si elle existe, et si elle est polonaise, et juive, ET qu'elle est venue en Amérique — comment tu peux être sûre qu'elle n'est pas allée dans une autre ville ? Comme Ann Arbor. » « Ann *Arbor*? » « J'ai un cousin là-bas, a dit Misha. Et de toute façon, je croyais que tu cherchais Jacob Marcus, pas cette Alma. »

« C'est vrai », ai-je dit. J'ai senti le dos de sa main frôler ma cuisse. J'ignorais comment expliquer que, même si j'avais commencé par chercher quelqu'un qui pourrait de nouveau rendre ma mère heureuse, je cherchais à présent aussi quelqu'un d'autre. Il s'agissait de la femme dont je portais le nom. Et de moi.

« Peut-être que la raison pour laquelle Jacob Marcus voudrait que l'on traduise ce livre a un rapport avec Alma », ai-je dit, pas parce que je le croyais mais parce que je ne savais pas quoi dire d'autre. « Peut-être qu'il l'a connue. Ou peut-être qu'il aimerait la retrouver. »

J'étais contente que Misha ne m'ait pas demandé pourquoi, si Litvinoff avait été tellement amoureux d'Alma, il ne l'avait pas suivie en Amérique ; pourquoi il avait plutôt décidé d'aller au Chili et d'épouser quelqu'un qui s'appelait Rosa. La seule raison qui me venait à l'esprit, c'est qu'il n'avait pas eu le choix.

De l'autre côté du mur, la mère de Misha a crié quelque chose à son père. Misha s'est redressé sur son coude et m'a regardée. Je me suis souvenu d'un épisode de l'été précédent, quand nous avions treize ans et que nous étions sur le toit de l'immeuble, le goudron ramolli sous nos pieds, chaque langue dans la bouche de l'autre tandis qu'il m'apprenait le baiser russe selon la méthode Shklovsky. À présent nous nous connaissions depuis deux ans, ma cheville touchait presque son tibia, et son estomac était contre mes côtes. Il a dit : « Je ne crois pas que ce soit la fin du monde, d'être ma petite amie. » J'ai ouvert la bouche, mais rien n'en est sorti. Il avait fallu sept langues pour me produire ; cela aurait été bien si j'avais pu en parler une seule. Mais je n'ai pas pu, et il s'est donc penché au-dessus de moi et m'a embrassée.

## 10. ALORS

Sa langue était dans ma bouche, j'ignorais si je devais laisser ma langue toucher la sienne ou la mettre de côté afin que sa langue puisse se déplacer sans être gênée par la mienne. Avant que j'aie eu le temps de prendre une décision, il a fait sortir sa langue, a fermé la bouche tandis que je laissais accidentellement la mienne ouverte, ce qui m'a paru être une erreur. J'ai cru que nous en avions terminé, mais il a alors de nouveau ouvert la bouche et je n'ai pas compris qu'il allait le faire, de sorte qu'il s'est retrouvé à me lécher les lèvres. Alors j'ai ouvert les lèvres et sorti ma langue, mais c'était trop tard parce que sa langue était retournée dans sa bouche. Puis nous y sommes parvenus, plus ou moins, ouvrant nos bouches en même temps comme si nous allions tous les deux dire quelque chose, et j'ai posé une main sur sa nuque comme Eva Marie Saint le fait à Cary

Grant dans la scène du compartiment de *La mort aux trousses.* Nous avons un peu roulé sur le sol, et son entrejambe s'est plus ou moins frotté contre mon entrejambe, mais seulement pendant une seconde, parce que mon épaule s'est alors cognée contre son accordéon. J'avais de la salive tout autour de la bouche et il m'était difficile de respirer. Dehors, de l'autre côté de la fenêtre, un avion passait en direction de l'aéroport JFK. Son père s'est mis à crier pour répondre à sa mère. « Pourquoi ils se disputent ? » ai-je demandé. Misha a redressé la tête. Une pensée a traversé son visage dans une langue que je ne comprenais pas. Je me suis demandé si les choses allaient être différentes entre nous. « *Merde* », a-t-il dit. « Qu'est-ce que ça veut dire ? » ai-je demandé, et il m'a dit : « C'est du français. » Il a repoussé une mèche de mes cheveux derrière une oreille et a recommencé à m'embrasser. « Misha ? » ai-je chuchoté. « Chut », a-t-il dit en glissant sa main sous ma chemise à hauteur de la taille. « Non », ai-je dit, et il s'est assis. Et alors j'ai dit : « J'aime quelqu'un d'autre. » Dès que j'ai eu dit ça, je l'ai regretté. Quand il est devenu évident qu'il n'y avait rien d'autre à ajouter, j'ai remis mes tennis, qui étaient pleines de sable. « Ma mère se demande sans doute où je suis », ai-je dit, et nous savions tous les deux que ce n'était pas vrai. Quand je me suis mise debout, il y avait le bruit du sable qui s'éparpillait.

## 11. UNE SEMAINE S'EST ÉCOULÉE SANS QUE MISHA ET MOI N'ÉCHANGIONS UN MOT

J'ai recommencé à étudier *Plantes et fleurs comestibles d'Amérique du Nord* comme je l'avais fait autrefois. Je suis montée sur le toit de notre maison pour voir si j'étais capable d'identifier quelques constellations mais il y avait trop de lumières et je suis donc descendue dans le jardin pour m'exercer à monter la tente de papa dans le noir, ce que j'ai fait en trois minutes cinquante-quatre secondes, battant mon propre record de presque une minute. Quand j'ai eu terminé, je me suis étendue à l'intérieur et j'ai essayé de me rappeler autant de choses que possible sur papa.

## 12. SOUVENIRS QUI M'ONT ÉTÉ TRANSMIS PAR MON PÈRE

*echad* Le goût de la canne à sucre crue

*shtayim* Les rues en terre de Tel-Aviv quand Israël était encore un pays neuf et, au-delà, les champs de cyclamens sauvages

*shalosh* La pierre qu'il a lancée à la tête du garçon qui embêtait son frère aîné, gagnant ainsi le respect des autres gamins

*arba* Acheter des poulets avec son père au *moshav*, et regarder leurs pattes s'agiter une fois leur tête coupée

*hamesh* Le bruit des cartes battues par sa mère et ses amies quand elles jouaient à la canasta le samedi soir après le shabbat

*shesh* Les chutes de l'Iguaçu, où il s'est rendu seul, au prix de grands efforts et d'importantes dépenses

*sheva* La première fois qu'il a vu la femme qui allait devenir son épouse, ma mère, alors qu'elle lisait un livre dans l'herbe du Kibboutz Yavne, vêtue d'un short jaune

*shmone* Le son des cigales la nuit, et également le silence

*tesha* Le parfum du jasmin, de l'hibiscus et des fleurs d'oranger

*eser* La pâleur de la peau de ma mère

## 13. DEUX SEMAINES SE SONT ÉCOULÉES SANS QUE MISHA ET MOI N'AYONS ÉCHANGÉ UN MOT, ONCLE JULIAN N'ÉTAIT PAS PARTI, ET NOUS ÉTIONS PRESQUE FIN AOÛT

*L'histoire de l'amour* comprend trente-neuf chapitres et ma mère en avait traduit onze depuis qu'elle avait envoyé les dix premiers à Jacob Marcus, ce qui faisait un total de vingt et un. Cela voulait dire qu'elle en avait fait plus de la moitié et qu'elle ne tarderait pas à lui envoyer un autre paquet.

Je me suis enfermée dans la salle de bains, le seul endroit où je pouvais vraiment être seule, et j'ai essayé de composer une autre lettre à Jacob Marcus, mais tout ce que j'essayais d'écrire paraissait faux, ou plat, ou mensonger. D'ailleurs, ça l'était.

J'étais assise sur le siège des cabinets avec un carnet de notes sur les genoux. Près de ma cheville, il y avait la corbeille, et dans la corbeille se trouvait une feuille de papier froissée. Je l'en ai sortie. *Chien, Frances?* pouvait-on lire. *Chien? Tes mots sont acérés. Mais je suppose que c'est ce que tu cherchais. Je ne suis pas « amoureux » de Flo, comme tu le dis. Nous sommes collègues depuis des années, et il se trouve qu'elle est quelqu'un qui s'intéresse aux choses qui m'intéressent.* L'ART, *Fran, tu te rappelles l'art, qui, soyons honnêtes, aujourd'hui ne t'intéresse plus le moins du monde? Tu as fait un tel jeu de tes critiques envers moi que tu n'as même pas remarqué à quel point tu avais changé, à quel point tu ne ressembles plus du tout à la jeune femme qui autrefois* — La lettre s'arrêtait là, je l'ai de nouveau froissée, précautionneusement, et je l'ai remise dans la corbeille. J'ai fermé les yeux très fort. Je me suis dit qu'il se pouvait qu'oncle Julian ne termine pas ses recherches sur Alberto Giacometti dans un avenir proche.

## 14. ALORS J'AI EU UNE IDÉE

Ils doivent bien enregistrer tous les décès quelque part. Les naissances et les décès — il doit exister un bâtiment, un service ou un bureau quelque part dans cette ville où ils gardent une trace de tout ça. Il doit y avoir des dossiers. Des dossiers et des dossiers sur les gens qui sont nés et morts à New York. Parfois, quand on roule sur le Brooklyn-Queens-Expressway au coucher du soleil, on aperçoit ces milliers de pierres tombales alors que les lumières s'allument à l'horizon et que le ciel devient orange, et on a l'impression étrange que le réseau électrique de la ville est généré par tous ceux qui sont enterrés là.

Et je me suis dit alors. Ils ont peut-être une trace d'elle là-bas.

## 15. LE LENDEMAIN ÉTAIT UN DIMANCHE

Il pleuvait dehors, et je me suis donc installée pour lire *La rue des crocodiles*, le livre que j'avais emprunté à la bibliothèque, et je me demandais si Misha allait appeler. J'ai compris qu'il y avait un lien quand j'ai lu dans l'introduction que l'auteur venait d'un village polonais. Je me suis dit : Soit Jacob Marcus aime réellement les auteurs polonais, soit il me donne un indice. Enfin, à ma mère.

Le livre n'était pas long et je l'ai terminé cet après-midi-là. À cinq heures, Bird est rentré, trempé. « Ça commence », a-t-il dit en touchant la mezouzah sur la porte de la cuisine avant d'embrasser sa main. « Qu'est-ce qui commence ? » ai-je demandé. « La pluie. » « On dit que ça va s'arrêter demain », ai-je dit. Il s'est versé un verre de jus d'orange, l'a avalé et est sorti de la pièce, embrassant au total quatre mezouzot avant de parvenir à sa chambre.

Oncle Julian est rentré de sa journée au musée. « Tu as vu le petit chalet qu'a construit Bird? a-t-il demandé en prenant une banane à la cuisine et en la pelant au-dessus de la poubelle. Plutôt impressionnant, tu ne trouves pas ? »

Mais lundi la pluie ne s'est pas arrêtée, et Misha n'a pas appelé, j'ai donc mis mon imperméable, trouvé un parapluie et me suis rendue aux Archives municipales de New York, l'endroit où, selon le web, on conserve la trace des naissances et des décès.

## 16. 31 CHAMBERS STREET, PIÈCE 103

« Mereminski », ai-je dit à l'homme aux lunettes de soleil rondes derrière le comptoir. « M-E-R-E-M-I-N-S-K-I » « M-E-R », a dit l'homme en notant. « E-M-I-N-S-K-I », ai-je dit. « I-S-K-Y », a dit l'homme. « Non, ai-je dit. M-E-R... » « M-E-R », a-t-il dit. « E-M-I-N », ai-je dit, et il a dit : « E-Y-N. » « Non! ai-je dit, E-M-I-N. » Il m'a regardée sans comprendre. Alors je lui ai dit : « Vous voulez que je l'écrive? »

Il a regardé le nom. Puis il m'a demandé si

Alma M-E-R-E-M-I-N-S-K-I était ma grand-mère ou mon arrière-grand-mère. « Oui », ai-je dit, parce que j'ai pensé que cela pourrait accélérer le processus. « Laquelle des deux ? » a-t-il demandé. « Grand », ai-je dit. Il m'a regardée en mordillant une cuticule, puis il est allé à l'arrière et est revenu avec une boîte de microfilms. Quand j'ai introduit le premier film, il s'est bloqué. J'ai essayé d'attirer l'attention de l'homme en agitant le bras et en montrant l'enchevêtrement de pellicule. Il est venu en soupirant et a tout remis en ordre. Après le troisième rouleau, j'ai fini par comprendre. J'ai fait défiler les quinze rouleaux. Il n'y avait pas d'Alma Mereminski dans cette boîte, et il m'en a apporté une autre, et une autre encore. J'ai dû aller aux toilettes et, en passant, j'ai acheté un paquet de Twinkies et un Coca à la machine. L'homme est sorti et s'est acheté un Snickers. Histoire de bavarder, je lui ai demandé : « Est-ce que vous savez des choses sur la survie dans la nature ? » Son visage a frissonné et il a remonté ses lunettes sur son nez. « Que voulez-vous dire ? » « Par exemple, vous saviez que presque toute la végétation arctique est comestible ? Excepté certains champignons, naturellement. » Il a froncé les sourcils, et j'ai donc poursuivi : « Eh bien, vous saviez qu'il est possible de mourir de faim en ne mangeant que de la chair de lapin ? C'est un fait avéré que des personnes qui ont voulu survivre sont mortes parce qu'elles avaient mangé trop de viande maigre, comme le lapin, on peut, vous savez... En tout cas, ça peut vous tuer. » L'homme a jeté ce qui restait de son Snickers.

De retour dans la pièce, il m'a apporté une quatrième boîte. Deux heures plus tard, mes yeux étaient douloureux et j'étais toujours là. « Se peut-il qu'elle soit morte après 1948 ? » m'a demandé l'homme, visiblement troublé. Je lui ai dit que c'était possible. « Eh bien, vous auriez dû me le dire ! Dans ce cas-là, son certificat de décès n'est pas ici. » « Il se trouverait où ? » « New York City Department of Health, Division des Archives démographiques, a-t-il dit, 125 Worth Street, Pièce 133. C'est eux qui ont les décès après 48. » Je me suis dit : Magnifique.

## 17. LA PIRE ERREUR JAMAIS COMMISE PAR MA MÈRE

Quand je suis rentrée, ma mère était pelotonnée sur le canapé et lisait un livre.

« Qu'est-ce que tu lis ? » ai-je demandé. « Cervantès », a-t-elle dit. « Cervantès ? » ai-je demandé. « Le plus célèbre des écrivains espagnols », a dit ma mère en tournant une page. Je l'ai regardée en roulant des yeux. Je me demande parfois pourquoi elle n'a pas simplement épousé un écrivain célèbre au lieu d'un ingénieur qui aimait la nature sauvage. Si elle l'avait fait, rien de tout cela ne serait arrivé. À ce moment précis, elle serait sans doute assise à table avec son mari écrivain-célèbre, discutant des qualités et des défauts d'autres écrivains célèbres tout en résolvant le problème complexe de savoir qui mériterait un Nobel posthume.

Ce soir-là, j'ai composé le numéro de Misha mais j'ai raccroché à la première sonnerie.

## 18. ET PUIS EST VENU MARDI

Il pleuvait toujours. Sur le chemin du métro, je suis passée devant le terrain vague où Bird avait accroché une bâche sur un tas d'objets de rebut qui avait maintenant presque deux mètres de hauteur, avec des sacs-poubelle et de vieilles cordes attachés sur les côtés. Un mât se dressait au centre, sans doute en attente d'un drapeau.

La table pour la limonade était toujours là, de même que le panneau annonçant LIMONAIDE FRAÎCHE 50 CENTS VEUILLEZ VOUS SERVIR (POIGNET FOULÉ), suivi par un ajout : TOUS LES BÉNÉFICES VONT À UNE ORGANISATION CHARITABLE. Mais la table était vide et il n'y avait aucun signe de la présence de Bird.

Dans le métro, quelque part entre Carroll et Bergen, j'ai décidé d'appeler Misha et de faire comme s'il ne s'était rien passé. Quand je suis descendue, j'ai trouvé un téléphone à pièces en état de marche et j'ai composé son numéro. Mon cœur s'est mis à battre la chamade quand le téléphone a commencé à sonner. Sa mère a répondu. « Bonjour, Mrs. Shklovsky, ai-je dit en essayant d'avoir l'air naturelle. Est-ce que Misha est là ? » Je l'ai entendue l'appeler. Après ce qui m'a paru être un long moment, il a pris le combiné. « Salut », ai-je dit. « Salut. » « Comment tu vas ? » « Bien. » « Qu'est-ce que tu fais ? » « Je lis. » « Quoi ? » « Des comics. » « Demande-moi où je suis. » « Où ? » « Devant le New York City Department of Health. » « Pourquoi ? » « Je vais aller voir s'ils ont quelque chose sur Alma Mereminski. » « Tu cherches toujours », a dit Misha. « Ouais », ai-je dit. Il y a eu un silence pénible. J'ai dit : « Eh bien, j'appelais pour te demander si tu voulais louer *L'étau* ce soir. » « Peux pas. » « Pourquoi ? » « Je fais quelque chose. » « Quoi ? » « Je vais au cinéma. » « Avec qui ? » « Une fille que je connais. » Mon estomac s'est noué. « Quelle fille ? » ai-je pensé. Je me suis dit : S'il te plaît, que ce ne soit pas... « Luba, a-t-il dit. Tu te souviens sans doute d'elle, tu l'as rencontrée une fois. » Bien sûr que je me souvenais d'elle. Comment oublier une fille qui mesure un mètre soixante-quinze, qui est blonde et qui prétend descendre de la Grande Catherine ?

Ça allait être une mauvaise journée.

« M-E-R-E-M-I-N-S-K-I », ai-je dit à la femme derrière le comptoir dans la pièce 133. Je me suis dit, comment peut-il apprécier une fille qui serait incapable de faire le Test Universel de Comestibilité même si sa vie en dépendait ? « M-E-R-E », a dit la femme, de sorte que j'ai dit : « M-I-N-S » — en pensant : Elle n'a sans doute jamais entendu parler de *Fenêtre sur cour.* « M-Y-M-S », a dit la femme. « Non, ai-je dit. M-*I*-*N*-*S* » « M-*I*-*N*-*S* », a dit la femme. « K-I », ai-je dit. Et elle a dit : « K-I. »

Une heure s'est écoulée et nous n'avons pas trouvé de certificat de décès pour Alma

Mereminski. Une demi-heure supplémentaire et nous n'avions toujours rien trouvé. La solitude se transformait en dépression. Deux heures plus tard, la femme m'a dit qu'elle était certaine à cent pour cent qu'aucune Alma Mereminski n'était morte à New York après 1948.

Ce soir-là, j'ai une fois de plus loué *La mort aux trousses* et je l'ai regardé pour la onzième fois. Puis je me suis endormie.

## 19. LES GENS SOLITAIRES SE LÈVENT TOUJOURS AU MILIEU DE LA NUIT

Quand j'ai ouvert les yeux, oncle Julian était debout devant moi. « Quel âge as-tu ? » m'a-t-il demandé. « Quatorze ans. J'aurais quinze ans le mois prochain. » « Quinze ans le mois prochain, a-t-il dit comme s'il essayait de résoudre un problème de maths dans sa tête. Qu'est-ce que tu veux faire quand tu seras grande ? » Il portait encore son imperméable, qui dégoulinait de pluie. Une goutte d'eau est tombée dans mon œil. « Je ne sais pas. » « Fais un effort, il doit bien y avoir quelque chose. » Je me suis assise dans mon sac de couchage, je me suis frotté l'œil et j'ai regardé ma montre digitale. Elle a un bouton que l'on peut presser pour faire briller les chiffres. Elle est aussi équipée d'une boussole. « Il est trois heures vingt du matin », ai-je dit. Bird dormait dans mon lit. « Je sais. Je voulais te poser une question. Réponds-moi et je te promets que je te laisserai dormir. Qu'est-ce que tu veux faire ? » J'ai pensé : Devenir quelqu'un capable de survivre par des températures inférieures à zéro et trouver sa nourriture et creuser une caverne dans la neige et construire un feu à partir de rien. « Je ne sais pas. Peut-être devenir peintre », ai-je dit pour qu'il soit content et qu'il me laisse dormir. « C'est drôle, a-t-il dit. J'espérais que tu dirais ça. »

20. ÉVEILLÉE DANS LE NOIR

J'ai pensé à Misha et à Luba, à mon père et à ma mère, à la raison pour laquelle Zvi Litvinoff était parti au Chili et avait épousé Rosa au lieu d'Alma, celle qu'il aimait vraiment.

J'ai entendu oncle Julian tousser en dormant, de l'autre côté du couloir.

Et puis j'ai pensé : Attends une seconde.

## 21. ELLE A DÛ SE MARIER !

Mais oui ! Voilà pourquoi je n'avais pas trouvé de certificat au nom d'Alma Mereminski. Pourquoi n'y avais-je encore jamais pensé ?

## 22. ÊTRE NORMAL

J'ai cherché sous mon lit et j'ai sorti la torche électrique de mon sac de survie, ainsi que le troisième volume de *Comment survivre dans la nature.* Quand j'ai allumé la torche, j'ai vu quelque chose. C'était coincé entre le cadre du lit et le mur, près du plancher. Je me suis glissée sous le lit et j'ai dirigé la torche dessus afin de mieux voir. C'était un cahier d'écolier noir et blanc. Au recto, était écrit יהוה. Juste à côté : PRIVÉ. Un jour Misha m'avait dit qu'il n'y avait pas de mot en russe pour dire privé. Je l'ai ouvert.

*9 avril*
יהוה
*J'ai été une personne normale pendant trois jours de suite. Ce qui veut dire que je ne suis pas monté sur le toit d'un immeuble, que je n'ai pas écrit le nom de D. sur quelque chose qui ne m'appartient pas, ni répondu à une question parfaitement nor-*

*male par une citation de la Torah. Cela veut dire aussi que je n'ai rien fait qui puisse provoquer la réponse NON à la question : EST-CE QU'UNE PERSONNE NORMALE FERAIT ÇA ? Jusqu'à présent ça n'a pas été trop dur.*

*10 avril*
**יהוה**

*C'est le quatrième jour de suite que j'agis normalement. Pendant le cours de gym, Josh K. m'a poussé contre le mur et m'a demandé si je pensais que j'étais un gros et gras génie et je lui ai dit que je ne pensais pas que j'étais un gros et gras génie. Comme je ne voulais pas abîmer toute une journée normale, je ne lui ai pas dit que ce que j'étais peut-être, c'était le Moshiah. Et puis mon poignet va mieux. Si vous voulez savoir comment je me le suis foulé, je me le suis foulé en montant sur le toit parce que je suis arrivé au heder en retôt et qu'il y avait une échelle fixée contre le mur. L'échelle était rouillée mais sinon ce n'était pas très difficile. Il y avait une grande flaque d'eau au centre du toit et je me suis demandé ce qui se passerait si je faisais rebondir la balle de mon jeu d'osselets dedans et si j'essayais de la rattraper. C'était très bien ! Je l'ai fait quinze fois encore jusqu'à ce que je rate la balle et qu'elle passe par-dessus le bord du toit. Alors je me suis couché sur le dos et j'ai regardé le ciel. J'ai compté trois avions. Quand j'ai commencé à m'ennuyer j'ai décidé de redescendre. C'était plus difficile que de monter parce que je devais aller à reculons. À mi-chemin, je suis passé devant les fenêtres d'une des salles de classe. J'ai vu Mrs. Zucker près du tableau noir et j'ai compris que c'étaient les Daleds. (Si vous voulez savoir, cette année je suis un Hay.) Comme je n'entendais pas ce que disait Mrs. Zucker, j'ai essayé de lire sur ses lèvres. J'ai dû me pencher très fort d'un côté pour bien voir. J'ai appuyé mon visage directement sur la vitre et tout à coup tout le monde s'est retourné et j'ai salué de la main et c'est alors que j'ai perdu l'équilibre. Je suis tombé et le rabbin Wizner a dit que c'était un miracle que je n'aie rien eu de cassé mais au fond de moi-même je savais que j'étais en sécurité et que D. ne permettrait pas qu'il m'arrive quelque chose parce que je suis de toute évidence un lamed vovnik.*

*11 avril*
יהוה

*Aujourd'hui c'était le cinquième jour où j'étais normal. Alma dit que si j'étais normal ma vie deviendrait bien plus simple sans parler de la vie de tous les autres. J'ai pu enlever la bande adhésive élastique Ace de mon poignet, et maintenant je n'ai qu'un tout petit peu mal. J'ai sans doute eu bien plus mal quand je me suis cassé le poignet à l'âge de six ans mais je ne m'en souviens plus.*

J'ai sauté un peu et suis arrivée à :

*27 juin*
יהוה
*Jusqu'à présent, j'ai gagné $295,50 en vendant de la limon-aide. Ça fait 591 verres ! Mon meilleur client est Mr. Goldstein, qui achète dix verres à la fois parce qu'il a très soif. Également oncle Julian, qui un jour m'a donné un pourboire de 20 dollars. Encore $384,50 et j'aurai terminé.*

*28 juin*
יהוה
*Aujourd'hui j'ai presque fait quelque chose de pas normal. Je passais devant un immeuble dans la 4e Rue et il y avait une planche en bois posée contre l'échafaudage et personne aux alentours et j'avais vraiment envie de la prendre. Ça n'aurait pas vraiment été du vol ordinaire puisque la chose spéciale que je construis aidera les gens et que D. veut que je la construise. Mais je savais aussi que si je la volais et que quelqu'un s'en rendait compte j'aurais des problèmes et qu'Alma serait obligée de venir me chercher et qu'elle se mettrait en colère. Mais je parie qu'elle ne sera plus en colère quand il commencera à pleuvoir et que je lui dirai enfin ce qu'est la chose spéciale que j'ai commencé à construire. J'ai déjà ramassé beaucoup de trucs pour ça, en grande partie des choses que les gens ont jetées aux ordures. Une des choses dont j'ai un grand besoin et qui est difficile à obtenir, c'est la mousse de polystyrène, parce qu'elle flotte. Pour l'instant, je n'en ai pas des tonnes. Je m'inquiète parfois parce qu'il pourrait se mettre à pleuvoir avant que j'aie terminé la construction.*

*Si Alma savait ce qui va se passer, je pense qu'elle ne serait pas aussi furieuse que j'aie écrit* יהוה *dans son carnet. J'ai lu les trois volumes de* Comment survivre dans la nature *et ils sont très bien, remplis de faits intéressants et utiles. Une des sections s'inquiète de ce qu'il faut faire en cas d'explosion nucléaire. Je pense toutefois qu'il n'y aura pas d'explosion nucléaire mais je l'ai quand même lue attentivement au cas où. J'ai alors décidé que s'il y a une explosion nucléaire avant que je sois en Israël et si les cendres tombent partout comme de la neige, je produirai des anges. Je traverserai les maisons que je veux parce que tout le monde sera parti. Je ne pourrai pas aller à l'école, mais cela n'a pas grande importance puisque nous n'apprenons jamais jamais de choses importantes du genre de ce qui se passe après la mort. De toute façon je plaisante parce qu'il n'y aura pas de bombe. C'est à un déluge que nous aurons droit.*

## 23. DEHORS, IL TOMBAIT TOUJOURS DES CORDES

# NOUS VOICI RÉUNIS

Lors de sa dernière matinée en Pologne, après que son ami eut enfoncé sa casquette profondément sur ses yeux et qu'il eut disparu au coin de la rue, Litvinoff retourna dans sa chambre. Elle était déjà vide, le mobilier vendu ou distribué. Ses valises étaient posées près de la porte. Il prit le paquet enveloppé de papier brun qu'il tenait sous son manteau. Il était fermé et, au recto, de l'écriture de son ami qui lui était tellement familière, était écrit : *À garder pour Leopold Gursky jusqu'à ce que tu le revoies.* Litvinoff le glissa dans la poche d'une des valises. Il se dirigea vers la fenêtre et regarda le minuscule carré de ciel pour la dernière fois. Des cloches d'église sonnaient au loin comme elles avaient sonné des centaines de fois tandis qu'il travaillait ou dormait, si souvent qu'il avait l'impression qu'elles faisaient partie des rouages de son esprit. Il fit courir ses doigts sur le mur, piqueté de trous de punaises là où avaient été accrochés les photos et les articles qu'il avait découpés dans le journal. Il s'arrêta pour s'examiner dans le miroir afin de pouvoir se rappeler plus tard de quoi il avait l'air ce jour-là. Il sentit sa gorge se serrer. Pour la énième fois il mit sa main dans sa poche et vérifia la présence de son passeport et de ses billets. Puis il jeta un coup d'œil à sa montre, soupira, souleva ses valises et sortit.

Si Litvinoff ne pensa pas beaucoup à son ami au début, c'est parce qu'il avait des tas d'autres choses en tête. Grâce aux intrigues de son père, à qui quelqu'un qui connaissait quelqu'un devait une faveur, il avait obtenu un visa pour l'Espagne. D'Espagne, il irait à Lisbonne, où il avait l'intention de prendre le bateau pour le Chili, où vivait le cousin de son père. Une fois sur le bateau, d'autres préoccupations occupèrent son esprit : un peu de mal de mer, sa peur des eaux sombres, quelques méditations sur l'horizon, quelques spéculations sur la vie au fond de l'océan, des attaques de nostalgie, la vision d'une baleine, la vue d'une jolie brune française.

Lorsque le bateau parvint finalement à Valparaíso et que Litvinoff débarqua sur des jambes peu stables (j'ai le « pied marin », se disait-il, même des années plus tard, quand l'instabilité revenait parfois sans aucune explication), d'autres choses l'occupèrent. Pendant ses premiers mois au Chili, il dut accepter tous les emplois qui se présentaient ; d'abord dans une usine de saucisses, dont il fut viré le troisième jour quand il se trompa de tramway et arriva avec un quart d'heure de retard et, après cela, dans une épicerie. Un jour, alors qu'il allait voir un contremaître qui apparemment cherchait de la main-d'œuvre, Litvinoff se perdit et se retrouva devant les bureaux du journal de la ville. Les fenêtres étaient ouvertes et il entendait le cliquetis des machines à écrire à l'intérieur. Il fut assailli par la nostalgie. Il pensa à ses collègues du quotidien, ce qui lui rappela son bureau et les trous dans le bois qu'il avait l'habitude de tâter pour s'aider à réfléchir, ce qui lui rappela sa machine à écrire avec le S un peu collant, de sorte que ses textes contenaient des phrases telles que *ssa mort laissse une brèche dans les viesss des persssonness qu'il avait aidéess*, ce qui lui rappela l'odeur des cigares bon marché de son patron, ce qui lui rappela sa promotion, de pigiste à chroniqueur nécrologique, ce qui lui rappela Isaac Babel, et il ne se laissa pas aller davantage, mit immédiatement fin à sa nostalgie et se dirigea vers le lieu de son rendez-vous.

Il finit par trouver du travail dans une pharmacie — son père avait été pharmacien et Litvinoff en savait assez pour aider le vieux Juif allemand qui gérait une petite boutique toute propre dans un quartier tranquille de la ville. Ce ne fut qu'alors, quand il put se permettre de louer une chambre, que Litvinoff défit enfin ses bagages. Dans la poche d'une de ses valises, il trouva le paquet enveloppé de papier kraft avec l'écriture de son ami au recto. Une vague de tristesse envahit son esprit. Sans la moindre raison, il se souvint d'une chemise blanche qu'il avait oubliée sur la corde à linge dans la cour de Minsk.

Il tenta de se souvenir de son visage dans le miroir ce dernier jour. Mais il n'y parvint pas. Fermant les yeux, il voulut se forcer à se rappeler. Mais tout ce qui lui vint à l'esprit fut le visage de son ami au moment où il était au coin de la rue. En soupirant, Litvinoff remit l'enveloppe dans la valise vide, qu'il referma avant de la ranger sur l'étagère du placard.

Tout l'argent qu'il lui restait après avoir payé sa chambre et sa nourriture, il l'économisait pour faire venir sa jeune sœur, Miriam. Enfants très proches en âge et en apparence, on les avait souvent pris pour des jumeaux quand ils étaient petits, et pourtant Miriam était plus claire de peau et portait des lunettes d'écaille. Elle avait fait des études de droit à Varsovie jusqu'à ce qu'on lui interdît de suivre les cours.

La seule dépense que s'autorisa Litvinoff fut une radio à ondes courtes. Tous les soirs il faisait tourner le bouton entre ses doigts, balayant tout le continent sud-américain jusqu'à ce qu'il trouvât la nouvelle station, *The Voice of America.* Il connaissait assez mal l'anglais, mais parvenait quand même à comprendre. Il suivit avec horreur la progression des nazis. Hitler rompit son pacte avec la Russie et envahit la Pologne. Cela allait de mal en pis, jusqu'à la terreur.

Les rares lettres d'amis et de parents arrivaient de moins en moins souvent et il était difficile de savoir ce qui se passait réellement. Pliée dans l'avant-dernière lettre qu'il reçut de sa sœur — où elle lui apprenait qu'elle était tombée amoureuse d'un autre étudiant en droit et qu'ils s'étaient mariés — il y avait une photographie prise à l'époque où elle-même et Zvi étaient petits. Au dos, elle avait écrit : *Ici nous sommes ensemble.*

Le matin, Litvinoff se faisait du café en écoutant les chiens errants se battre dans l'allée. Il attendait le tramway, sous le soleil déjà torride. Il déjeunait dans la réserve de la pharmacie, entouré par des boîtes de pilules et de poudres, de sirop de cerises et de rubans pour les cheveux, et le soir, après avoir terminé de laver les sols et de polir tous les bocaux jusqu'à pouvoir y discerner le visage de sa sœur, il rentrait chez lui. Il ne se fit pas beaucoup d'amis. Il n'était plus très intéressé par la quête de l'amitié. Quand il ne travaillait pas, il écoutait la radio. Il écoutait jusqu'à être gagné par l'épuisement et il s'endormait alors sur sa chaise et là encore il écoutait, ses rêves s'élaborant autour des voix que diffusait la radio. Autour de lui, d'autres réfugiés vivaient les mêmes peurs et la même impuissance, mais Litvinoff ne puisait là aucun réconfort parce qu'il y a deux types de personnes dans le monde : ceux qui préfèrent être tristes au milieu des autres, et ceux qui préfèrent être tristes tout seuls. Litvinoff préférait être seul. Quand on l'invitait à dîner, il trouvait une excuse pour ne pas venir. Un jour, quand sa logeuse l'invita à prendre le thé un dimanche, il lui expliqua qu'il devait terminer quelque chose qu'il écrivait. « Vous écrivez ? lui demanda-t-elle avec surprise. Qu'écrivez-vous donc ? » En ce qui le concernait un mensonge en valait bien un autre et, sans beaucoup y réfléchir, il lui répondit : « Des poèmes. »

Une rumeur s'établit selon laquelle il était poète. Et Litvinoff, secrètement flatté, ne fit rien pour l'enrayer. Il alla même jusqu'à acheter un chapeau du type de ceux que portait Alberto Santos-Dumont, qui, selon les Brésiliens, avait été le premier à réussir à voler et dont le panama, c'était en tout cas ce que Litvinoff avait entendu, s'était recourbé parce qu'il servait à refroidir le moteur de son avion ; ce chapeau continuait à être très populaire dans les milieux littéraires.

Le temps passa. Le vieux Juif allemand mourut dans son sommeil, la pharmacie ferma, et Litvinoff, en partie du fait des rumeurs sur ses prouesses littéraires, fut engagé comme enseignant dans une école juive. La guerre s'acheva. Petit à petit, Litvinoff apprit ce qu'il était advenu de sa sœur Miriam, et de ses parents, et de quatre autres frères et sœurs (ce qui était arrivé à son frère aîné, André, il ne put le deviner qu'à partir de probabilités). Il apprit à vivre avec la vérité. Pas à l'accepter, mais à vivre en sa compagnie. C'était comme s'il vivait avec un éléphant. Sa chambre était minuscule et, chaque matin, il devait se glisser le long de la vérité simplement pour se rendre à la salle de bains. Pour atteindre l'armoire et sortir des sous-vêtements, il lui fallait passer à quatre pattes sous la vérité, en priant qu'elle ne choisisse pas ce moment précis pour s'asseoir sur son visage. La nuit, quand il fermait les yeux, il la sentait planer au-dessus de lui.

Il perdit du poids. Tout en lui parut se recroqueviller, excepté son nez et ses oreilles, qui grandirent et pendaient, ce qui lui donnait un air mélancolique. Quand il atteignit trente-deux ans, ses cheveux tombaient par poignées. Il abandonna le panama tordu et se mit à porter partout un lourd pardessus dans la poche duquel il gardait un morceau de papier usé et froissé qu'il avait sur lui depuis des années et qui avait commencé à se déchirer aux pliures. À l'école, les enfants mimaient le geste d'une cuti derrière son dos s'il lui arrivait de les frôler.

C'était à l'époque où il était dans cet état que Rosa l'aperçut pour la première fois dans les cafés au bord de la mer. Il y allait l'après-midi avec l'excuse de lire un roman ou une revue de poésie (d'abord du fait de sa réputation, et ensuite parce qu'il s'y intéressait de plus en plus). Mais en fait il voulait simplement gagner un peu de temps avant de rentrer chez lui, où l'attendait la vérité. Au café, Litvinoff s'autorisait à oublier un peu. Il méditait sur les vagues et observait les étudiants, tendant parfois l'oreille pour entendre leurs arguments, qui étaient des arguments identiques à ceux qu'il avait défendus à l'époque où lui-même était étudiant un siècle plus tôt (c'est-à-dire, douze ans plus tôt). Il connaissait même certains de leurs noms. Y compris celui de Rosa. Comment aurait-il pu ne pas le connaître ? Tout le monde l'interpellait sans arrêt.

L'après-midi où elle s'était approchée de sa table et que, au lieu de continuer pour saluer quelque jeune homme, elle s'était arrêtée avec une grâce abrupte pour lui demander si elle pouvait s'asseoir en sa compagnie, Litvinoff avait cru à une plaisanterie. Ses cheveux étaient luisants et noirs et coupés à hauteur du menton, mettant en valeur son nez fort. Elle portait une robe verte (plus tard, Rosa le contredit en affirmant qu'elle était rouge, rouge avec des pois noirs, mais Litvinoff refusait de renoncer au souvenir d'une mousseline émeraude sans manches). Ce ne fut que lorsqu'elle eut été assise une demi-heure avec lui et que ses amis eurent cessé de s'intéresser à elle pour reprendre leur conversation que Litvinoff comprit que son geste avait été sincère. Il y eut une pause gênée dans la conversation. Rosa sourit.

« Je ne me suis même pas présentée », dit-elle.

« Vous êtes Rosa », dit Litvinoff.

Le lendemain après-midi, Rosa arriva pour une deuxième rencontre, exactement comme elle l'avait promis. Quand elle regarda sa montre et réalisa qu'il était tard, ils organisèrent une troisième rencontre et, après cela, il allait sans dire qu'il y en aurait une quatrième. Lors de leur cinquième rencontre, sous l'emprise de la spontanéité juvénile de Rosa — au beau milieu d'une conversation passionnée sur Neruda et Darío, pour savoir qui était le meilleur poète —, Litvinoff fut lui-même surpris de s'entendre proposer d'aller ensemble à un concert. Lorsque Rosa accepta sans réfléchir, il commença à comprendre que, miracle parmi les miracles, cette jolie jeune femme était peut-être en train de développer un *sentiment* envers lui. Ce fut comme si quelqu'un avait frappé un gong dans sa poitrine. Tout son corps résonnait de cette nouvelle idée.

Quelques jours après leur rendez-vous au concert, ils se retrouvèrent au parc pour piqueniquer. Cela fut suivi le dimanche d'après par une balade à bicyclette. Pour leur septième rendez-vous, ils allèrent au cinéma. À la fin du film, Litvinoff raccompagna Rosa chez elle. Ils étaient l'un en face de l'autre et discutaient des mérites respectifs du jeu de Grace Kelly et de son incroyable beauté quand, tout à coup, Rosa se pencha en avant et l'embrassa. Ou en tout cas tenta de l'embrasser, mais Litvinoff, surpris, recula, laissant Rosa penchée, le cou tendu selon un angle embarrassant. Toute la soirée, il avait étudié les mouvements de marée de la distance entre les diverses parties de leurs corps, avec un plaisir grandissant. Mais la variabilité des distances était tellement infime que l'attaque soudaine du nez de Rosa l'avait presque fait éclater en sanglots. Ayant compris son erreur, il avança son cou en aveugle au-dessus du gouffre. Mais Rosa avait déjà accepté la défaite et s'était retirée sur un terrain plus solide. Litvinoff était resté suspendu, en équilibre. Assez longtemps pour qu'une bouffée du parfum de Rosa vienne lui chatouiller le nez, et ce fut alors qu'il battit rapidement en retraite. Ou plutôt commençait à battre rapidement en retraite quand Rosa, ne voulant pas prendre davantage de risques, projeta ses lèvres en avant dans l'espace contesté, oubliant momentanément cet appendice, son nez, qui se rappela à elle une seconde plus tard lorsqu'il se cogna contre le nez de Litvinoff au moment où ses lèvres s'écrasèrent sur les siennes, de sorte qu'à l'occasion de leur premier baiser ils devinrent frères de sang.

Litvinoff avait le vertige dans le bus qui le ramenait chez lui. Il lança des sourires à tous ceux qui regardaient dans sa direction. Il s'engagea dans sa rue en sifflant. Mais lorsqu'il glissa sa clé dans la serrure, le froid pénétra son cœur. Il resta debout dans sa chambre sombre sans allumer la lumière. *Pour l'amour de Dieu*, pensa-t-il. *Où as-tu la tête? Mais que pourrais-tu donc offrir à une fille comme elle, ne sois pas idiot, tu t'es laissé tomber en miettes, les miettes ont disparu et il n'y a maintenant plus rien à offrir, tu ne peux pas cacher ça bien longtemps, un jour ou l'autre elle saisira la vérité: tu n'es que la coquille d'un homme, il lui suffira de se cogner contre toi et elle comprendra que tu es vide.*

Il resta très longtemps debout, le front appuyé contre la vitre, réfléchissant à tout ça. Puis il se déshabilla. Toujours dans le noir, il lava ses sous-vêtements et les posa sur le radiateur pour les faire sécher. Il tourna le bouton de la radio, qui se mit à luire et prit vie, mais une minute plus tard il l'éteignit et un tango laissa place au silence. Il resta assis tout nu sur sa chaise. Une mouche atterrit sur son pénis ratatiné. Il marmonna quelques mots. Et comme ça lui faisait du bien de marmonner, il marmonna un peu plus. C'étaient des mots qu'il connaissait par cœur parce qu'il les transportait sur un morceau de papier plié dans la poche de poitrine de sa veste depuis la nuit, il y avait tant d'années, où il avait veillé sur son ami et prié pour qu'il ne meure pas. Il les avait prononcés si souvent, même parfois quand il ne savait pas qu'il les prononçait, qu'il lui arrivait d'oublier que les mots n'étaient pas les siens.

Cette nuit-là, Litvinoff ouvrit le placard et descendit sa valise. Plongeant une main dans la poche, il chercha l'enveloppe épaisse. Il la sortit, se rassit sur sa chaise et la posa sur ses genoux. Bien qu'il ne l'eût jamais ouverte, il savait évidemment ce qu'elle contenait. Fermant les yeux pour les protéger de la lumière, il tendit la main et alluma la lampe.

*À garder pour Leopold Gursky jusqu'à ce que tu le revoies.*

Plus tard, quel que fût le nombre de fois où il tenta d'enfouir cette phrase dans la poubelle sous les pelures d'orange et les filtres à café, elle semblait toujours vouloir remonter à la surface. Ainsi, un matin, Litvinoff repêcha l'enveloppe vide, dont le contenu se trouvait maintenant en sécurité sur son bureau. Puis, ravalant ses larmes, il frotta une allumette et regarda brûler l'écriture de son ami.

# MOURIR EN RIANT

*Qu'est-ce qui est affiché ?*

Nous étions sous les étoiles de la gare de Grand Central, en tout cas c'est bien ce qu'il me fallait croire, car il m'aurait été plus facile de mettre mes chevilles derrière mes oreilles que de pencher ma tête en arrière pour avoir une vue complète de ce qui se trouve au-dessus.

*Qu'est-ce qui est affiché ?* a répété Bruno en me lançant un coup de coude dans les côtes alors que je soulevais mon menton d'encore un cran en direction du panneau des départs. Ma lèvre supérieure s'est écartée de la lèvre inférieure, pour se libérer du poids de la mâchoire. *Dépêche-toi*, a dit Bruno. *Minute, papillon*, lui ai-je dit, sauf qu'avec la bouche ouverte c'est sorti comme *Inutile, con.* Je parvenais tout juste à décrypter les chiffres. *9:45*, ai-je dit, ou plutôt, *Neuve à rantsin. Quelle heure il est maintenant ?* a demandé Bruno. J'ai fait glisser mon regard vers ma montre. *9:43*, ai-je dit.

Nous nous sommes mis à courir. Pas à courir, mais à nous déplacer comme peuvent le faire deux personnes qui ont déjà usé toutes sortes de cavités et de rotules lorsqu'elles veulent attraper un train. J'étais en tête mais Bruno était sur mes talons. Puis Bruno, qui venait de découvrir une manière d'agiter les bras pour prendre de la vitesse défiant toute description, m'a doublé et, pendant un instant je suis resté à sa hauteur tandis qu'il ouvrez les guillemets brûlait le pavé fermez les guillemets. Je me concentrais sur sa nuque quand, sans prévenir, il a disparu de mon champ de vision. J'ai regardé derrière moi. Il formait un tas par terre, une chaussure à un pied, l'autre à la main. *Fonce!* m'a-t-il dit. J'ai hésité, sans savoir quoi faire. *FONCE!* a-t-il crié une fois de plus, et j'ai couru et, tout de suite après, il était passé à la corde et me doublait, une chaussure à la main, agitant les bras.

*Le train, quai 22, va partir.*

Bruno a pris l'escalier menant au quai. J'étais juste derrière lui. Nous avions toutes les raisons de penser que nous y parviendrions. Et pourtant. Ayant changé inopinément d'idée, il s'est arrêté en glissant au moment où il atteignait le train. Incapable de réduire ma vitesse, je suis passé près de lui et je suis monté dans le wagon. Les portières se sont refermées derrière moi. Il m'a souri à travers la vitre. J'ai frappé la vitre du poing. *Va te faire foutre, Bruno!* Il a agité une main. Il savait que je ne serais pas parti tout seul. Et pourtant. Il savait que je devais y aller. Tout seul. Le train a commencé à se mouvoir. Les lèvres de Bruno ont bougé. J'ai essayé de lire ce qu'elles disaient : *Bonne.* Ses lèvres se sont immobilisées. Je voulais crier : Quelle chose est bonne? Dis-moi quelle chose est bonne? Et elles ont dit : *Chance.* Le train a quitté la gare et s'est lancé dans le noir.

Cinq jours après que fut arrivée l'enveloppe brune contenant les pages du livre que j'avais écrit un demi-siècle plus tôt, j'étais parti reprendre le livre que j'avais écrit un demi-siècle plus tard. Ou, pour le dire autrement : une semaine après la mort de mon fils, je me dirigeais vers sa maison. Dans un cas comme dans l'autre, j'étais seul.

J'ai trouvé un siège près d'une fenêtre et j'ai essayé de reprendre mon souffle. Nous foncions dans le tunnel. J'ai appuyé ma tête contre la vitre. Quelqu'un avait gravé « jolis tétons » sur le verre. Impossible de ne pas se demander : Lesquels? Le train a émergé dans la lumière sale et la pluie. C'était la première fois de ma vie que je prenais un train sans billet.

Un homme est monté à Yonkers et s'est assis à côté de moi. Il a sorti un livre de poche. Mon estomac a grommelé. Je n'y avais encore rien mis, si on ne tient pas compte du café que j'avais bu le matin au Dunkin' Donuts. Il était tôt. Nous étions les premiers clients. *Donnez-moi un jelly donut et un donut poudré*, a dit Bruno. *Donnez-lui un jelly et un poudré*, ai-je dit. *Et je voudrais un petit café.* L'homme à la toque en papier s'est arrêté. *C'est moins cher si vous prenez un moyen.* L'Amérique, que Dieu la bénisse. *Comme vous voulez*, ai-je dit. *Un moyen.* L'homme est parti et revenu avec le café. *Donnez-moi un Bavarian Kreme et un autre au sucre glace*, a dit Bruno. Je lui ai lancé un regard mauvais. *Quoi ?* a-t-il dit en haussant les épaules. *Donnez-lui un Bavarian Kreme* — ai-je dit. *Et un vanille*, a dit Bruno. Je me suis retourné pour le fusiller du regard. *Mea culpa*, a-t-il dit. *Un vanille. Va t'asseoir*, lui ai-je dit. Il est resté là. *ASSIS*, ai-je dit. *Plutôt un cruller*, a-t-il dit. Le Bavarian Kreme a disparu en quatre bouchées. Il s'est léché les doigts, puis il a soulevé le cruller dans la lumière. *C'est un donut, pas un losange*, ai-je dit. *Il est rassis*, a dit Bruno. *Mange-le quand même*, lui ai-je dit. *Je vais l'échanger contre un Apple Spice*, a-t-il dit.

Le train a laissé la ville loin derrière lui. Des pâturages verts apparaissaient des deux côtés. Il pleuvait depuis des jours, et il continuait à pleuvoir.

J'avais souvent imaginé l'endroit où vivait Isaac. Je l'avais trouvé sur une carte. Un jour j'avais appelé les transports en commun : *Si je désire aller de Manhattan à la maison de mon fils*, avais-je demandé, *je fais comment ?* J'avais tout calculé, jusqu'au plus petit détail. Oh les beaux jours ! Je serais venu avec un présent. Un pot de confiture, peut-être. Nous n'aurions pas fait de chichi. Trop tard pour tout ça. Peut-être aurions-nous pu échanger quelques balles sur la pelouse. Je suis un très mauvais attrapeur. Et en plus, je lance très mal. Et pourtant. Nous aurions parlé de base-ball. C'est un sport que j'ai suivi de près depuis l'enfance d'Isaac. Quand il était fanatique des Dodgers moi aussi j'en étais fanatique. Je voulais voir ce qu'il voyait et entendre ce qu'il entendait. Je me suis tenu au courant, autant que possible, de la musique populaire. Les Beatles, les Rolling Stones, Bob Dylan — *Lay, Lady, Lay*, pas besoin d'un lit en cuivre pour comprendre. Tous les soirs, en rentrant du travail, je commandais à manger chez Mr. Tong. Et puis je sortais un disque de sa pochette, je soulevais l'aiguille, j'écoutais.

Chaque fois qu'Isaac déménageait, je traçais la route entre mon appartement et sa maison. La première fois, il avait onze ans. J'allais me poster de l'autre côté de la rue, devant son école, à Brooklyn, et j'attendais qu'il sorte, simplement pour l'apercevoir ; peut-être même, si j'avais de la chance, entendre sa voix. Un jour, j'ai attendu comme d'habitude, mais il n'est pas sorti. Je me suis dit qu'il avait peut-être fait une bêtise et qu'il était en retenue. La nuit est tombée, on a éteint les lumières et il n'est toujours pas sorti. Je suis revenu le lendemain et j'ai attendu une fois de plus, et une fois de plus il n'est pas sorti. Ce soir-là j'ai imaginé le pire. Je ne pouvais pas dormir, imaginant toutes les choses horribles qui avaient pu arriver à mon enfant. Alors même que je m'étais juré de ne jamais le faire, le lendemain matin, je me suis levé tôt et je suis allé là où il vivait. Pas simplement passé devant. Je suis resté de l'autre côté de la rue. J'ai attendu de le voir, ou Alma, ou même son *shlemiel* de mari. Et pourtant. Personne n'est apparu. J'ai fini par interroger un gosse qui sortait de l'immeuble. *Tu connais la famille Moritz?* Il m'a fixé du regard. *Ouais. Et alors?* a-t-il dit. *Ils vivent toujours ici?* ai-je demandé. *Ça vous regarde?* a-t-il dit, et il est parti dans la rue en faisant rebondir une balle en caoutchouc. Je l'ai saisi par son col de chemise. Il y avait de la peur dans son regard. *Ils sont partis à Long Island*, a-t-il lâché avant de se mettre à courir.

Une semaine plus tard, j'ai reçu une lettre d'Alma. Elle avait mon adresse parce que, une fois par an, le jour de son anniversaire, je lui envoyais une carte. *Bon anniversaire*, écrivais-je. *De Leo.* J'ai déchiré l'enveloppe. *Je sais que tu le surveilles,* écrivait-elle. *Ne me demande pas comment, mais je le sais. J'attends le jour où il me demandera la vérité. Quelquefois, quand je le regarde dans les yeux, c'est toi que je vois. Et je pense que toi seul pourrais répondre à ses questions. J'entends ta voix comme si tu étais à mes côtés.*

J'ai lu la lettre je ne sais combien de fois. Mais ce n'était pas ça qui comptait. Ce qui comptait, c'était que, dans le coin supérieur gauche de l'enveloppe, elle avait écrit son adresse : *121 Atlantic Avenue, Long Beach, NY.*

J'ai sorti mon plan et j'ai mémorisé les détails de la route à prendre. Je m'imaginais souvent les désastres, les inondations, les tremblements de terre, le monde envahi par le chaos, de sorte que j'aurais une raison d'aller là-bas et de l'emmener sous mon manteau. Quand j'ai fini par perdre tout espoir de circonstances atténuantes, je me suis mis à rêver que nous nous retrouvions par hasard. J'ai envisagé toutes les façons possibles de voir nos routes se croiser fortuitement — me trouver à côté de lui dans un train, ou dans la salle d'attente d'un médecin. Mais pour finir, j'ai compris que ça dépendait de moi. Quand Alma a disparu, puis, deux ans plus tard, Mordecai, tous les obstacles avaient disparu. Et pourtant.

Deux heures plus tard, le train s'est arrêté à la gare. J'ai demandé à la personne au guichet comment trouver un taxi. Cela faisait longtemps que je n'étais pas sorti de la ville. Toute la verdure devant mes yeux m'émerveillait.

Nous avons roulé un bon moment. Nous avons quitté la route principale pour prendre une petite route, puis une plus petite encore. Enfin, un chemin boisé et cahoteux au milieu de nulle part. Il m'était difficile d'imaginer mon fils habitant dans un tel endroit. Et s'il avait tout à coup envie d'une pizza, où pouvait-il aller? Et s'il voulait s'asseoir tout seul dans l'obscurité d'un cinéma, ou observer des gamins en train de s'embrasser dans Union Square?

Une maison blanche est apparue. Un peu de vent chassait les nuages. Entre les branches, j'ai aperçu un lac. J'avais imaginé cet endroit des centaines de fois. Mais jamais avec un lac. Ce manque d'imagination m'a chagriné.

*Vous pouvez me laisser ici*, ai-je dit avant que nous n'arrivions à la clairière. Je m'attendais plus ou moins à trouver quelqu'un à la maison. Pour autant que je le sache, Isaac vivait tout seul. Mais on ne sait jamais. Le taxi s'est arrêté. J'ai payé et je suis descendu, et il est reparti dans le chemin en marche arrière. J'ai fabriqué une histoire selon laquelle j'avais eu une panne de voiture et j'avais besoin de téléphoner, j'ai respiré profondément, et j'ai remonté mon col pour me protéger de la pluie.

J'ai frappé. Il y avait une sonnette, et j'ai sonné.

Je savais qu'il était mort, mais une petite partie de moi espérait toujours. J'imaginais son visage quand il ouvrirait la porte. Que lui aurais-je dit, à mon unique enfant ? Pardonne-moi, ta mère ne m'a pas aimé comme j'aurais voulu être aimé ; peut-être ne l'ai-je pas non plus aimée comme elle en avait besoin. Et pourtant. Il n'y a pas eu de réponse. J'ai attendu pour être tout à fait certain. Comme personne ne venait, j'ai fait le tour. Il y avait un arbre sur la pelouse qui me rappelait l'arbre sur lequel j'avais autrefois gravé nos initiales, A + L, et elle ne l'avait jamais su, de même, pendant cinq ans, je n'avais pas su que notre somme était égale à un enfant.

L'herbe était boueuse et glissante. Au loin, je voyais une barque attachée au quai. J'ai regardé de l'autre côté de l'eau. Il avait dû être un bon nageur, il tenait ça de son père, ai-je pensé avec fierté. Mon propre père, qui avait un grand respect pour la nature, nous avait tous laissé tomber dans la rivière peu après notre naissance, avant que nos liens avec l'amphibien, disait-il, aient complètement disparu. Selon ma sœur Hanna, c'était ce souvenir qui était responsable de son défaut de prononciation. J'aime bien penser que j'aurais agi différemment. J'aurais pris mon fils dans mes bras. Je lui aurais dit : *Il y a très très longtemps, tu étais un poisson. Un poisson ?* aurait-il demandé. *C'est ce que je te dis, un poisson. Comment tu le sais ? Parce que moi aussi j'ai été un poisson. Toi aussi ? Mais oui. Il y a longtemps. Combien de temps ? Longtemps. En tout cas, puisque tu étais un poisson, tu savais nager. C'est vrai ? Mais oui. Tu étais un très bon nageur. Un champion de natation, ça c'est vrai. Tu adorais l'eau. Pourquoi ? Qu'est-ce que tu veux dire, pourquoi ? Pourquoi est-ce que j'aimais l'eau ? Parce que c'était toute ta vie.* Et pendant que nous parlions, je l'aurais lâché un doigt après l'autre, jusqu'à ce que, sans qu'il s'en soit rendu compte, il se retrouve à flotter sans moi.

Et puis j'ai pensé : Peut-être est-ce cela que ça signifie, être père : apprendre à votre enfant à vivre sans vous. Si c'est cela, personne n'a été un meilleur père que moi.

Il y avait une porte à l'arrière, avec une seule serrure, une serrure toute simple à barillet, contrairement au double verrouillage de l'entrée. J'ai frappé une dernière fois et, comme personne n'a répondu, je me suis mis au travail. J'ai travaillé pendant une minute avant de pouvoir ouvrir la serrure. J'ai tourné la poignée et j'ai poussé. Je suis resté immobile dans l'encadrement de la porte. *Il y a quelqu'un ?* ai-je appelé. Il n'y avait que le silence. J'ai senti un frisson me parcourir l'échine. Je suis entré et j'ai refermé la porte derrière moi. On sentait l'odeur du feu de bois.

C'est la maison d'Isaac, me suis-je dit. J'ai quitté mon imperméable et je l'ai accroché à une patère, près d'un manteau. Il était en tweed brun, avec une doublure en soie brune. J'ai soulevé une manche et j'en ai effleuré ma joue. Je me suis dit : c'est son manteau. Je l'ai rapproché de mon nez et je l'ai respiré. Il y avait une vague odeur d'eau de Cologne. Je l'ai pris et je l'ai essayé. Les manches étaient trop longues. Mais. Peu importe. Je les ai remontées. J'ai enlevé mes chaussures qui étaient couvertes de boue. Il y avait une paire de chaussures de jogging, à la pointe recourbée. Je les ai enfilées tel un véritable Monsieur Tout-le-monde. Les chaussures faisaient au moins du quarante-six, peut-être même quarante-sept. Mon père avait des pieds minuscules, quand ma sœur a épousé un garçon d'un village voisin, mon père est resté toute la cérémonie du mariage à regarder avec regret les chaussures de son nouveau gendre. Je ne peux qu'imaginer le choc qu'il aurait subi s'il avait vécu assez longtemps pour voir celles de son petit-fils.

Et voilà comment je suis entré dans la maison de mon fils : drapé dans son manteau, ses chaussures aux pieds. J'étais aussi proche de lui que je le serais jamais. Aussi loin.

J'ai clopiné dans l'étroit couloir qui menait à la cuisine. Debout au milieu de la cuisine, j'ai attendu les sirènes de police qui ne sont pas venues.

Il y avait une assiette sale dans l'évier. Un verre qui séchait à l'envers, un sachet de thé durci sur une soucoupe. Sur la table de cuisine, un peu de sel répandu. Une carte postale était collée sur la fenêtre. Je l'ai prise et j'ai lu ce qui était écrit au verso. *Cher Isaac. Je t'envoie ceci d'Espagne, où je vis depuis un mois. Je t'écris pour te dire que je n'ai pas lu ton livre et que je n'ai pas l'intention de le lire.*

Il y a eu un bang derrière moi. J'ai mis ma main sur ma poitrine. J'ai cru que, en me retournant, je verrais le spectre d'Isaac. Mais ce n'était que la porte, que le vent avait ouverte. Les mains tremblantes, j'ai remis la carte postale où je l'avais trouvée et je suis resté immobile au milieu du silence, mon cœur dans mes oreilles.

Le plancher grinçait sous mon poids. Il y avait des livres partout. Il y avait des stylos, un vase en verre bleu, un cendrier du Dolder Grand à Zurich, la flèche rouillée d'une girouette, un petit sablier en laiton, des dollars de sable sur l'appui de la fenêtre, des jumelles, une bouteille de vin vide ayant servi de chandelier avec de la cire sur le goulot. J'ai tripoté ceci et cela. Au bout du compte, tout ce qu'il reste de nous, ce sont nos possessions. Sans doute est-ce pour cela que je n'ai jamais rien pu jeter. Sans doute est-ce pour cela que j'ai accumulé le monde : avec l'espoir qu'à ma mort, la somme totale de mes possessions évoquerait une vie plus vaste que celle que j'ai vécue.

Je me suis senti pris de vertige et je me suis accroché au manteau de la cheminée. Je suis retourné dans la cuisine d'Isaac. Je n'avais pas grand appétit mais j'ai quand même ouvert le frigo parce que le médecin m'avait dit que je ne devais pas rester à jeun, une histoire de tension sanguine. Une odeur forte a assailli mes narines. C'était un reste de poulet qui avait pourri. Je l'ai jeté, ainsi que deux pêches brunes et un peu de fromage moisi. J'ai ensuite lavé l'assiette sale. Je ne sais pas comment décrire ce que j'ai ressenti en faisant tous ces gestes si simples dans la maison de mon fils. Je l'ai fait avec amour. J'ai rangé le verre dans le placard. Le sachet de thé, je l'ai jeté, la soucoupe, je l'ai rincée. Il y avait sans doute des gens — l'homme au nœud papillon jaune, ou un biographe futur — qui auraient voulu que tout reste dans l'état où Isaac l'avait laissé. Peut-être même qu'un jour ils transformeraient sa vie en musée, avec des remerciements aux gens qui ont sauvegardé le verre dans lequel Kafka a bu pour la dernière fois, l'assiette dans laquelle Mandelstam a mangé ses dernières miettes. Isaac était un grand écrivain, l'écrivain que je n'aurais jamais pu devenir. Et pourtant. Il était aussi mon fils.

Je suis monté à l'étage. À chaque porte et placard et tiroir que j'ouvrais, j'apprenais quelque chose de plus sur Isaac, et à chaque nouvelle chose que j'apprenais, son absence devenait plus réelle, et plus elle était réelle, plus il devenait impossible d'y croire. J'ai ouvert son armoire à médicaments. À l'intérieur, il y avait deux bouteilles de talc. Je ne sais même pas vraiment ce qu'est le talc, ni à quoi ça sert, mais ce seul détail de sa vie m'a ému davantage qu'aucun autre détail que j'avais jusqu'alors imaginé. J'ai ouvert son placard et j'ai pressé mon visage dans ses chemises. Il aimait la couleur bleue. J'ai ramassé une paire de chaussures de golf marron. Les talons étaient usés presque jusqu'à la semelle. J'ai mis mon nez à l'intérieur et j'ai reniflé. J'ai trouvé sa montre sur la table de chevet et je l'ai enfilée à mon poignet. Le bracelet en cuir était usé autour du trou qu'il utilisait pour le fermer. Son poignet avait été plus épais que le mien. Quand était-il devenu plus grand que moi ? Que faisais-je, et que faisait mon fils au moment précis où il m'a dépassé en taille ?

Le lit était fait. Y était-il mort ? Ou avait-il senti la mort venir et s'était-il levé pour accueillir une fois de plus son enfance, avant d'être frappé ? Quel était le dernier objet qu'il avait regardé ? Était-ce la montre à mon poignet, arrêtée à 12:38 ? Le lac de l'autre côté de la fenêtre ? Le visage de quelqu'un ? Et avait-il souffert ?

Une seule fois quelqu'un était mort dans mes bras. Je travaillais comme portier dans un hôpital, c'était pendant l'hiver 1941. Cela n'a pas duré longtemps. J'ai fini par perdre mon emploi. Mais un soir, pendant ma dernière semaine, je lavais le sol quand j'ai entendu quelqu'un étouffer. Cela venait de la chambre d'une femme qui avait une maladie du sang. J'ai couru la voir. Son corps était tordu et convulsé. Je l'ai prise dans mes bras. Je crois que je peux dire qu'il n'y avait aucun doute, dans son esprit comme dans le mien, sur ce qui allait se passer. Elle avait un enfant. Je le savais parce que je l'avais vu un jour en visite avec son père. Un petit garçon avec des chaussures vernies et un manteau à boutons dorés. Tout le temps de la visite, il était resté assis à jouer avec une voiture miniature, ignorant sa mère sauf quand elle lui parlait. Sans doute était-il mécontent d'être laissé seul avec son père pendant si longtemps. Lorsque j'ai regardé le visage de la femme, c'est à lui que j'ai pensé, au garçon qui allait grandir sans savoir comment se pardonner. J'ai senti un certain soulagement, une certaine fierté, de la supériorité même, à accomplir une tâche qu'il ne pouvait pas accomplir. Et ensuite, moins d'un an plus tard, ce fils dont la mère est morte sans lui, c'était moi.

Il y a eu un bruit derrière moi. Un grincement. Cette fois-ci, je ne me suis pas retourné. J'ai fermé les yeux très fort. *Isaac*, ai-je murmuré. Le bruit de ma propre voix m'a effrayé, mais je n'ai pas arrêté. *Je veux te dire* — et là je me suis interrompu. Qu'est-ce que je veux te dire ? La vérité ? Qu'est-ce que la vérité ? Que j'ai confondu ta mère avec ma vie ? Non. *Isaac*, ai-je dit. *La vérité est ce que j'ai inventé afin de pouvoir vivre.*

Je me suis alors retourné et je me suis vu dans le miroir sur le mur d'Isaac. Un bouffon dans des habits de bouffon. J'étais venu chercher mon livre, mais maintenant peu m'importait de le trouver ou pas. J'ai pensé : Qu'il se perde comme le reste. Ça n'avait pas d'importance, plus maintenant.

Et pourtant.

Dans le coin du miroir, reflétée depuis l'autre côté du couloir, j'ai vu sa machine à écrire. Personne n'avait besoin de me dire que c'était la même que la mienne. J'avais lu une interview publiée dans un journal, et il disait qu'il utilisait la même Olympia manuelle depuis presque vingt-cinq ans. Quelques mois plus tard, j'ai vu exactement le même modèle en vente dans un magasin d'occasions. L'homme m'a dit qu'elle fonctionnait, et je l'ai achetée. Au début il me suffisait tout simplement de la regarder, de savoir que mon fils la regardait, lui aussi. Jour après jour elle est restée là à me sourire, comme si les touches étaient des dents. Et puis j'ai eu cette crise cardiaque, et elle continuait à sourire, de sorte qu'un jour j'y ai introduit une feuille de papier et j'ai tapé une phrase.

J'ai traversé le couloir. J'ai pensé : Et si je trouvais mon livre là, sur son bureau ? J'ai été frappé par le côté étrange. Moi dans son manteau, mon livre sur son bureau. Lui avec mes yeux, moi dans ses chaussures.

Tout ce que je voulais, c'était la preuve qu'il l'avait lu.

Je me suis assis sur sa chaise devant sa machine à écrire. La maison paraissait froide. J'ai serré le manteau autour de moi. J'ai cru entendre des rires, mais je me suis dit que ce n'était que la petite barque qui grinçait dans le vent. J'ai cru entendre des bruits de pas sur le toit, mais je me suis dit que ce devait être un animal à la recherche de nourriture. Je me balançais un peu, comme se balançait mon père quand il priait. Un jour, mon père m'avait dit : *Quand un Juif prie, il pose à Dieu une question qui n'a pas de fin.*

La nuit tombait. La pluie tombait.

Je n'avais jamais demandé : Quelle question ?

Et à présent il est trop tard. Parce que je t'ai perdu, *Tateh.* Un jour, au printemps 1938, un jour de pluie qui a laissé place à une éclaircie dans les nuages, je t'ai perdu. Tu étais parti afin de ramasser des spécimens pour appuyer une théorie que tu construisais sur les précipitations, l'instinct et les papillons. Et puis tu as disparu. Nous t'avons retrouvé étendu sous un arbre, le visage maculé de boue. Nous avons compris alors que tu étais libre, détaché des résultats décevants. Et nous t'avons enterré dans le cimetière où ton père avait été enterré, ainsi que son père, à l'ombre d'un marronnier. Trois années plus tard, j'ai perdu *Mameh.* La dernière fois que je l'ai vue, elle portait son tablier jaune. Elle remplissait une valise d'affaires, la maison était tout en désordre. Elle m'a dit d'aller dans les bois. Elle m'avait préparé des choses à manger, elle m'a dit de mettre mon manteau, même si nous étions en juillet. « Va-t'en », m'a-t-elle dit. J'étais trop âgé pour obéir, mais comme un enfant j'ai obéi. Elle m'a dit qu'elle me rejoindrait le lendemain. Nous avons choisi un endroit que nous connaissions tous les deux dans les bois. Le noyer géant que tu aimais beaucoup, *Tateh*, parce que tu prétendais qu'il possédait des qualités humaines. Je n'ai pas pris la peine de dire au revoir. J'ai choisi de croire que c'était plus facile. J'ai attendu. Mais. Elle n'est jamais venue. Depuis lors, j'ai vécu avec la culpabilité d'avoir compris trop tard qu'elle craignait d'être une gêne pour moi. J'ai perdu Fritzy. Il étudiait à Vilna, *Tateh*

— quelqu'un qui connaissait quelqu'un m'a dit qu'on l'avait vu pour la dernière fois dans un train. J'ai perdu Sari et Hanna — attaquées par les chiens. J'ai perdu Herschel dans la pluie. J'ai perdu Joseph dans une faille du temps. J'ai perdu le bruit des rires. J'ai perdu une paire de chaussures, je les avais enlevées pour dormir, les chaussures que Herschel m'avait données, et quand je me suis réveillé elles avaient disparu, j'ai marché pieds nus pendant des jours avant de m'effondrer et de voler celles de quelqu'un d'autre. J'ai perdu la seule femme que j'aie jamais voulu aimer. J'ai perdu des années. J'ai perdu des livres. J'ai perdu la maison où je suis né. Et j'ai perdu Isaac. Qui pourrait donc dire que, quelque part en chemin, sans que je le sache, je n'ai pas également perdu la tête ?

Je n'ai pu trouver mon livre nulle part. À part moi, il n'y avait aucun signe de moi.

# SI NON, NON

## 1. DE QUOI J'AI L'AIR, NUE

Quand je me suis réveillée dans mon sac de couchage, la pluie avait cessé et mon lit était vide, les draps enlevés. J'ai regardé ma montre. Il était 10:03. Nous étions également le 30 août, ce qui voulait dire qu'il ne restait plus que dix jours avant la rentrée des classes, un mois avant mes quinze ans et seulement trois ans avant que je sois supposée faire des études et commencer ma vie, ce qui, au point où j'en étais, paraissait fort peu probable. Pour cette raison entre autres, j'avais mal au ventre. J'ai regardé dans la chambre de Bird, de l'autre côté du couloir. Oncle Julian s'était endormi sans quitter ses lunettes, le deuxième volume de *La destruction des Juifs d'Europe* ouvert sur sa poitrine. Bird avait reçu les livres dans un coffret, un cadeau d'une cousine de ma mère qui vit à Paris et qui s'est intéressée à Bird après notre rencontre pour le thé à son hôtel. Elle nous a dit que son mari avait combattu dans la Résistance, et Bird a cessé de construire une maison avec les morceaux de sucre et demandé : « Résistancer qui ? »

Dans la salle de bains, j'ai quitté mon T-shirt et ma culotte, je me suis mise debout sur le siège des cabinets et je me suis observée dans le miroir. J'ai essayé de penser à cinq qualificatifs qui décriraient de quoi j'avais l'air, et l'un d'eux était *décharnée*, et un autre était *mes oreilles sont décollées*. Je me suis demandé si un anneau dans le nez m'irait. Quand je levais mes bras au-dessus de ma tête, ma poitrine devenait concave.

## 2. MA MÈRE NE ME VOIT PAS VRAIMENT

En bas, ma mère était en kimono et lisait le journal au soleil. « Quelqu'un a téléphoné pour moi ? » ai-je demandé. « Très bien, merci, et toi ? » a-t-elle dit. « Mais je ne t'ai pas demandé comment tu allais », ai-je dit. « Je sais. » « On ne devrait pas être obligé de se montrer poli avec sa famille. » « Pourquoi pas ? » « Il vaudrait mieux que les gens disent simplement ce qu'ils ont envie de dire. » « Tu veux dire que savoir comment je vais ne t'intéresse pas ? » Je lui ai lancé un coup d'œil furibond. « Trèsbienmerciettoi ? » ai-je dit. « Très bien, merci », a dit ma mère. « Est-ce que quelqu'un a appelé ? » « Par exemple ? » « Peu importe. » « Est-ce qu'il s'est passé quelque chose entre toi et Misha ? » « Non », ai-je dit en ouvrant le réfrigérateur et en examinant quelques branches de céleri jaunies. J'ai mis un muffin anglais dans le grille-pain et ma mère a tourné la page de son journal, elle lisait les titres. Je me suis demandé si elle s'en apercevrait si je le laissais carboniser.

« *L'histoire de l'amour* commence quand Alma a dix ans, c'est ça ? » ai-je dit. Ma mère a levé les yeux et a acquiescé. « Et alors, quel âge elle a à la fin du livre ? » « C'est difficile à dire. Il y a tant d'Alma dans le livre. » « Quel est l'âge de la plus âgée ? » « Pas très âgée. Peut-être vingt ans. » « Alors le livre se termine quand Alma n'a que vingt ans ? » « D'une certaine façon. Mais c'est plus compliqué que ça. Dans certains chapitres elle n'est même pas mentionnée. Et puis le déroulement chronologique et historique du livre est plutôt flou. » « Mais dans aucun des chapitres il n'y a une Alma qui ait plus de vingt ans ? » « Non », a dit ma mère. « Je ne crois pas. »

J'ai noté dans ma tête que si Alma Mereminski était une personne réelle, Litvinoff avait dû tomber amoureux d'elle quand tous deux avaient dix ans, et qu'elle avait probablement vingt ans quand elle était partie en Amérique, sans doute la dernière fois qu'il l'avait vue. Sinon, pourquoi le livre se terminait-il alors qu'elle était aussi jeune ?

J'ai mangé le muffin anglais avec du beurre de cacahouètes debout devant le grille-pain. « Alma ? » a dit ma mère. « Quoi ? » « Viens me donner un baiser », a-t-elle dit, ce que j'ai fait, même si je n'en avais pas très envie. « Comment tu es devenue si grande ? » J'ai haussé les épaules en espérant qu'elle n'allait pas poursuivre. « Je vais à la bibliothèque », lui ai-je dit, ce qui était un mensonge, mais, d'après la façon dont elle me regardait, je savais qu'elle n'avait pas vraiment entendu, puisque ce n'était pas moi qu'elle voyait.

## 3. TOUS LES MENSONGES QUE J'AI RACONTÉS VONT UN JOUR ME RETOMBER DESSUS

Dans la rue, je suis passée devant Herman Cooper assis sur son porche. Il avait séjourné tout l'été dans le Maine, où il avait bronzé et obtenu son permis de conduire. Il m'a demandé si je voulais faire une balade en voiture un de ces jours. J'aurais pu lui rappeler la rumeur qu'il avait propagée à mon sujet quand j'avais six ans, selon laquelle j'étais portoricaine et adoptée, ou cette autre rumeur qu'il avait propagée à mon sujet quand j'avais dix ans, selon laquelle j'aurais soulevé ma jupe dans sa cave pour tout lui montrer. Mais j'ai préféré lui dire que j'avais mal au cœur en voiture.

Je suis retournée au 31 Chambers Street, cette fois-ci pour voir s'il existait un certificat de mariage au nom d'Alma Mereminski. Le même homme à lunettes noires était assis derrière le comptoir de la pièce 103. « Bonjour », ai-je dit. Il a levé les yeux. « Mademoiselle Viande de Lapin. Comment allez-vous ? » « Trèsbienmercietvous ? » ai-je dit. « Pas trop mal. » Il a tourné une page de son magazine et a ajouté, « Un peu fatigué, vous savez, et je crois bien que je vais attraper un rhume, et puis ce matin quand je me suis réveillé mon chat avait vomi, ce qui n'est pas très grave, sauf qu'il avait vomi dans une de mes chaussures. » « Oh », ai-je dit. « Et en plus, je viens d'apprendre qu'ils vont me couper le câble parce que j'ai trop attendu pour payer ma facture, ce qui signifie que je vais rater toutes mes séries préférées, et puis la plante que ma mère m'a donnée à Noël est un peu brune, et si elle meurt je vais en entendre parler. » J'ai attendu au cas où il aurait envie de continuer, mais non, alors j'ai dit : « Peut-être qu'elle s'est mariée. » « Qui ? » « Alma Mereminski. » Il a refermé son magazine et m'a regardée. « Vous ne savez pas si votre grand-mère s'est mariée ? » J'ai évalué mes options. « Elle n'était pas vraiment ma grand-mère », ai-je dit. « Mais vous m'aviez dit... » « En fait, nous ne sommes même pas parentes. » Il a eu l'air troublé et un peu énervé. « Désolée. C'est une longue histoire », ai-je dit, et une partie de moi-même aurait voulu qu'il me demande pourquoi je la cherchais, et j'aurais pu lui dire la vérité : que je n'étais pas vraiment sûre, que j'avais commencé par chercher quelqu'un pour que ma mère soit à nouveau heureuse et, bien que je n'aie pas abandonné ma quête, en route je m'étais mise à chercher une autre chose, qui était liée à la première recherche, mais également différente, parce que cela me concernait moi. Mais il a simplement soupiré et a demandé : « Est-ce qu'elle s'est mariée avant 1937 ? » « Je n'en suis pas certaine. » Il a soupiré et a remonté ses lunettes sur son nez et m'a dit que, dans la pièce 103, ils n'avaient que les certificats de mariage antérieurs à 1937.

Nous avons quand même cherché, mais nous n'avons pas trouvé d'Alma Mereminski. « Vous devriez aller au Bureau du secrétariat de la mairie, m'a-t-il dit d'un air triste. C'est là qu'ils conservent les certificats plus récents. » « Où est-ce ? » « Numéro un, Centre Street, pièce 252 », a-t-il dit. Je n'avais jamais entendu parler de Centre Street et je lui ai demandé comment m'y rendre. Ce n'était pas loin et j'ai décidé d'y aller à pied et, pendant que je marchais, j'ai imaginé partout dans la ville des pièces où l'on conservait des archives dont personne n'avait jamais entendu parler, concernant les derniers mots des mourants, les pieux mensonges et les faux descendants de la Grande Catherine.

L'homme derrière le comptoir du Bureau du secrétariat de la mairie était vieux. « Que puis-je faire pour vous ? » m'a-t-il demandé quand mon tour est venu. « J'aimerais savoir si une femme du nom d'Alma Mereminski s'est mariée et a changé de nom », ai-je dit. Il a hoché la tête et a noté quelque chose. « M-E-R », ai-je commencé, et il a dit : « E-M-I-N-S-K-I. Ou est-ce Y ? » « I », ai-je dit. « C'est ce que je pensais », a-t-il dit. « Quand se serait-elle mariée ? » « Je l'ignore. N'importe quand après 1937. Si elle est encore en vie, elle doit avoir dans les quatre-vingts ans. » « Premier mariage ? » « Je crois que oui. » Il a gribouillé quelque chose dans son carnet. « Vous savez qui était l'homme qu'elle a épousé ? » J'ai secoué la tête. Il s'est léché un doigt, a tourné la page et a noté quelque chose. « Le mariage... civil, ou serait-ce un prêtre ou peut-être même un rabbin qui l'aurait mariée ? » « Sans doute un rabbin », ai-je dit. « C'est ce que je pensais », a-t-il dit.

Il a ouvert un tiroir et en a sorti un rouleau de Life Savers. « Un bonbon à la menthe ? »

J'ai secoué la tête. « *Prenez* », a-t-il dit, et j'en ai pris un. Il a mis un bonbon dans sa bouche et l'a sucé. « Elle venait de Pologne sans doute ? » « Comment le saviez-vous ? » « Facile, a-t-il dit. Avec un nom pareil. » Il a fait passer le bonbon à la menthe d'un côté de sa bouche à l'autre. « Il se pourrait qu'elle soit venue en 39, 40, avant la guerre ? Elle devait avoir... » Il s'est léché un doigt, a tourné la page, a sorti une calculatrice et a pressé les touches avec la gomme de son crayon. « Dix-neuf, vingt ans. Je ne lui donnerais pas plus de vingt et un ans. »

Il a écrit ces indications sur son carnet. Il a fait un bruit avec sa langue et a secoué la tête. « Elle devait se sentir bien seule, la pauvre petite. » Il a levé les yeux vers moi d'un air interrogateur. Ses yeux étaient pâles et aqueux. « Je pense que oui », ai-je dit. « Oh, mais ça ne fait aucun doute ! a-t-il dit. Qui elle connaît ? Personne ! Sauf peut-être un cousin qui ne veut rien savoir d'elle. Il vit maintenant en Amérique, le gros *makher*, est-ce qu'il a besoin de cette *refugenik* ? Son gamin parle anglais sans accent, un jour il sera un riche avocat, il n'a vraiment pas besoin qu'une *mishpokhe* de Pologne, aussi maigre que la mort, vienne frapper à sa porte. » Je n'avais pas l'impression de devoir dire quoi que ce soit, alors je n'ai rien dit. « Peut-être qu'elle a de la chance, une fois, deux fois il l'invite pour *shabbes*, et sa femme récrimine parce qu'eux-mêmes n'ont pas assez à manger, elle doit supplier le boucher pour qu'il lui donne une fois de plus, et à crédit, un poulet. C'est la dernière fois, dit-elle à son mari. Donne une chaise à un cochon, et le voilà déjà sur la table, tout cela sans même mentionner que là-bas, en Pologne, les assassins tuent sa famille, les uns après les autres, qu'ils-reposent-en-paix, de mes lèvres à l'oreille de Dieu. »

Je ne savais pas quoi dire, mais il paraissait attendre, alors j'ai dit : « Ça a dû être horrible. » « C'est bien ce que je vous dis », a-t-il repris, et puis il a une fois de plus fait un bruit avec sa langue et a dit : « Pauvre petite. Il y avait un Goldfarb, Arthur Goldfarb, quelqu'un, la petite-nièce je crois que c'était, est venu il y a deux jours. Un médecin, elle avait une photo, un bel homme, c'était un sacré *chidoukh*, voilà qu'il a divorcé un an plus tard. Il aurait été parfait pour votre Alma. » Il a croqué son bonbon à la menthe et s'est essuyé le nez avec un mouchoir. « Ma femme me dit qu'il n'y a aucun talent à jouer les marieurs pour les morts, alors je lui dis que si on ne boit que du vinaigre, on ne sait pas qu'il existe des choses plus douces. » Il s'est levé de son siège. « Attendez ici, s'il vous plaît. »

Quand il est revenu, il était à bout de souffle. Il a regrimpé sur son tabouret. « C'est comme chercher de l'or, elle a été difficile à trouver, cette Alma. » « Ça y est ? » « Quoi ? » « Vous l'avez trouvée ? » « Bien sûr que je l'ai trouvée, vous me prenez pour qui, à penser que je ne peux pas trouver une gentille fille ? Alma Mereminski, la voici. S'est mariée à Brooklyn en 1942 avec Mordecai Moritz, mariage célébré par un certain rabbin Greenberg. On donne également le nom des parents. » « C'est vraiment elle ? » « Qui d'autre ? Alma Mereminski, on indique ici qu'elle est née en Pologne. Lui, il est né à Brooklyn, mais les parents viennent d'Odessa. On indique que son père possédait une fabrique de robes, elle s'est pas mal débrouillée. À vrai dire, je suis soulagé. C'était peut-être même un beau mariage. À cette époque le *hazan*, il brisait une ampoule sous son pied, parce que personne n'était assez riche pour casser un verre. »

## 5. IL N'Y A PAS DE TÉLÉPHONES À PIÈCES DANS L'ARCTIQUE

J'ai trouvé un téléphone à pièces et j'ai appelé chez moi. Oncle Julian a décroché. « Est-ce que quelqu'un m'a appelée ? » ai-je demandé. « Je ne crois pas. Désolé de t'avoir réveillée la nuit dernière, Al. » « Ça ne fait rien. » « Je suis content que nous ayons bavardé un peu. » « Ouais », ai-je dit en espérant qu'il n'allait pas reparler de mon avenir de peintre. « Ça te dirait qu'on aille dîner ensemble ce soir ? À moins que tu aies prévu autre chose. » « Mais non », ai-je dit.

J'ai raccroché puis appelé les Renseignements. « Quel quartier ? » « Brooklyn. » « Quel nom ? » « Moritz. Le prénom est Alma. » « Travail ou domicile ? » « Domicile. » « Je n'ai rien à ce nom. » « Et Mordecai Moritz ? » « Rien. » « Et à Manhattan alors ? » « J'ai un Mordecai Moritz dans la 52e Rue. » « Vraiment ? » ai-je dit. Je n'arrivais pas à y croire. « Je vais vous donner le numéro. » « Attendez ! ai-je dit. J'ai besoin de l'adresse. » « 450 East 52nd Street », a dit la femme. Je l'ai écrit sur la paume de ma main et j'ai pris le métro pour aller au centre-ville.

## 6. JE SONNE ET ELLE M'OUVRE

Elle est âgée, avec de longs cheveux blancs retenus par un peigne en écaille de tortue. Son appartement est inondé de lumière, et elle possède un perroquet qui parle. Je lui explique que mon père, David Singer, a trouvé *L'histoire de l'amour* dans la devanture d'une librairie de Buenos Aires quand il avait vingt-deux ans, alors qu'il voyageait seul avec une carte topographique, une boussole, un couteau suisse et un dictionnaire espagnol-hébreu. Je lui parle également de ma mère et de son mur de dictionnaires, et d'Emanuel Chaim que l'on appelle Bird pour rendre hommage à sa liberté, et du fait qu'il a survécu après avoir essayé de s'envoler, ce qui a laissé une cicatrice sur sa tête. Elle me montre une photographie d'elle quand elle avait mon âge. Le perroquet parlant couine : « Alma! », et toutes les deux nous tournons la tête.

## 7. J'EN AI MARRE DES ÉCRIVAINS CÉLÈBRES

Comme je rêvais tout éveillée, j'ai loupé mon arrêt et j'ai dû revenir en arrière à pied, dix pâtés de maisons, et à chaque croisement, je me sentais un peu plus nerveuse et moins sûre de moi. Et si Alma — la vraie Alma, vivante — m'ouvrait vraiment la porte ? Qu'étais-je censée dire à quelqu'un qui sortait des pages d'un livre ? Et si elle n'avait jamais entendu parler de *L'histoire de l'amour* ? Ou si elle en avait entendu parler, mais préférait l'oublier ? J'avais été tellement occupée à la chercher que je n'avais jamais pensé à l'éventualité qu'elle n'ait pas envie d'être retrouvée.

Mais je n'avais plus le temps d'y réfléchir, parce que je me trouvais au bout de la 52e Rue, devant son immeuble. « Est-ce que je peux vous aider ? » m'a demandé le portier. « Je m'appelle Alma Singer. Je cherche Mrs. Alma Moritz. Est-ce qu'elle est chez elle ? » ai-je demandé. « Mrs. Moritz ? » a-t-il dit. Il avait un drôle d'air en prononçant ce nom. « Euh, a-t-il dit. Non. » Il semblait désolé pour moi, et alors j'ai été désolée pour moi-même, parce qu'il m'a dit ensuite qu'Alma n'était plus en vie. Elle était morte cinq ans plus tôt. Et c'est comme ça que j'ai appris que tous ceux qui m'ont légué leur nom étaient morts. Alma Mereminski, et mon père, David Singer, et ma grand-tante

Dora qui est morte dans le ghetto de Varsovie et à cause de qui je portais le nom hébreu de Devorah. Pourquoi nomme-t-on toujours les gens d'après des morts ? S'il faut qu'on les nomme d'après quelque chose, pourquoi pas d'après des choses, qui ont un peu plus de pérennité, comme le ciel, ou la mer, voire d'après des idées, qui ne meurent en fin de compte jamais, même les mauvaises ?

Le portier parlait depuis un moment, mais il s'est arrêté. « Ça ne va pas ? » a-t-il demandé. « Trèsbienmerci », ai-je dit, et pourtant je n'allais pas très bien. « Vous voulez vous asseoir un peu ? » J'ai secoué la tête. Je ne sais pas pourquoi, mais j'ai pensé au jour où mon père m'avait emmenée voir les pingouins au zoo, m'avait soulevée sur ses épaules dans le froid humide et poissonneux afin que je puisse presser mon visage contre la vitre et les observer pendant qu'on les nourrissait, et à la façon dont il m'avait appris à prononcer le mot *Antarctique*. Et puis je me suis demandé si c'était réellement arrivé.

Comme il n'y avait rien d'autre à dire, j'ai dit : « Est-ce que vous avez entendu parler d'un livre intitulé *L'histoire de l'amour* ? » Le portier a haussé les épaules et secoué la tête.

« Si vous voulez parler de livres, vous devriez parler au fils. » « Le fils d'Alma ? » « Mais oui. Isaac. Il vient de temps en temps. » « Isaac ? » « Isaac Moritz. L'écrivain célèbre. Vous ne saviez pas que c'est leur fils ? Mais si, il vient toujours ici quand il est en ville. Vous voulez laisser un message ? » a-t-il demandé. « Non merci », ai-je dit, parce que je n'avais jamais entendu parler d'un Isaac Moritz.

## 8. ONCLE JULIAN

Ce soir-là, oncle Julian a commandé une bière pour lui-même et une boisson indienne, un lassi à la mangue, pour moi, puis il m'a dit : « Je sais que ce n'est pas toujours facile avec maman. » « Papa lui manque », ai-je dit, ce qui revient à dire qu'un gratte-ciel est haut. Oncle Julian a acquiescé. « Je sais que tu n'as pas connu ton grand-père. C'était un homme merveilleux par bien des côtés. Mais c'était également un homme difficile. Dominateur est un adjectif qui lui convient bien. Il avait des règles très strictes s'agissant de la vie de ta maman et de la mienne. » La raison pour laquelle je n'ai pas bien connu mon grand-père est qu'il était mort de vieillesse pendant des vacances dans un hôtel de Bournemouth quelques années à peine après ma naissance. « Charlotte a dû souffrir plus que moi parce qu'elle était l'aînée et une fille. Je crois que c'est pour cette raison qu'elle a toujours refusé de vous dire, à toi et à Bird, ce qu'il fallait faire et comment le faire. » « Sauf en ce qui concerne nos manières », ai-je remarqué. « Oui, c'est vrai, elle ne laisse rien passer quand il s'agit de vos manières. Je crois que ce que j'essaye de te dire, c'est que je sais qu'elle peut parfois paraître un peu distante. Elle a ses propres problèmes à régler. L'absence de ton père en est un. Se défendre contre son propre père en est un autre. Mais tu sais qu'elle t'aime beaucoup, Al, n'est-ce pas ? » J'ai hoché la tête. Quand oncle Julian souriait, c'était toujours légèrement de travers, un côté de sa bouche remontait un peu plus que l'autre, comme si une partie de lui-même refusait de coopérer avec le reste. « Eh bien, donc, a-t-il dit en soulevant son verre. Buvons à tes quinze ans, et à la fin de ce satané livre. »

Nous avons entrechoqué nos verres. Puis il m'a expliqué comment il était tombé amoureux d'Alberto Giacometti à l'âge de vingt-cinq ans. « Comment tu es tombé amoureux de tante Frances ? » ai-je demandé.

« Ah », a dit oncle Julian en essuyant son front, qui était humide et brillant. Il perdait un peu ses cheveux, mais cela lui allait bien. « Tu veux vraiment savoir ? » « Oui. » « Elle portait des collants bleus. » « Qu'est-ce que tu veux dire ? » « Je l'ai aperçue au zoo devant la cage des chimpanzés, et elle portait des collants bleu vif. Et j'ai pensé : Voilà la femme que je vais épouser. » « À cause de ses collants ? » « Oui. La lumière l'éclairait très joliment. Et elle était complètement hypnotisée par un des chimpanzés. Mais si elle n'avait pas porté ces collants, je ne crois pas que je lui aurais adressé la parole. » « Est-ce qu'il t'arrive de te demander ce qui se serait passé si elle n'avait pas mis ces collants ce jour-là ? » « Tout le temps, a dit oncle Julian. J'aurais pu être un homme bien plus heureux. » Je tripatouillais le poulet massala dans mon assiette. « Mais peut-être pas », a-t-il dit. « Et si tu l'avais été ? » ai-je demandé. Julian a soupiré. « Quand je me mets à y réfléchir, il m'est difficile d'imaginer quoi que ce soit — bonheur ou pas — sans elle. Je vis avec Frances depuis si longtemps que je ne parviens pas à imaginer ce que serait la vie avec quelqu'un d'autre. » « Par exemple avec Flo ? » ai-je dit. Oncle Julian s'est étranglé sur une bouchée. « Comment es-tu au courant pour Flo ? » « J'ai trouvé dans la corbeille la lettre que tu avais commencée. » Il est devenu tout rouge. J'ai examiné la carte de l'Inde sur le mur. Tous les enfants de quatorze ans devraient savoir où se trouve exactement Calcutta. Vivre sans avoir la moindre idée de l'endroit où se trouve Calcutta n'est certainement pas une bonne idée. « Je vois, a dit oncle Julian. Eh bien, Flo est une de mes collègues à l'Institut Courtauld. Et c'est une très bonne amie, et Frances en a toujours été un peu jalouse. Il y a certaines choses... Comment t'expliquer, Al ? Bon. Je vais te donner un exemple. Je peux te donner un exemple ? » « Mais oui. » « Il existe un autoportrait de Rembrandt. Il se trouve à Kenwood House, pas très loin de là où nous vivons. Nous t'avons emmenée le voir quand tu étais petite. Tu t'en souviens ? » « Non. » « Ça ne fait rien. Il se trouve que c'est une de mes peintures préférées. Je vais la regarder très souvent. Je commence par me promener dans le parc, et puis je me retrouve devant elle. C'est un des derniers autoportraits qu'il a peints. Il l'a peint entre 1665 et sa mort, quatre ans plus tard, ruiné et seul. De grandes parties de la toile sont nues. Les coups de pinceau ont une intensité précipitée — on voit bien les endroits où il a gratté la peinture fraîche avec le bout du pinceau. C'est comme s'il avait su qu'il ne lui restait pas beaucoup de temps. Et pourtant il y a une sérénité dans le visage, l'impression que quelque chose a survécu à sa propre déchéance. » Je me suis laissée glisser sur mon siège, cognant accidentellement la jambe d'oncle Julian. « Quel rapport ça a avec tante Frances et Flo ? » ai-je demandé. Pendant un instant, oncle Julian a eu l'air perdu. « Je n'en ai pas la moindre idée », a-t-il dit. Il s'est de nouveau essuyé le front, il a demandé l'addition. Nous sommes restés assis en silence. La bouche d'oncle Julian a été saisie de tressaillements. Il a pris un billet de vingt dollars dans son portefeuille, l'a plié en un tout petit carré, puis l'a plié en un carré encore plus petit. Ensuite, très rapidement, il a ajouté : « Fran n'en a rien à foutre de cette peinture », et il a levé son verre vide jusqu'à ses lèvres.

« Si tu veux savoir, je ne pense pas que tu sois un salaud », ai-je dit. Oncle Julian a souri. « Est-ce que je peux te poser une question ? » ai-je demandé tandis que le serveur allait chercher la monnaie. « Mais oui. »

« Est-ce que maman et papa se disputaient parfois ? » « Je suppose. Certainement, de temps en temps. Pas plus que d'autres. » « Est-ce que tu penses que papa aurait voulu que maman retombe amoureuse ? » Oncle Julian m'a lancé un de ses sourires de travers. « Je pense, a-t-il dit. Je pense qu'il l'aurait certainement désiré. »

## 9. MERDE

Quand nous sommes rentrés, ma mère était dans le jardin. Par la fenêtre, je l'ai vue vêtue d'une salopette boueuse, agenouillée dans la terre, plantant des fleurs dans le peu de lumière qui restait. J'ai poussé la porte grillagée. Les feuilles mortes et les mauvaises herbes qui poussaient là depuis des années avaient été arrachées et mises dans quatre gros sacs-poubelle posés près du banc en fer sur lequel personne ne s'asseyait jamais. « Qu'est-ce que tu fais ? » ai-je demandé. « Je plante des chrysanthèmes et des asters », a-t-elle dit. « Pourquoi ? » « J'étais d'humeur à le faire. » « Pourquoi tu étais d'humeur ? » « J'ai envoyé quelques chapitres de plus cet après-midi, alors j'ai eu envie de faire quelque chose qui me détende. » « *Quoi ?* »

« Je viens de te dire que j'avais envoyé quelques chapitres supplémentaires à Jacob Marcus, alors j'ai eu envie de me détendre un peu », a-t-elle répété. Je ne parvenais pas à y croire. « Tu as envoyé les chapitres toi-même? mais tu me confies toujours tout ce qui doit partir par la poste ! » « Désolée. J'ignorais que c'était aussi important pour toi. De toute façon, tu avais disparu toute la journée. Or je voulais que ça parte. Alors j'y suis allée moi-même. » TU Y ES ALLÉE TOI-MÊME ? avais-je envie de hurler. Ma mère, une espèce à part, a mis une fleur dans un trou et a commencé à le remplir de terre. Elle s'est tournée et m'a regardée par-dessus une épaule. « Papa adorait jardiner », a-t-elle dit, comme si je ne l'avais jamais connu.

10. SOUVENIRS QUI M'ONT ÉTÉ TRANSMIS PAR MA MÈRE

- i Se lever dans le noir pour aller à l'école
- ii Jouer dans les décombres des bâtiments bombardés près de sa maison de Stamford Hill
- iii L'odeur des vieux livres que son père avait rapportés de Pologne

iv La sensation de la grosse main de son père sur la sienne quand il la bénissait le vendredi soir

v Le navire turc sur lequel elle a fait la traversée de Marseille à Haïfa ; son mal de mer

vi Le grand silence et les champs vides d'Israël, et également le bruit des insectes lors de sa première nuit au Kibboutz Yavne, qui donnait profondeur et dimension au silence et au vide

vii La fois où mon père l'a emmenée au bord de la mer Morte

viii Trouver du sable dans les poches de ses vêtements

ix Le photographe aveugle

x Mon père tenant le volant d'une seule main

xi La pluie

xii Mon père

xiii Des milliers de pages

## 11. COMMENT FAIRE REPARTIR LES BATTEMENTS DE CŒUR

Les chapitres 1 à 28 de *L'histoire de l'amour* étaient empilés près de l'ordinateur de ma mère. J'ai fouillé la corbeille, mais il n'y avait pas de brouillon de la lettre qu'elle avait envoyée à Marcus. Je n'ai trouvé qu'une feuille de papier froissé qui disait : *De retour à Paris. Alberto commençait à regretter.*

## 12. J'AI ABANDONNÉ

C'était la fin de ma quête d'une personne qui pourrait de nouveau rendre ma mère heureuse. J'ai fini par comprendre que, quoi que je fasse, ou quelle que soit la personne que je trouve, je — il — aucun de nous — ne serait capable d'effacer les souvenirs qu'elle avait de papa, des souvenirs qui la réconfortaient en même temps qu'ils l'attristaient, parce qu'elle s'en était servie pour construire un monde dans lequel elle pouvait survivre, même si personne d'autre ne le pouvait.

Je ne parvenais pas à m'endormir ce soir-là. Je savais que Bird était éveillé lui aussi, d'après le bruit de sa respiration. Je voulais lui demander ce qu'il construisait dans le terrain vague, et comment il savait qu'il était un *lamed vovnik*, et lui dire que je regrettais de l'avoir engueulé quand il avait écrit dans mon cahier. Je voulais lui dire que j'avais peur, pour lui et pour moi, et je voulais lui dire toute la vérité à propos des mensonges que je lui avais racontés toutes ces années. J'ai chuchoté son nom. « Ouais? » a-t-il répondu en chuchotant. J'étais couchée dans le noir et dans le silence, qui n'avaient rien à voir avec le noir et le silence dans lesquels mon père, petit garçon, s'était couché dans une maison au bord d'une rue en terre battue de Tel-Aviv, ni avec le noir et le silence dans lesquels ma mère était couchée la première nuit qu'elle a passée au Kibboutz Yavne, mais qui contenait quand même ces noirs et ces silences. J'ai essayé de réfléchir à ce que je voulais dire. « Je ne dors pas », ai-je dit finalement. « Moi non plus », a dit Bird.

Plus tard, une fois Bird enfin endormi, j'ai allumé ma torche électrique et j'ai lu encore un peu *L'histoire de l'amour*. Je me suis dit que, si je lisais le livre très attentivement, j'y trouverais peut-être quelque chose de vrai au sujet de mon père, et des choses qu'il aurait voulu me dire s'il n'était pas mort.

Le lendemain matin, je me suis réveillée tôt. J'ai entendu Bird gigoter au-dessus de moi. Quand j'ai ouvert les yeux, il roulait ses draps en boule, et le fond de son pyjama était mouillé.

Et l'été était terminé, et Misha et moi étions officiellement brouillés, et aucune lettre n'arrivait de Jacob Marcus, et oncle Julian a annoncé qu'il retournait à Londres pour tenter de recoller les morceaux avec tante Frances. La veille de son départ pour l'aéroport et de mon entrée en seconde, il a frappé à la porte de ma chambre. « Ce que je t'ai dit à propos de Frances et du Rembrandt », m'a-t-il dit quand je lui ai ouvert. « On peut faire comme si je ne l'avais jamais dit ? » « Dit quoi ? » ai-je demandé. Il a souri, dévoilant l'espace entre ses dents de devant que tous deux nous avons hérité de ma grand-mère. « Merci, a-t-il dit. Dis donc, j'ai quelque chose pour toi. » Il m'a tendu une grosse enveloppe. « Qu'est-ce que c'est ? » « Ouvre-la. » À l'intérieur, il y avait la brochure d'une école d'art à Manhattan. J'ai levé les yeux vers oncle Julian. « Allez, tu peux lire. » J'ai ouvert la brochure et une feuille de papier a glissé par terre. Oncle Julian s'est baissé pour la ramasser. « Tiens », a-t-il dit en s'essuyant le front. C'était un formulaire d'inscription. Il y avait mon nom, et le nom d'un cours, « Dessin d'après nature ». « Il y a aussi une carte », a-t-il dit. J'ai regardé dans l'enveloppe. Il y avait une carte postale reproduisant un autoportrait de Rembrandt. Au dos était écrit : *Chère Al, Wittgenstein a écrit que quand l'œil voit quelque chose de beau, la main veut le dessiner. J'aimerais pouvoir te dessiner. Bon anniversaire bientôt. Baisers, ton oncle Julian.*

# LA DERNIÈRE PAGE

Au début, c'était facile. Litvinoff faisait simplement semblant de passer le temps, de gribouiller sans y penser tout en écoutant la radio, exactement comme ses élèves pendant ses cours. Une chose qu'il ne voulait pas faire, c'était de s'asseoir devant la table à dessin sur laquelle la plus importante des prières juives avait été gravée par le fils de sa propriétaire et de se dire : Je vais faire un plagiat du texte de mon ami assassiné par les nazis. Il ne pensa pas non plus : Si elle croit que j'ai écrit ceci, elle m'aimera. Il copia simplement la première page, ce qui, tout naturellement, le conduisit à copier la deuxième page.

Ce ne fut qu'en arrivant à la troisième page qu'apparut le nom d'Alma. Il fit une pause. Il avait déjà transformé un Feingold de Vilna en un De Biedma de Buenos Aires. Serait-ce si terrible de transformer Alma en Rosa ? Trois petites lettres — le « A » final resterait. Il était déjà allé si loin. Il abaissa sa plume jusqu'à la feuille de papier. De toute façon, se dit-il, Rosa serait la seule à le lire.

Mais si, lorsqu'il se prépara à écrire un R majuscule là où il y avait un A majuscule, la main de Litvinoff s'arrêta un instant, c'était peut-être parce qu'il était la seule personne, à l'exception du véritable auteur, à avoir lu *L'histoire de l'amour* et à avoir connu la véritable Alma. En fait, il l'avait connue depuis leur petite enfance, étant passé de classe en classe avec elle jusqu'à ce qu'il parte étudier à la yeshiva. Elle était une des filles qu'il avait vues fleurir et qui, maigres brins d'herbe, étaient devenues des beautés tropicales qui brassaient l'air alentour en une dense humidité. Alma marqua son esprit de manière indélébile, tout comme les six ou sept autres filles dont il avait observé les transformations et que, dans les affres de sa propre puberté, il avait choisies comme objets de son désir. Même tant d'années plus tard, assis devant son bureau à Valparaíso, Litvinoff se souvenait encore du catalogue original de cuisses dénudées, de creux de bras et de nuques qui lui avaient inspiré d'innombrables variations frénétiques. Qu'Alma eût été prise par quelqu'un d'autre plus ou moins par intermittence et de loin en loin ne l'empêchait pas de figurer dans les rêveries de Litvinoff (qui se fondaient principalement sur la technique du montage). S'il lui arrivait de jalouser le fait qu'elle fût prise, ce n'était pas dû à un sentiment particulier envers Alma, mais par désir d'être également choisi et seul à être aimé.

Et si, lorsqu'il essaya une fois encore de remplacer son nom par un autre, une fois encore sa main se figea, c'était sans doute parce qu'il savait qu'enlever son nom reviendrait à effacer toute la ponctuation, et toutes les voyelles, et tous les adjectifs et tous les substantifs. Parce que, sans Alma, il n'y aurait pas eu de livre.

Son stylo figé au-dessus de la page, Litvinoff se souvint du jour, au début de l'été 1936, où il était retourné à Slonim après ses deux années à la yeshiva. Tout paraissait plus petit que dans ses souvenirs. Il avança dans la rue, les mains dans les poches, coiffé du nouveau chapeau acheté avec l'argent qu'il avait économisé et qui, il le pensait, lui donnait l'air de posséder une grande expérience du monde. Ayant pris une rue qui l'éloignait de la place principale, il eut l'impression d'avoir été parti bien plus que deux ans. Les mêmes poules pondaient leurs œufs dans leurs poulaillers, les mêmes hommes édentés débattaient de choses sans importance, mais tout paraissait d'une certaine façon plus mesquin et minable. Litvinoff savait qu'en lui quelque chose avait changé. Il était devenu autre chose. Il passa devant un arbre dans le tronc duquel il avait autrefois caché une image cochonne qu'il avait volée sur le bureau de l'ami de son père. Il l'avait montrée à cinq ou six garçons avant que la rumeur atteigne son frère, qui l'avait confisquée pour son propre usage. Litvinoff se dirigea vers l'arbre. Et ce fut alors qu'il les vit. Ils se tenaient à environ dix mètres. Gursky était adossé à une barrière et Alma était penchée vers lui. Litvinoff regarda Gursky prendre le visage d'Alma entre ses mains. Elle fit une pause, puis elle leva son visage jusqu'au sien. Et, tandis que Litvinoff les regardait s'embrasser, il sentit que tout ce qui lui appartenait était sans valeur.

Seize ans plus tard, il voyait chaque soir un autre chapitre du livre écrit par Gursky réapparaître sous sa propre écriture. Il faut dire qu'il le copiait sans en changer un seul mot, à l'exception des noms, qui tous furent changés sauf un.

*CHAPITRE 18*, écrivit-il le dix-huitième soir. *L'AMOUR CHEZ LES ANGES.*

*COMMENT DORMENT LES ANGES. Plutôt mal. Ils se tournent et se retournent, tentent de comprendre les mystères des Vivants. Ils en savent si peu sur ce que peut signifier une nouvelle paire de lunettes et de voir tout à coup le monde, avec un mélange de déception et de gratitude. La première fois qu'une fille qui se nomme* — là, Litvinoff s'arrêta pour faire craquer ses jointures — *Alma pose sa main juste en dessous de votre dernière côte : à propos de cette sensation, ils ne possèdent que des théories, mais rien de concret. Si vous leur donniez une cloche à neige, ils ne sauraient sans doute même pas qu'il faut la secouer.*

*En outre, ils ne rêvent pas. De ce fait, il leur manque une chose dont ils auraient pu parler. À l'inverse des humains, quand ils s'éveillent, ils ont l'impression qu'il y a quelque chose qu'ils ont oublié de se raconter les uns aux autres. Il existe un désaccord parmi les anges, car ils ne savent pas si c'est là le résultat de quelque chose qu'ils ont oublié ou le résultat de l'empathie qu'ils ressentent pour les Vivants, parfois si puissante qu'ils sont pris de sanglots. En général, au sujet des rêves, ils appartiennent à l'un de ces deux camps. Même chez les anges, on rencontre la tristesse de la division.*

À ce moment-là, Litvinoff se leva pour aller pisser, tirant la chasse d'eau avant d'avoir terminé pour voir s'il pouvait vider sa vessie avant que la cuvette se soit remplie d'eau propre. Ensuite, il se regarda dans le miroir, prit une paire de pincettes dans l'armoire à pharmacie et arracha un poil qui dépassait de son nez. Il passa dans le couloir et se rendit à la cuisine, où il chercha quelque chose à manger dans le placard. N'ayant rien trouvé, il mit la bouilloire sur le feu, s'assit à son bureau et continua à copier.

*VIE PRIVÉE. Il est vrai que les anges n'ont aucun odorat, mais, dans leur amour infini des Vivants, ils vont partout et reniflent tout avec émulation. Pareils à des chiens, aller se renifler les uns les autres ne leur fait pas honte. Parfois, quand ils ne parviennent pas à dormir, ils restent étendus sur leur lit, le nez dans leur aisselle, et ils se demandent quelle est leur propre odeur.*

Litvinoff se moucha, froissa le mouchoir en papier et le laissa tomber à ses pieds.

*LES DISPUTES ENTRE ANGES. Sont éternelles et il n'y a aucun espoir de leur trouver une solution. Ceci parce qu'ils discutent de ce que peut vouloir dire vivre parmi les Vivants, et comme ils ne le savent pas, ils peuvent seulement spéculer, un peu comme les Vivants spéculent sur la nature (ou l'absence de nature)* — là, la bouilloire se mit à hurler — *de Dieu.*

Litvinoff se leva pour se préparer une tasse de thé. Il ouvrit la fenêtre et jeta une pomme talée.

*ÊTRE SEUL. Comme les Vivants, les anges se fatiguent parfois de la compagnie des autres et désirent être seuls. Les maisons dans lesquelles ils vivent étant bondées et les anges n'ayant nul autre endroit où aller, la seule chose que peut faire un ange dans ces moments-là est de fermer les yeux et de poser sa tête sur ses bras. Lorsqu'un ange fait cela, les autres comprennent qu'il tente de se convaincre qu'il est seul et ils marchent autour de lui sur la pointe des pieds. Pour l'aider davantage, il leur arrive même de parler de lui comme s'il n'était pas là. S'ils se cognent à lui par erreur, ils chuchotent : « Ce n'était pas moi. »*

Litvinoff secoua sa main, sentant une crampe venir. Puis il continua à écrire :

*POUR LE MEILLEUR ET POUR LE PIRE. Les anges ne se marient pas. Pour commencer, ils sont trop occupés, et deuxièmement, ils ne tombent pas amoureux les uns des autres. (Si vous ne connaissez pas la sensation produite par la main de quelqu'un que vous aimez qui se pose pour la première fois sous votre dernière côte, quelle chance a l'amour ?)*

Litvinoff s'arrêta un instant afin d'imaginer la main douce de Rosa sur ses côtes et fut heureux de s'apercevoir que cela lui donnait la chair de poule.

*Leur façon de vivre ensemble rappelle un peu une portée de jeunes chiots : aveugles et reconnaissants et tout nus. Ce qui ne signifie pas qu'ils ne connaissent pas l'amour, parce qu'ils le connaissent ; il leur arrive parfois de le ressentir avec tant de force qu'ils se croient sous l'emprise de la panique. Dans ces moments-là, leur cœur bat à toute vitesse et ils craignent de se mettre à vomir. L'amour qu'ils ressentent n'est pas pour leur propre espèce, mais pour les Vivants, qu'ils ne peuvent ni comprendre, ni sen-*

*tir, ni toucher. C'est un amour général pour les Vivants (bien qu'étant général, il n'en est pas moins très puissant). Ce n'est que de temps en temps qu'un ange trouve en lui-même un défaut qui le fait tomber amoureux, pas du général, mais du spécifique.*

Le jour où Litvinoff atteignit la dernière page, il rassembla le manuscrit de son ami Gursky, mélangea les pages et les jeta dans la poubelle sous l'évier. Mais Rosa venait souvent et il se dit qu'elle risquait de les y découvrir. De sorte qu'il les reprit et s'en débarrassa dans les poubelles métalliques derrière la maison, dissimulées sous quelques sacs d'ordures. Puis il se prépara à se coucher. Mais, une demi-heure plus tard, saisi par la crainte que quelqu'un ne les trouve, il se releva et fouilla dans les poubelles pour les reprendre. Il les cacha sous son lit et tenta de dormir, mais l'odeur d'ordures était trop forte, et il se releva une fois de plus, trouva une lampe électrique, prit un transplantoir de jardin dans l'appentis de la propriétaire, creusa un trou à côté de ses hortensias blancs, y laissa tomber les pages et les enterra. Lorsqu'il se recoucha dans son pyjama boueux, le ciel commençait à s'éclaircir.

Cela aurait pu être la fin de son problème, si ce n'est que, chaque fois qu'il apercevait les hortensias de la propriétaire depuis sa fenêtre, Litvinoff se rappelait ce qu'il aurait voulu oublier. Quand le printemps arriva, il se mit à observer le buisson de façon obsessionnelle, s'attendant plus ou moins à voir fleurir la nouvelle de son secret. Un après-midi, il observa avec une appréhension terrible la propriétaire en train de planter quelques tulipes à la base du buisson. Chaque fois qu'il fermait les yeux pour s'endormir, les énormes fleurs blanches apparaissaient dans son esprit et se moquaient de lui. Les choses allèrent de mal en pis, sa conscience le torturait toujours davantage jusqu'à ce que, la veille de son mariage avec Rosa et de leur déménagement dans la villa sur la falaise, Litvinoff se lève, pris de sueurs froides, se glisse dehors au beau milieu de la nuit et déterre une dernière fois son fardeau. Il le conserva par la suite dans un tiroir de son bureau de la nouvelle maison, fermé avec une clé qu'il pensait avoir cachée.

*Nous nous réveillions toujours vers cinq ou six heures du matin*, écrivit Rosa dans le dernier paragraphe de son introduction à la seconde et dernière édition de *L'histoire de l'amour. Il mourut un jour torride de janvier. J'avais roulé son lit jusqu'à la fenêtre ouverte à l'étage. Le soleil nous inondait, il repoussa les draps et se déshabilla complètement pour bronzer au soleil, comme nous le faisions tous les matins, parce que l'infirmière arrivait vers huit heures et la journée devenait alors plutôt hideuse. Des problèmes médicaux, qui ne nous intéressaient ni l'un ni l'autre. Zvi ne souffrait pas. Je lui demandais : « Tu as mal ? » Et il répondait : « Jamais, de ma vie, je ne me suis senti aussi bien qu'en ce moment. » Et ce matin-là, nous regardâmes le ciel, qui était sans nuages et étincelant. Zvi avait ouvert le livre de poèmes chinois et lu un poème qu'il disait m'être destiné. Il était intitulé « Ne mets pas la voile ». Il est très court. Il commence ainsi :* Ne mets pas la voile! / Demain le vent sera tombé; / Et alors tu pourras partir, / et je ne m'inquiéterai pas pour toi. *Le matin de sa mort, il y eut un terrible coup de vent, toute la nuit il avait soufflé en tempête dans le jardin, mais quand j'ouvris la fenêtre, il n'y avait pas un nuage. Pas un souffle de vent. Je me tournai vers lui pour lui dire : « Mon chéri, le vent est tombé! » Et il me dit : « Alors je peux partir, et tu ne te t'inquiéteras pas pour moi ? » Je crus que mon cœur allait s'arrêter. Mais c'est vrai. Ce fut exactement ainsi.*

Mais cela ne s'était pas déroulé exactement ainsi. Pas vraiment. La nuit qui précéda la mort de Litvinoff, alors que la pluie martelait le toit et courait dans les gouttières, il avait appelé Rosa. Elle était en train de faire la vaisselle et s'était dépêchée de le rejoindre. « Qu'y a-t-il, mon chéri ? » demanda-t-elle en posant une main sur le front de son mari. Il toussa tellement fort qu'elle crut qu'il allait cracher du sang. Quand la quinte de toux fut terminée, il lui dit : « Il y a quelque chose que je veux te dire. » Elle attendit, à l'écoute. « Je... », commença-t-il, mais une fois de plus la toux revint, et il fut pris de convulsions. « Chut, lui dit Rosa en couvrant ses lèvres avec ses doigts. Ne parle pas. » Litvinoff saisit sa main et la serra. « Il le faut », dit-il et pour une fois son corps obéit et resta tranquille. « Tu ne comprends pas ? » dit-il. « Comprendre quoi ? » demanda-t-elle. Il ferma les yeux très fort et les rouvrit. Elle était toujours là, le regardait avec tendresse et inquiétude. Elle lui tapota la main. « Je vais te préparer un peu de thé », dit-elle en se levant. « Rosa ! » appela-t-il. Elle se retourna. « Je voulais que tu m'aimes », chuchota-t-il. Rosa le regarda. Il lui parut ressembler, à cet instant, à l'enfant qu'ils n'avaient jamais eu. « Et je t'ai aimé », dit-elle, en redressant un abat-jour. Puis elle sortit et referma doucement la porte derrière elle. Et ce fut la fin de la conversation.

Il serait pratique d'imaginer que ce furent là les derniers mots de Litvinoff. Mais ce ne fut pas le cas. Plus tard, cette nuit-là, lui et Rosa parlèrent de la pluie, et du neveu de Rosa et se demandèrent s'il fallait ou pas acheter un nouveau grille-pain, car l'ancien avait déjà pris feu deux fois.

Mais il n'y eut aucune autre mention de *L'histoire de l'amour*, ni de son auteur.

Des années auparavant, quand *L'histoire de l'amour* avait été acceptée par une petite maison d'édition de Santiago, l'éditeur avait fait quelques suggestions et, désirant se montrer aimable, Litvinoff avait essayé d'intégrer les modifications demandées. Parfois, il parvenait même à se convaincre que ce qu'il faisait n'était pas horrible : Gursky était mort, le livre allait enfin être publié, et lu, n'était-ce pas déjà quelque chose ? À cette question rhétorique, sa conscience répondit par une fin de non-recevoir. Désespéré, ne sachant pas quoi faire d'autre, il opéra également un changement que l'éditeur n'avait pas demandé. Ayant verrouillé la porte de son bureau, il mit la main dans la poche de sa veste et déplia la feuille de papier qu'il portait là depuis des années. Il prit une feuille blanche dans le tiroir de sa table. En haut, il écrivit, *CHAPITRE 39 : LA MORT DE LEOPOLD GURSKY*. Puis il recopia la page mot à mot, la traduisant en espagnol du mieux qu'il pouvait.

Quand son éditeur reçut le manuscrit, il écrivit à Litvinoff. *À quoi pensiez-vous quand vous avez ajouté le dernier chapitre ? Je vais l'éliminer — il n'a rien à voir avec le reste.* La marée était basse et le regard de Litvinoff quitta la lettre et observa les mouettes se disputer quelque chose qu'elles avaient trouvé parmi les rochers. *Si vous faites ça*, écrivit-il en retour, *je vous retire le livre.* Un jour de silence. *Pour l'amour de Dieu!* disait l'éditeur dans sa réponse. *Ne soyez pas aussi susceptible.* Litvinoff sortit son stylo de sa poche. *Je refuse de discuter*, répondit-il.

Ce qui explique pourquoi, quand la pluie s'arrêta enfin le lendemain matin et que Litvinoff mourut tranquillement dans son lit inondé de soleil, il n'emporta pas son secret avec lui. Ou pas complètement. Il suffisait à quiconque de lire la dernière page, et là on trouvait, noir sur blanc, le nom du véritable auteur de *L'histoire de l'amour.*

D'elle et lui, c'était Rosa qui gardait le mieux les secrets. Par exemple, elle n'avait jamais parlé à personne de la fois où elle avait vu sa mère embrasser l'ambassadeur portugais pendant une garden-party organisée par son oncle. Ou de la fois où elle avait vu la bonne faire glisser une chaîne en or appartenant à sa sœur dans la poche de son tablier. Ni dit à personne que son cousin Alfonso, qui était très populaire parmi les filles à cause de ses yeux verts et de ses lèvres pleines, préférait les garçons, ou que son père souffrait de migraines qui le faisaient pleurer. Il n'est donc pas très surprenant qu'elle n'ait jamais parlé à personne de la lettre qui était arrivée, adressée à Litvinoff, quelques mois après la publication récente de *L'histoire de l'amour*. Elle était postée d'Amérique et Rosa avait pensé que c'était une lettre de refus tardive de l'un des éditeurs new-yorkais. Désirant épargner une déception à Litvinoff, elle la glissa dans un tiroir et l'oublia. Quelques mois plus tard, à la recherche d'une adresse, elle la retrouva et l'ouvrit. À sa grande surprise, elle était en yiddish. *Cher Zvi*, commençait-elle. *Alors, pour t'éviter une crise cardiaque, je commencerai par dire que c'est ton vieil ami Leo Gursky. Tu es sans doute surpris que je sois en vie, et parfois, moi-même je le suis aussi. Je t'écris de New York, où je vis à présent. Je ne sais pas si cette lettre t'atteindra. Il y a quelques années, j'ai envoyé une lettre à la seule adresse que j'avais pour toi, et elle m'a été retournée. C'est une longue histoire, comment j'ai fini par trouver cette adresse-là. De toute façon, il y aurait beaucoup de choses à dire, mais c'est trop difficile dans une lettre. J'espère que tu vas bien et que tu es heureux, et que tu vis bien. Naturellement, je me suis toujours demandé si tu avais conservé le paquet que je t'ai confié la dernière fois que nous nous sommes vus. À l'intérieur il y avait le livre que j'écrivais quand nous nous voyions à Minsk. Si tu l'as, pourrais-tu me le renvoyer? Il n'a aucune valeur pour personne, sauf pour moi, maintenant. Je t'embrasse chaleureusement, L.G.*

Lentement, la vérité apparut à Rosa : il s'était passé une chose terrible. C'était grotesque, vraiment ; rien que d'y penser la rendait malade. Et elle était en partie coupable. Elle se souvenait à présent du jour où elle avait découvert la clé du tiroir du bureau de Litvinoff, l'avait ouvert, avait trouvé la pile de feuilles maculées, une écriture qu'elle ne reconnaissait pas, et elle avait choisi de ne pas poser de questions. Litvinoff lui avait menti, oui. Mais, avec une sensation de nausée, elle se rappela que c'était elle qui avait insisté pour qu'il fasse publier le livre. Il n'avait pas été d'accord, avait dit que le roman était trop personnel, qu'il s'agissait de choses privées, mais elle l'y avait incité, encore et encore, s'opposant à sa résistance jusqu'à ce qu'il finisse par abandonner et accepter. Parce que n'était-ce pas là ce que les épouses d'artistes étaient censées faire ? Gérer l'œuvre de leur mari et l'offrir au monde, une œuvre qui, sans elles, se serait perdue dans les ténèbres ?

Lorsque le choc fut passé, Rosa déchira la lettre en morceaux qu'elle fit disparaître dans les toilettes. Rapidement, elle réfléchit à la marche à suivre. Elle s'assit à la petite table de cuisine, prit une feuille de papier blanc et écrivit : *Cher Mr. Gursky, Je suis vraiment désolée de devoir vous dire que mon mari, Zvi, est bien trop malade pour pouvoir vous répondre lui-même. Il a néanmoins été transporté de joie en recevant votre lettre et en apprenant que vous étiez en vie. Malheureusement, votre manuscrit a été détruit lors de l'inondation de notre maison. J'espère que vous pourrez nous pardonner.*

Le lendemain, elle prépara un pique-nique et proposa à Litvinoff d'aller se promener dans les montagnes. Après l'excitation qui avait entouré la publication de son livre, lui expliqua-t-elle, il avait besoin de détente. Elle se chargea de mettre les provisions dans la voiture. Quand Litvinoff eut fait démarrer le moteur, Rosa se frappa le front. « J'ai failli oublier les fraises », dit-elle, et elle se précipita dans la maison.

Une fois à l'intérieur, elle se rendit directement dans le bureau de Litvinoff, prit la petite clé collée sur le dessous de sa table, la fit glisser dans la serrure du tiroir et en sortit un paquet de feuilles gauchies et maculées qui sentaient le moisi. Elle les posa par terre. Puis, précaution supplémentaire, elle prit le manuscrit en yiddish que Litvinoff avait écrit et posé sur une étagère haute et le plaça sur une étagère plus basse. En sortant, elle ouvrit le robinet de l'évier et mit la bonde. Elle fit une courte pause pour observer l'eau qui remplissait l'évier et commençait à déborder. Alors elle referma la porte du bureau de son mari, prit le panier de fraises sur la table du vestibule et courut vers la voiture.

# MA VIE SOUS L'EAU

## 1. LE DÉSIR QUI EXISTE ENTRE LES ESPÈCES

Après le départ d'oncle Julian, ma mère s'est encore plus refermée sur elle-même, ou peut-être serait-il mieux de dire qu'elle était plus *obscure*, comme on dirait effacée, floue, distante. Les tasses à thé vides s'accumulaient autour d'elle, et les pages de dictionnaire tombaient à ses pieds. Elle a abandonné le jardin ; les chrysanthèmes et les asters qui lui avaient confié leur sort lors des premiers gels laissaient pendre leurs têtes gorgées d'eau. Des lettres arrivaient de ses éditeurs lui demandant si elle avait envie de traduire tel ou tel livre. Elle n'y répondait pas. Les seuls appels téléphoniques qu'elle acceptait étaient ceux d'oncle Julian et, chaque fois qu'ils se parlaient, elle fermait la porte.

Chaque année, les souvenirs que j'ai de mon père deviennent plus effacés, flous, distants. Ils avaient d'abord été étincelants et pleins de vérité, puis ils sont devenus pareils à des photographies, et à présent ils ressemblent davantage à des photographies de photographies. Mais parfois, en de rares moments, un souvenir de lui me revient avec tant de soudaineté et de clarté que tous les sentiments que je refoule depuis des années jaillissent tels des diablotins de leur boîte. Dans ces moments-là, je me demande si c'est cela que l'on ressent quand on est ma mère.

2. AUTOPORTRAIT AVEC SEINS

Tous les mardis soir, je prenais le métro pour aller à Manhattan suivre les cours de « Dessin d'après nature ». Dès le premier cours, j'ai compris de quoi il s'agissait. Ça voulait dire faire des esquisses de personnes cent pour cent nues qui avaient été engagées pour rester immobiles au centre du cercle que nous formions avec nos chaises. J'étais de loin la plus jeune de la classe. J'ai essayé de me montrer désinvolte, comme si ça faisait des années que je dessinais des modèles nus. Le premier modèle était une femme aux seins pendants, aux cheveux frisés et aux genoux rouges. Je ne savais pas où regarder. Autour de moi, les élèves étaient penchés sur leur carnet d'esquisses et dessinaient avec furie. J'ai tracé quelques lignes hésitantes sur le papier. « N'oubliez pas les aréoles, vous tous », a dit l'enseignante en faisant le tour du cercle. J'ai ajouté des aréoles. Quand elle est arrivée près de moi, elle a dit : « Vous permettez ? » et a soulevé mon dessin pour le montrer à toute la classe. Même le modèle s'est tourné pour regarder. « Vous savez ce que c'est ? » a-t-elle demandé en montrant mon dessin. Quelques personnes ont secoué la tête. « Un Frisbee avec une aréole », a-t-elle dit. « Désolée », ai-je murmuré. « Ne soyez pas désolée », a dit l'enseignante en posant une main sur mon épaule : « *Ombrez.* » Puis elle a montré à toute la classe comment transformer mon Frisbee en un énorme sein.

Le modèle du deuxième cours ressemblait beaucoup à celui du premier cours. Chaque fois que l'enseignante s'approchait de moi, je me penchais sur mon travail et j'ombrais avec énergie.

## 3. COMMENT IMPERMÉABILISER SON FRÈRE

La pluie a commencé vers la fin septembre, quelques jours avant mon anniversaire. Il a plu sans arrêt toute une semaine et, au moment où on avait l'impression que le soleil allait apparaître, il a dû se cacher et la pluie a redoublé. Certains jours, elle tombait avec tant de force que Bird devait abandonner son travail sur l'amas de détritus, et pourtant il avait étendu une bâche sur la cabine, laquelle commençait à prendre forme tout en haut. Peut-être construisait-il une maison pour *lamed vovniks.* Il avait monté deux murs avec quelques vieilles planches et il avait entassé des boîtes en carton pour les deux autres murs. À part la bâche qui pendait, il n'y avait pas encore de toit. Un après-midi, je me suis arrêtée pour le regarder descendre maladroitement par l'échelle qui était posée contre l'amas de détritus. Il portait un gros morceau de métal. J'aurais voulu l'aider, mais j'ignorais comment.

## 4. PLUS J'Y PENSAIS, PLUS J'AVAIS MAL AU VENTRE

Le matin de mon quinzième anniversaire, j'ai été réveillée par Bird qui hurlait :

« DEBOUT ET À L'ATTAQUE ! » suivi de *For She's a Jolly Good Fellow*, une chanson que ma mère nous chantait pour nos anniversaires quand nous étions petits et que Bird avait décidé de continuer à chanter. Elle est arrivée un instant plus tard et a posé ses cadeaux près de ceux de Bird sur mon lit. L'atmosphère était gaie et heureuse jusqu'à ce que j'ouvre le cadeau de Bird et que je voie que c'était un gilet de sauvetage orange. Il y a eu un moment de silence tandis que je le regardais, niché dans son papier.

« Un gilet de sauvetage ! s'est exclamée ma mère. Quelle bonne idée. Où l'as-tu donc trouvé, Bird ? » a-t-elle demandé en touchant les courroies avec une admiration non feinte. « Tellement pratique », a-t-elle ajouté.

*Pratique ?* avais-je envie de crier. PRATIQUE ?

Je commençais à m'inquiéter sérieusement. Et si la dévotion de Bird n'était pas une phase passagère mais un état de fanatisme permanent ? Ma mère pensait que c'était sa manière de vivre l'absence de papa et qu'un jour il grandirait et passerait à autre chose. Mais si l'âge ne faisait que renforcer ses croyances, en dépit des preuves contraires ? Et s'il ne se faisait jamais d'amis ?

Et s'il devenait quelqu'un vêtu d'un manteau crasseux qui déambulait dans la ville en distribuant des gilets de sauvetage, contraint de nier le monde parce que ce dernier ne coïncidait pas avec son rêve ?

J'ai essayé de trouver son journal mais il n'était plus derrière le lit, et il n'était dans aucun des endroits où je l'ai cherché. À la place, parmi des vêtements sales sous mon lit, et en retard de deux semaines, j'ai trouvé *La rue des crocodiles* de Bruno Schulz.

5. UN JOUR

J'avais demandé à ma mère, d'un ton désinvolte, si elle avait déjà entendu parler d'Isaac Moritz, l'écrivain qui, d'après le portier du 450 East 52nd Street, était le fils d'Alma. Elle était assise sur le banc du jardin et fixait un immense buisson de cognassiers comme s'il allait se mettre à parler. Au début, elle ne m'a pas entendue. « Maman ? » ai-je répété. Elle s'est retournée, l'air surpris. « Je disais, est-ce que tu as jamais entendu parler d'un écrivain qui s'appelle Isaac Moritz ? » Elle a dit Oui. « Est-ce que tu as déjà lu certains de ses livres ? » ai-je demandé. « Non. » « Eh bien, est-ce que tu penses qu'il mériterait le prix Nobel ? » « Non. » « Comment tu le sais si tu n'as lu aucun de ses livres ? » « Je spécule, c'est tout », a-t-elle dit, parce qu'elle n'avouerait jamais qu'elle n'attribue le prix Nobel qu'à des morts. Elle a alors recommencé à fixer le buisson de cognassiers.

À la bibliothèque, j'ai tapé « Isaac Moritz » sur l'ordinateur. Il y avait six livres. Celui dont ils avaient le plus d'exemplaires s'intitulait *Le remède*. J'ai noté la cote et, quand j'ai trouvé l'emplacement de ses livres, j'ai pris *Le remède* sur l'étagère. La photographie de l'auteur était reproduite sur la quatrième de couverture. C'était étrange de regarder son visage tout en sachant que la personne en souvenir de qui j'avais été nommée avait dû beaucoup lui ressembler. Il était un peu chauve, avec des cheveux bouclés, et il avait des yeux marron qui avaient l'air petits et faibles derrière des lunettes à monture métallique. J'ai retourné le livre et je l'ai ouvert à la première page. *CHAPITRE UN*, lisait-on. *Jacob Marcus attendait sa mère au coin de Broadway et de Graham.*

6. JE L'AI RELUE

*Jacob Marcus attendait sa mère au coin de Broadway et de Graham.*

7. ENCORE

*Jacob Marcus attendait sa mère*

8. ET ENCORE

*Jacob Marcus*

9. MAZETTE

J'ai fermé le livre et regardé la photographie. Puis j'ai lu toute la première page. Puis j'ai de nouveau regardé la photographie, lu une autre page, puis j'ai fermé le livre et examiné la photographie. Jacob Marcus n'était qu'un personnage de roman ! L'homme qui avait envoyé des lettres à ma mère n'était autre que l'écrivain Isaac Moritz. Le *fils* d'Alma. Il avait signé ses lettres du nom du personnage de son livre le plus célèbre ! Une phrase de ses lettres m'est revenue à l'esprit : *Il m'arrive parfois de faire semblant d'écrire, mais je ne trompe personne.*

J'ai atteint la page cinquante-huit avant la

fermeture de la bibliothèque. Il faisait déjà nuit quand je suis sortie. J'étais devant la porte avec le livre sous un bras, regardant tomber la pluie et essayant de comprendre la situation.

## 10. LA SITUATION

Ce soir-là, pendant que ma mère était à l'étage en train de traduire *L'histoire de l'amour* pour l'homme qu'elle croyait s'appeler Jacob Marcus, j'ai fini *Le remède*, qui concerne un personnage nommé Jacob Marcus, inventé par un homme qui s'appelle Isaac Moritz, qui était le fils du personnage Alma Mereminski, et il se trouvait qu'elle aussi avait existé.

## 11. ATTENTE

Quand j'ai eu terminé de lire la dernière page, j'ai appelé Misha et j'ai laissé sonner deux fois avant de raccrocher. C'était un code que nous avions mis au point quand nous voulions parler tard le soir. Cela faisait plus d'un mois que nous ne nous étions pas parlé. J'avais dressé dans mon cahier la liste de toutes les choses qui me manquaient chez lui. La façon dont il plisse le nez quand il réfléchit en était une. Comment il tient les objets en était une autre. Mais maintenant j'avais besoin de lui parler pour de bon et aucune liste ne pouvait se substituer à ça. Je suis restée près du téléphone à me ronger les sangs. Pendant que j'attendais, j'ai tellement rongé mon sang qu'il s'est transformé en encre, si je ne l'ai pas mangé, c'est sans doute parce qu'il avait tourné.

Mais Misha n'a pas rappelé. Cela voulait sans doute dire qu'il ne tenait pas à me parler.

12. TOUS LES AMIS QUE J'AI JAMAIS EUS

Au bout du couloir, dans sa chambre, mon frère dormait, sa *kippah* était tombée par terre. Imprimé sur la doublure en lettres dorées, on pouvait lire *Mariage de Marsha et de Joe, 13 juin 1987*, et, bien que Bird prétende l'avoir trouvée dans le placard de la salle à manger et qu'il soit convaincu qu'elle avait appartenu à papa, personne d'entre nous n'a jamais entendu parler de Marsha ou de Joe. Je me suis assise près de lui. Son corps était tiède, presque brûlant. Je me suis dit que, si je n'avais pas inventé tant de choses au sujet de papa, peut-être Bird ne l'aurait-il pas idolâtré de la sorte et n'aurait pas cru nécessaire de devenir quelqu'un d'extraordinaire.

La pluie frappait contre les vitres. « Réveille-toi », ai-je chuchoté. Il a ouvert les yeux et grommelé. La lumière du couloir nous éclairait. « Bird », ai-je dit en lui touchant le bras. Il a levé les yeux vers moi en louchant et se les est frottés. « Tu dois cesser de parler de Dieu, d'accord ? » Il n'a rien dit, mais maintenant j'étais tout à fait sûre qu'il était éveillé. « Tu vas bientôt avoir douze ans. Tu dois cesser de faire des bruits bizarres, et de sauter de haut et de te faire mal. » Je savais que je le suppliais, mais je m'en fichais. « Tu dois cesser de mouiller ton lit », ai-je chuchoté et alors, dans la pénombre j'ai vu sur son visage qu'il était vexé. « Il faut simplement que tu étouffes un peu ce que tu ressens et que tu essayes d'être normal. Si tu ne le fais pas... » Ses lèvres se sont serrées, mais il n'a pas parlé. « Tu dois te faire des amis », ai-je dit. « J'ai un ami », a-t-il chuchoté. « Qui ? » « Mr. Goldstein. » « Tu dois te faire plus d'un ami. » « Toi, tu n'en as pas plus d'un, a-t-il dit. La seule personne qui te téléphone, c'est Misha. » « Si, j'en ai plus. J'ai plein d'amis », ai-je dit, et ce n'est qu'en prononçant ces mots que je me suis rendu compte que ce n'était pas vrai.

13. DANS UNE AUTRE CHAMBRE, MA MÈRE DORMAIT ROULÉE EN BOULE PRÈS DE LA CHALEUR D'UNE PILE DE LIVRES

14. J'AI ESSAYÉ DE NE PAS PENSER À

a) Misha Shklovsky
b) La Grande Luba
c) Bird
d) Ma mère
e) Isaac Moritz

15. JE DEVRAIS

Sortir davantage, adhérer à quelques clubs. Je devrais acheter des vêtements neufs, teindre mes cheveux en bleu, accepter que Herman Cooper m'emmène dans la voiture de son père, m'embrasse et peut-être même caresse mes seins inexistants. Je devrais perfectionner quelques compétences pratiques telles que parler en public, jouer du violoncelle électrique ou souder, ou encore aller voir un médecin pour mes maux d'estomac, me trouver un héros qui ne soit pas un homme qui a écrit des livres pour enfants et s'est abîmé en mer dans son avion, essayer d'arrêter de monter la tente de mon père en un temps record, jeter mes carnets de notes, me tenir droite, et faire cesser cette habitude de répondre aux questions concernant mon bien-être par une réponse digne d'une écolière anglaise guindée qui pense que la vie n'est qu'une longue préparation à quelques minces sandwiches en compagnie de la reine.

## 16. CENT CHOSES QUI PEUVENT TRANSFORMER VOTRE VIE

J'ai ouvert le tiroir de mon bureau et je l'ai fouillé de fond en comble, en quête du morceau de papier sur lequel j'avais copié l'adresse de Jacob Marcus qui était en fait Isaac Moritz. Sous un bulletin scolaire, j'ai trouvé une vieille lettre de Misha, une de ses premières. *Chère Alma*, avait-il écrit. *Comment me connais-tu si bien ? Je crois que nous nous ressemblons comme deux gouttes d'eau. C'est vrai que je préfère John à Paul. Mais je porte grand respect à Ringo aussi.*

Le samedi matin, j'ai imprimé la carte et

l'itinéraire que j'ai trouvé sur Internet, et puis j'ai dit à maman que j'allais passer la journée chez Misha. Puis je suis allée frapper à la porte des Cooper un peu plus haut dans la rue. Herman est sorti avec ses cheveux en pétard, portant un T-shirt des Sex Pistols. « Eh ben », a-t-il dit en me voyant. Il a avancé vers moi. « Tu veux qu'on aille faire une balade en voiture ? » ai-je demandé. « C'est une blague ? » « Non. » « Oookaay, a dit Herman. Une seconde. » Il est remonté pour demander les clés à son père et, quand il est redescendu, il avait mouillé ses cheveux et mis un T-shirt bleu tout propre.

17. REGARDE-MOI

« Où on va, au Canada ? » m'a demandé Herman quand il a vu la carte. Il y avait une bande plus pâle autour de son poignet là où sa montre avait été tout l'été. « Connecticut », ai-je dit. « Seulement si tu enlèves cette capuche », a-t-il dit. « Pourquoi ? » « Je ne vois pas ton visage. » Je l'ai repoussée en arrière. Il m'a souri. Il y avait encore du sommeil dans le coin de ses yeux. Une goutte de pluie a roulé sur son front. Je lui ai lu l'itinéraire et nous avons parlé des universités auxquelles il voulait s'inscrire l'année suivante. Il m'a dit qu'il pensait étudier la biologie marine parce qu'il voulait vivre une vie semblable à celle de Jacques Cousteau. Je me suis dit que nous avions peut-être plus de choses en commun que je ne l'avais pensé au départ. Il m'a demandé ce que je voulais faire et je lui ai dit que j'avais vaguement pensé à la paléontologie, et il m'a demandé alors ce qu'était la paléontologie, puis ce que faisait un paléontologue, alors je lui ai expliqué que s'il prenait un guide complet et illustré du Metropolitan Museum of Art, s'il le déchirait en mille morceaux, s'il les jetait au vent depuis les marches du musée, etc., et il m'a demandé ensuite pourquoi j'avais changé d'idée et je lui ai expliqué que je ne pensais pas être faite pour ça et il m'a demandé alors pour quoi je me sentais faite, et je lui ai dit : « C'est une longue histoire », et alors il a dit : « J'ai tout mon temps », je lui ai alors demandé : « Tu veux vraiment savoir ? » et il a répondu Oui, et je lui ai donc dit la vérité, en commençant par le couteau suisse de mon père et le livre *Plantes et fleurs comestibles d'Amérique du Nord*, et j'ai terminé sur mon projet d'aller un jour explorer les territoires sauvages de l'Arctique avec simplement ce que je pouvais porter sur mon dos. « J'aimerais mieux que tu ne fasses pas ça », a-t-il dit. Ensuite nous nous sommes trompés de sortie, puis arrêtés à une station d'essence pour demander notre chemin et acheter des Sweet-Tarts. « C'est moi qui invite », a dit Herman quand j'ai sorti mon portefeuille pour payer. Quand il a tendu un billet de cinq dollars au-dessus du comptoir, ses mains tremblaient.

## 18. JE LUI AI RACONTÉ TOUTE L'HISTOIRE DE *L'HISTOIRE DE L'AMOUR*

Il pleuvait tellement fort que nous avons dû nous arrêter sur le bord de la route. J'ai enlevé mes tennis et j'ai posé mes pieds sur le tableau de bord. Herman a écrit mon nom sur la buée du pare-brise. Ensuite nous nous sommes rappelé une bataille dans l'eau que nous avions eue il y a un siècle, et j'ai senti mon cœur se serrer de tristesse en pensant que l'année prochaine, Herman partirait commencer une autre vie.

## 19. JE LE SAIS, C'EST TOUT

Après avoir passé un temps fou à chercher, nous avons fini par trouver le chemin de terre qui menait à la maison d'Isaac Moritz. Nous étions sans doute passés devant une ou deux fois sans le voir. J'étais prête à abandonner, mais Herman ne voulait pas. Mes paumes ont commencé à transpirer tandis que nous roulions sur le chemin boueux parce que je n'avais encore jamais rencontré un écrivain célèbre, et certainement pas un écrivain à qui j'avais envoyé une lettre contrefaite. Les chiffres de l'adresse d'Isaac Moritz étaient cloués sur le tronc d'un grand érable. « Comment tu sais que c'est un érable ? » m'a demandé Herman. « Je le sais, c'est tout », ai-je dit en lui passant les détails. C'est alors que j'ai vu le lac. Herman s'est garé près de la maison et a éteint le moteur. Tout à coup, tout était silencieux. Je me suis penchée en avant pour lacer mes tennis. Quand je me suis redressée, il me regardait. Son visage était plein d'espoir, incrédule et aussi un peu triste, et je me suis demandé s'il ressemblait un peu au visage de mon père quand il avait regardé ma mère tant d'années plus tôt sur la rive de la mer Morte, mettant en marche toute une série d'événements qui avaient fini par me mener ici, en pleine campagne, en compagnie d'un garçon avec qui j'avais grandi mais que je connaissais à peine.

## 20. SHALLON, SHALOP, SHALLOT, SHALLOW

Je suis descendue de voiture et j'ai respiré profondément.

J'ai pensé, Mon nom est Alma Singer vous ne me connaissez pas mais j'ai été nommée en souvenir de votre mère.

## 21. SHALOM, SHAM, SHAMAN, SHAMBLE

J'ai frappé à la porte. Personne n'a répondu. J'ai appuyé sur la sonnette, mais il n'y a pas eu de réponse non plus, j'ai donc fait le tour de la maison et j'ai regardé par les fenêtres. Il faisait sombre à l'intérieur. Quand je suis retournée à l'avant, Herman était appuyé contre la voiture, les bras croisés sur sa poitrine.

## 22. J'AI DÉCIDÉ QUE JE N'AVAIS PLUS RIEN À PERDRE

Nous nous sommes assis sous la véranda de la maison d'Isaac Moritz, nous nous balancions sur un banc en regardant tomber la pluie. J'ai demandé à Herman s'il avait déjà entendu parler d'Antoine de Saint-

Exupéry et quand il m'a répondu que non je lui ai demandé s'il avait jamais entendu parler du *Petit Prince* et il m'a dit qu'il pensait que oui. Alors je lui ai parlé du moment où Saint-Ex s'était écrasé dans le désert de Libye, avait rassemblé la rosée sur les ailes de l'avion avec un chiffon maculé de kérosène et l'avait bue, et puis il avait marché des centaines de miles, déshydraté et délirant sous l'effet de la chaleur et du froid. Quand je suis arrivé au moment où il avait été trouvé par des Bédouins, Herman a glissé sa main dans la mienne, et j'ai pensé : En moyenne, soixante-quatorze espèces disparaissent chaque jour, ce qui était une bonne raison mais pas la seule de tenir la main de quelqu'un, et puis ce qui s'est passé ensuite c'est que nous nous sommes embrassés, et j'ai vu que je savais, et je me suis sentie heureuse et triste à parts égales, parce que je savais que j'étais en train de tomber amoureuse, mais pas de lui.

Nous avons attendu longtemps, mais Isaac n'est pas venu. Je ne savais pas quoi faire, et j'ai donc laissé un mot sur la porte, avec mon numéro de téléphone.

Une semaine et demie plus tard — je me souviens de la date, le 5 octobre — ma mère lisait le journal, et elle m'a dit : « Tu te souviens de cet écrivain à propos duquel tu m'as posé des questions, Isaac Moritz ? » et j'ai dit : « Oui », et elle a dit : « Il y a sa notice nécrologique dans le journal. »

Ce soir-là, je suis montée dans son bureau. Il lui restait cinq chapitres de *L'histoire de l'amour* à traduire et elle ignorait qu'à présent elle ne le traduisait pour personne d'autre que moi.

« Maman ? » ai-je dit. Elle s'est tournée vers moi. « Est-ce que je peux te parler de quelque chose ? »

« Naturellement, ma chérie. Viens ici. »

J'ai fait quelques pas dans la pièce. J'avais tant de choses à dire.

« J'ai besoin que tu sois... » ai-je dit, et puis je me suis mise à pleurer.

« Que je sois quoi ? » a-t-elle dit en ouvrant les bras.

« Pas triste », ai-je dit.

# UNE CHOSE INTÉRESSANTE

*28 septembre*
יהוה

Aujourd'hui, c'est le 10e jour de pluie d'affilée. Le docteur Vishnubakat m'a dit qu'il y avait une chose intéressante à mettre dans mon journal, ce que je pense et ressens. Il m'a dit que si je voulais qu'il sache quelque chose sur mes sentiments mais sans vouloir lui en parler directement je pouvais simplement lui faire lire mon journal. Je ne lui ai pas dit vous n'avez jamais entendu le mot PRIVÉ ? Une des choses que je pense, c'est que l'avion pour Israël est très cher. Je le sais parce que j'ai essayé d'acheter un billet à l'aéroport et on m'a dit que ça coûtait 1 200 dollars. Quand j'ai dit à la dame qu'il y a quelque temps ma mère avait acheté un billet pour 700 dollars, elle m'a dit qu'il n'y avait plus de billets à 700 dollars. Je me suis dit qu'elle disait ça simplement parce qu'elle pensait que je n'avais pas d'argent, alors je lui ai montré la boîte à chaussures et les 741 dollars et 50 cents qu'elle contenait. Elle m'a demandé où j'avais trouvé autant d'argent, alors je lui ai dit 1 500 verres de limon-aide, même si ce n'était pas tout à fait vrai. Alors elle m'a demandé pourquoi je désirais tellement aller en Israël et je lui ai demandé si elle pouvait garder un secret et elle a dit oui et je lui ai expliqué que j'étais un lamed vovnik et peut-être également le Messie. Quand elle a entendu ça elle m'a emmené dans une salle réservée aux employés et m'a donné un pin El Al. Et puis la police est venue et m'a ramené chez nous. Ce que j'ai ressenti, c'est de la colère.

*29 septembre*
יהוה

Il pleut depuis onze jours. Comment quiconque peut-il espérer être un lamed vovnik si d'abord un billet pour Israël coûte 700 dollars et si eux ensuite, ils demandent 1 200 dollars ? Ils ne devraient pas changer les prix, pour que les gens sachent combien de limon-aide il faut vendre pour aller à Jérusalem.

Aujourd'hui le docteur Vishnubakat m'a demandé d'expliquer le mot que j'avais laissé pour maman et Alma quand j'ai cru que je partais en Israël. Il l'a posé devant moi pour me rafraîchir la mémoire. Mais je n'avais pas besoin qu'il me rafraîchisse la mémoire parce que je savais très bien ce qu'il contenait puisque j'en avais rédigé 9 brouillons car je voulais le taper à la machine pour que ce soit officiel et je n'arrêtais pas de faire des fautes. Ce qu'il contenait, c'est « Chères Maman et Alma et les Autres ; je dois partir et je serai peut-être absent longtemps. N'essayez pas de me chercher. La raison en est que je suis un lamed vovnik et que j'ai beaucoup de choses à faire. Il va y avoir un déluge mais vous n'avez pas besoin de vous inquiéter parce que je vous ai construit une arche. Alma, tu sais où elle est. Bisous, Bird. »

Le docteur Vishnubakat m'a demandé pourquoi on m'appelait Bird. Je lui ai dit juste comme ça. Si vous voulez savoir pourquoi le docteur Vishnubakat s'appelle le docteur Vishnubakat, c'est parce qu'il vient d'Inde. Si vous voulez vous rappeler comment on prononce son nom il suffit de penser à docteur Fishinabucket.

*30 septembre*
יהוה

Aujourd'hui la pluie a cessé et les pompiers ont démoli mon arche parce qu'ils ont dit qu'il y avait un risque d'incendie. Ce que j'ai ressenti, c'est de la tristesse. J'ai essayé de ne pas pleurer parce que Mr. Goldstein dit que tout ce que fait D. est pour le mieux, et aussi parce qu'Alma a dit que je devrais essayer de dissimuler mes sentiments pour me faire des amis. Une autre chose que Mr. Goldstein m'a dite, c'est que Ce que les yeux ne voient pas, le cœur ne le ressent pas, mais je devais absolument voir ce qu'était devenue l'arche parce que je me suis rappelé tout à coup que j'avais peint יהוה à l'arrière et qu'il ne faut pas jeter ça aux ordures. J'ai demandé à maman d'appeler la caserne de pompiers pour savoir où ils avaient mis tous les morceaux. Elle m'a dit qu'ils les avaient entassés sur le trottoir pour qu'ils soient ramassés par les éboueurs, et je lui ai donc demandé de m'emmener là-bas, mais les éboueurs étaient déjà passés et tout avait disparu. Alors je me suis mis à pleurer et j'ai donné un coup de pied dans une pierre et maman a essayé de me prendre dans ses bras mais je ne l'ai pas laissée faire parce qu'elle n'aurait pas dû laisser les pompiers démolir l'arche, et puis aussi elle aurait dû me demander avant de jeter tout ce qui avait appartenu à papa.

*1er octobre*
יהוה

Aujourd'hui je suis allé voir Mr. Goldstein pour la première fois depuis que j'ai essayé de partir en Israël. Maman m'a conduit au heder et m'a attendu dehors. Il n'était pas dans son bureau au sous-sol, ni dans le sanctuaire, mais j'ai fini par le trouver dans la cour à l'arrière en train de creuser un trou pour des siddourim à la reliure abîmée. J'ai dit Bonjour Mr. Goldstein et pendant longtemps il n'a rien dit et ne m'a même pas regardé, alors j'ai dit Eh bien je crois qu'il va encore pleuvoir demain, et il a dit Les imbéciles et les mauvaises herbes n'ont pas besoin de pluie, sans cesser de creuser. Sa voix avait l'air triste et j'ai essayé de comprendre ce qu'il voulait me dire. Je suis resté près de lui et j'ai regardé le trou s'agrandir. Il y avait de la terre sur ses chaussures et je me suis rappelé qu'un jour quelqu'un des Daleds avait collé un papier dans son dos où était écrit BOTTEZ-MOI LES FESSES, et personne ne le lui avait dit, même pas moi, parce que j'aurais voulu qu'il ne sache jamais que ce papier était là. Je l'ai regardé envelopper les trois siddourim dans un vieux morceau de tissu, et puis il les a embrassés. Les cernes sous ses yeux étaient plus bleus que jamais. J'ai pensé que peut-être Les imbéciles et les mauvaises herbes n'ont pas besoin de pluie voulait dire qu'il était déçu et j'ai donc essayé de me demander pourquoi et, quand il a posé le tissu avec les siddourim abîmés dans le trou, j'ai récité Yitgadal veyitkadhach chema raba, Que le nom du Très-Haut soit exalté et sanctifié dans le monde qu'Il a créé selon Sa volonté. Que Son règne soit proclamé de nos jours et du vivant de la maison d'Israël, et j'ai alors vu des larmes couler des yeux de Mr. Goldstein. Il a commencé à pelleter la terre dans le trou et j'ai vu que ses lèvres bougeaient mais je ne pouvais pas entendre ce qu'elles disaient, alors j'ai écouté avec plus d'attention, j'ai mis mon oreille près de sa bouche, et il a dit : Chaim, c'est le nom par lequel il m'appelle, Un lamed vovnik est humble et agit en secret, et puis il s'est détourné et j'ai compris que c'était à cause de moi qu'il pleurait.

*2 octobre*
יהוה

Il a recommencé à pleuvoir aujourd'hui, mais cela ne m'intéressait même plus parce que l'arche a disparu maintenant et parce que j'ai déçu Mr. Goldstein. Être un lamed vovnik signifie ne jamais avouer à personne qu'on est l'une des 36 personnes dont dépend le sort du monde, cela signifie faire le bien et aider les gens sans que personne s'en aperçoive. Au contraire, j'avais dit à Alma que j'étais un lamed vovnik, je l'avais dit à maman et à la dame d'El Al, et à Louis, et à Mr. Hintz, mon prof de gym, parce qu'il avait essayé de me faire enlever ma kippah et de me faire enfiler un short, et aussi à quelques autres personnes, et la police avait été obligée de venir me chercher, et les pompiers étaient venus démolir l'arche. Ce que je ressens maintenant, c'est que j'ai envie de pleurer. J'ai déçu Mr. Goldstein et également D. Je me demande si cela signifie que je ne suis plus un lamed vovnik.

*3 octobre*
יהוה

Aujourd'hui le docteur Vishnubakat m'a demandé si je me sentais déprimé et je lui ai demandé Que voulez-vous dire par déprimé et il a dit Par exemple est-ce que tu te sens triste et une chose que je n'ai pas dite c'est Êtes-vous ignare? parce que ce n'est pas ce que dirait un lamed vovnik. À la place, j'ai dit Si le cheval savait que l'homme est tellement plus petit que lui, il l'écraserait, c'est quelque chose que Mr. Goldstein dit parfois, et le docteur Vishnubakat a dit C'est très intéressant, tu peux développer? et j'ai dit Non. Nous sommes alors restés assis quelques minutes en silence ce qui est une chose que nous faisons parfois, mais je m'ennuyais et j'ai dit Le blé peut pousser sur le fumier, c'est une autre chose que dit Mr. Goldstein, et ça a paru beaucoup intéresser le docteur Vishnubakat parce qu'il l'a noté dans son carnet, alors j'ai dit L'orgueil se couche sur le fumier. Alors le docteur Vishnubakat m'a demandé Je peux te poser une question et j'ai dit ça dépend et il a dit Est-ce que ton père te manque et j'ai dit que je ne me souvenais pas vraiment de lui, et il a dit Je crois qu'il doit être très dur de perdre son père, et je n'ai rien dit. Si vous voulez savoir pourquoi je n'ai rien dit c'est parce que je n'aime pas que les gens qui n'ont pas connu papa parlent de lui.

Une des choses que j'ai décidées c'est qu'à partir de maintenant, avant de faire quoi que ce soit je vais toujours me demander EST-CE QU'UN LAMED VOVNIK LE FERAIT ? Par exemple aujourd'hui Misha a appelé Alma et je n'ai pas dit Tu veux l'embrasser avec la langue? parce que quand je me suis demandé EST-CE QU'UN LAMED VOVNIK LE FERAIT? la réponse a été NON. Et puis Misha a demandé Comment elle va? et j'ai dit Très bien et il a dit Explique-lui que j'ai appelé pour savoir si elle avait trouvé la personne qu'elle cherchait, et je ne savais pas de quoi il parlait alors j'ai dit Excuse-moi? et alors il a dit En fait ça n'a pas d'importance ne lui dis pas que j'ai appelé et j'ai dit D'accord et je ne l'ai pas dit à Alma parce qu'une chose que sait faire un lamed vovnik c'est garder un secret. Je ne savais pas qu'Alma cherchait quelqu'un et je me suis demandé qui mais sans trouver.

*4 octobre*
יהוה

Aujourd'hui il s'est passé quelque chose de terrible. Mr. Goldstein est tombé gravement malade et s'est évanoui et personne n'a su où il était pendant trois heures et maintenant il est à l'hôpital. Quand maman me l'a appris je suis allé dans la salle de bains et j'ai verrouillé la porte et j'ai demandé à D. de veiller au rétablissement de Mr. Goldstein. À l'époque où j'étais presque certain à 100 pour 100 que j'étais un lamed vovnik je pensais que D. pouvait m'entendre. Mais j'en suis moins certain maintenant. Et puis j'ai eu une horrible pensée qui était que peut-être Mr. Goldstein était malade parce que je l'avais déçu. Tout à coup, je me suis senti très très triste. J'ai fermé les yeux très fort pour qu'aucune larme ne s'en échappe et j'ai essayé de réfléchir à ce que je devais faire. Et puis j'ai eu une idée. Si je pouvais faire une bonne action pour aider quelqu'un sans rien en dire à personne, peut-être que Mr. Goldstein se rétablirait, et que je serais un vrai lamed vovnik!

Quelquefois, quand j'ai besoin de quelque

chose, je demande à D. Je dis par exemple Si Tu veux que je prenne 50 dollars dans le portefeuille de maman pour pouvoir m'acheter un billet à destination d'Israël même s'il n'est pas bien de voler alors laisse-moi trouver demain 3 coccinelles bleues garées l'une derrière l'autre, et si je trouve 3 coccinelles bleues garées l'une derrière l'autre la réponse est oui. Mais je savais que cette fois-ci je ne pouvais pas demander de l'aide à D. parce que je devais résoudre ça tout seul. Alors j'ai essayé de trouver quelqu'un qui ait besoin d'aide et d'un seul coup j'ai eu la solution.

# LA DERNIÈRE FOIS QUE JE T'AI VU

J'étais dans mon lit, au milieu d'un rêve qui se déroulait en ex-Yougoslavie, ou peut-être était-ce à Bratislava, pour autant que je le sache cela aurait pu se dérouler en Biélorussie. Plus j'y réfléchis et plus il est difficile de savoir. *Réveille-toi!* a hurlé Bruno. Ou en tout cas je suppose qu'il a hurlé, avant d'être obligé de vider un verre d'eau froide sur mon visage. Peut-être prenait-il sa revanche pour le jour où je lui avais sauvé la vie. Il a repoussé les draps de lit. Je regrette ce qu'il a pu y trouver. Et pourtant. Parlez d'un argument. Tous les matins au garde-à-vous, comme le premier avocat de la défense.

*Regarde!* a hurlé Bruno. *On parle de toi dans un magazine.*

Je n'étais pas d'humeur à entendre de mauvaises plaisanteries. Quand on me laisse tranquille, je suis content de me réveiller avec un bon pet. J'ai donc jeté mon oreiller mouillé par terre et j'ai enfoncé ma tête dans les draps. Bruno a frappé le haut de mon crâne avec le magazine. *Lève-toi et viens voir*, a-t-il dit. J'ai joué le rôle du sourd-muet, un rôle que j'ai perfectionné au fil des années. J'ai entendu les pas de Bruno qui s'en allait. Un fracas venant plus ou moins du placard de l'entrée. Je me suis préparé. Il y a eu un grand bruit, puis le glapissement du larsen. *ON PARLE DE TOI DANS UN MAGAZINE*, a dit Bruno dans un mégaphone qu'il était parvenu à trouver dans mes affaires. Bien que je me sois réfugié sous les draps, il avait localisé mon oreille avec précision. *JE RÉPÈTE*, a glapi le mégaphone. *TOI : DANS UN MAGAZINE*. J'ai repoussé les draps et j'ai arraché le mégaphone de ses lèvres.

*Depuis quand tu es devenu un tel imbécile ?* ai-je demandé.

*Et toi ?* a dit Bruno.

*Écoute, Gimpel*, ai-je dit. *Je vais fermer les yeux et compter jusqu'à dix. Quand je les ouvrirai, je ne veux plus te voir.*

Bruno a pris l'air blessé. *Tu n'es pas sérieux*, a-t-il dit.

*Mais si, tout à fait*, et j'ai fermé les yeux. *Un, deux.*

*Dis-moi que tu ne le penses pas*, a-t-il dit.

Les yeux fermés, je me suis rappelé ma première rencontre avec Bruno. Il jouait avec un ballon dans la poussière, un garçon maigrichon aux cheveux roux dont la famille venait d'arriver à Slonim. Je m'étais avancé vers lui. Il avait levé les yeux et m'avait examiné. Sans un mot, il avait poussé le ballon dans ma direction d'un coup de pied. Je le lui avais renvoyé.

*Trois, quatre, cinq*, ai-je dit. J'ai senti le magazine tomber ouvert sur mes jambes et j'ai entendu les pas de Bruno s'éloigner dans le couloir. Pendant un instant, j'ai essayé d'imaginer la vie sans lui. Cela paraissait impossible. Et pourtant. *SEPT!* ai-je crié. *HUIT!!* À neuf j'ai entendu la porte claquer. *Dix*, ai-je dit, à personne en particulier. J'ai ouvert les yeux, je les ai baissés.

Là, sur la page du seul magazine auquel je suis abonné, il y avait mon nom.

Je me suis dit : Quelle coïncidence, un autre Leo Gursky! Évidemment ça m'a plutôt excité, même si ça ne pouvait être que quelqu'un d'autre. Ce n'est pas un nom très rare. Et pourtant. Il n'est pas si répandu non plus.

J'ai lu une phrase. Et je n'ai pas eu besoin d'en lire davantage pour savoir que ça ne pouvait être que moi. Je le savais parce que c'était moi qui avais écrit cette phrase. Dans mon livre, le roman de ma vie. Celui que j'avais commencé après ma crise cardiaque et envoyé, le lendemain du cours de dessin, à Isaac. Dont le nom, je l'ai vu alors, était imprimé en majuscules en haut de la page du magazine. *DES MOTS POUR TOUT*, lisait-on, le titre que j'avais fini par choisir et, en dessous, *ISAAC MORITZ.*

J'ai levé les yeux vers le plafond.

J'ai baissé les yeux. Comme je l'ai dit, il y a des passages que je connais par cœur. Et la phrase que je connaissais par cœur était toujours là. Tout comme des centaines d'autres que je connaissais également par cœur, juste corrigées un peu ici ou là, d'une façon qui était un-tout-petit-peu écœurante. Quand j'ai trouvé la page où l'on présentait les contributeurs, j'ai lu qu'Isaac était mort ce mois-ci, et que le texte qu'ils publiaient faisait partie de son dernier manuscrit.

Je suis sorti du lit et j'ai pris l'annuaire téléphonique sous *Citations célèbres* et *L'histoire de la science*, avec lequel Bruno aime bien se donner un peu de hauteur quand il s'assied à ma table de cuisine. J'ai trouvé le numéro de téléphone du magazine. *Allô*, ai-je dit quand le standard a répondu. *La fiction, s'il vous plaît.*

Il y a eu trois sonneries.

*Département de la fiction*, a dit un homme. Il avait une voix jeune.

*Où avez-vous trouvé cette histoire ?* ai-je demandé.

*Pardon ?*

*Où avez-vous trouvé cette histoire?*

*Quelle histoire, Monsieur?*

*Des mots pour tout.*

*Elle est tirée d'un roman de feu Isaac Moritz,* a-t-il dit.

*Ha, ha,* ai-je fait.

*Excusez-moi?*

*Eh bien non, pas du tout,* ai-je dit.

*Mais si, tout à fait,* a-t-il dit.

*Pas du tout.*

*Je vous assure que si.*

*Je vous assure qu'elle n'est pas de lui.*

*Mais si, Monsieur.*

*D'accord,* ai-je dit. *Elle est de lui.*

*Puis-je vous demander à qui je parle?* a-t-il dit.

*Leo Gursky,* ai-je dit.

Il y a eu un silence embarrassé. Quand il a repris la parole, il avait l'air moins sûr de lui.

*Est-ce que c'est une plaisanterie?*

*Pas du tout,* ai-je dit.

*Mais c'est le nom du personnage de l'histoire.*

*Exactement,* ai-je dit.

*Je vais devoir consulter le département qui se charge de vérifier les faits,* a-t-il dit. *En général, ils nous préviennent s'il existe une personne portant le même nom.*

*Surprise!* ai-je crié.

*Veuillez rester en ligne,* a-t-il dit.

J'ai raccroché.

Au mieux, quelqu'un peut avoir deux, trois bonnes idées dans sa vie. Et dans les pages de ce magazine, il y avait une des miennes. J'ai relu le texte. Ici et là, j'ai gloussé et je me suis émerveillé de mon intelligence. Et pourtant. Le plus souvent, j'ai grimacé.

J'ai rappelé le magazine et redemandé le département de la fiction.

*Devinez qui ?* ai-je dit.

*Leo Gursky ?* a dit l'homme. J'entendais la peur dans sa voix.

*Dans le mille*, ai-je dit, et puis j'ai dit : *Ce soi-disant livre.*

*Oui ?*

*Quand doit-il sortir ?*

*Veuillez rester en ligne*, a-t-il dit.

J'ai attendu.

*En janvier*, a-t-il dit en reprenant le combiné.

*Janvier !* me suis-je écrié. *Si tôt !* Le calendrier sur le mur me disait que nous étions le 17 octobre. Je n'ai pas pu m'en empêcher, j'ai demandé : *Est-ce qu'il est bon ?*

*Certains d'entre nous pensent que c'est l'un de ses meilleurs.*

*Un de ses meilleurs !* Ma voix est montée d'une octave et s'est brisée.

*Oui, monsieur.*

*Je voudrais un des premiers exemplaires*, ai-je dit. *Je ne vivrai peut-être pas jusqu'en janvier pour lire ce qui est dit de moi.*

Il y a eu un silence à l'autre bout de la ligne.

*Bien*, a-t-il fini par dire. *Je vais voir si je peux trouver un exemplaire. Quelle est votre adresse ?*

*La même adresse que le Leo Gursky de l'histoire*, ai-je dit en raccrochant. Pauvre gamin. Des années qu'il va lui falloir pour démêler ce mystère.

Mais j'avais le mien à démêler. À savoir, si mon manuscrit avait été trouvé dans la maison d'Isaac et si l'on avait cru qu'il était de lui, cela ne voulait-il pas dire qu'il l'avait lu, ou au moins qu'il avait commencé à le lire avant de mourir ? Parce que, s'il l'avait lu, cela changeait tout. Cela voulait dire que...

Et pourtant.

J'ai fait les cent pas dans l'appartement, en tout cas autant qu'il était possible d'y faire les cent pas, avec une raquette de badminton ici et une pile de *National Geographic* là, et des boules de pétanque, un jeu dont je ne sais rien, éparpillées sur le plancher du salon.

C'était simple : S'il avait lu le livre, il connaissait la vérité.

J'étais son père.

Il était mon fils.

Et à présent je me rendais compte qu'il se pouvait qu'il y ait eu une petite fenêtre ouverte dans le temps où peut-être Isaac et moi avions tous deux vécu, chacun conscient de l'existence de l'autre.

Je suis allé dans la salle de bains, je me suis lavé le visage à l'eau froide et je suis descendu voir si j'avais du courrier. Je pensais qu'il y avait encore une chance pour qu'une lettre de mon fils m'arrive, postée avant sa mort. J'ai fait glisser la clé dans la serrure et j'ai tourné.

Et pourtant. Un tas de cochonneries, c'est tout. Le *TV Guide*, une brochure de Bloomingdale's, une lettre de la World Wildlife Federation qui était restée ma compagne fidèle depuis que je lui avais adressé un chèque de dix dollars en 1979. J'ai tout remonté pour le jeter. J'avais le pied sur la pédale de la poubelle quand je l'ai vue, une petite enveloppe avec mon nom tapé à la machine. Les soixante-quinze pour cent de mon cœur qui étaient encore vivants se sont mis à tonner. Je l'ai ouverte en la déchirant.

*Cher Leopold Gursky*, ai-je lu. *Pourriez-vous me retrouver samedi à 16 heures sur l'un des bancs devant l'entrée du zoo de Central Park. Je crois que vous savez qui je suis.*

Submergé par l'émotion, j'ai hurlé, *Mais oui !*

*Affectueusement vôtre*, ai-je lu.

*Affectueusement* mienne, ai-je pensé.

*Alma.*

Et c'est à ce moment précis que j'ai su que mon heure était venue. Mes mains tremblaient tellement fort que le papier vibrait. J'ai senti mes jambes s'affaisser. Ma tête était toute légère. C'est donc ainsi qu'ils envoient l'ange. Avec le nom de la fille que l'on a toujours aimée.

J'ai tapé sur le radiateur pour appeler Bruno. Il n'y a pas eu de réponse, ni une minute plus tard, ni encore une minute après, bien que j'aie tapé encore et encore, trois coups signifient TU ES VIVANT ?, deux coups, OUI, un, NON. J'ai attendu une réponse, mais il n'y a rien eu. Sans doute n'aurais-je pas dû le traiter d'imbécile, parce que, maintenant que j'avais terriblement besoin de lui, il n'y avait plus personne.

# EST-CE QU'UN LAMED VOVNIK LE FERAIT ?

*5 octobre*
יהוה

Ce matin, je me suis glissé dans la chambre d'Alma pendant qu'elle était sous la douche et j'ai pris Comment survivre dans la nature Volume 3 dans son sac à dos. Puis je suis remonté dans mon lit et je l'ai caché sous les couvertures. Quand maman est venue, j'ai fait semblant d'être malade. Elle a posé une main sur mon front et m'a demandé Qu'est-ce que tu ressens ? alors je lui ai dit que mes glandes étaient enflées, alors elle a dit Tu dois être en train de couver quelque chose, alors j'ai dit Mais je dois aller à l'école, alors elle a dit Ce n'est pas grave si tu rates un jour, alors j'ai dit D'accord. Elle m'a apporté une infusion de camomille avec du miel et je l'ai bue les yeux fermés pour montrer à quel point j'étais malade. J'ai entendu Alma partir à l'école et maman est montée travailler dans son bureau. Quand j'ai entendu sa chaise grincer j'ai pris Comment survivre dans la nature Volume 3 et j'ai commencé à lire pour voir s'il y avait là des indices sur la personne que recherchait Alma.

La plus grande partie des pages étaient remplies d'informations sur comment faire un lit avec des pierres chaudes, ou construire un abri, ou comment rendre l'eau potable, ce que je n'ai pas vraiment compris parce que je n'ai jamais vu d'eau que l'on ne puisse pas verser dans un pot. (Sauf peut-être la glace.) Je commençais à me demander si je trouverais jamais quoi que ce soit au sujet du mystère quand je suis tombé sur une page où était écrit COMMENT SURVIVRE SI VOTRE PARACHUTE NE S'OUVRE PAS. Il y avait dix étapes mais aucune n'avait de sens. Par exemple, si vous tombez en chute libre et que votre parachute ne s'ouvre pas, je ne crois pas qu'il serait très utile d'avoir un jardinier qui boite. Il était dit aussi de chercher une pierre mais pourquoi y aurait-il des pierres à moins que quelqu'un vous en jette ou que vous en ayez une dans votre poche ce que la plupart des gens normaux n'ont pas ? La dernière étape était simplement un nom et c'était Alma Mereminski.

Une idée que j'ai eue était qu'Alma était amoureuse de quelqu'un qui s'appelait Mr. Mereminski et qu'elle voulait l'épouser. Mais j'ai ensuite tourné la page et j'ai vu ALMA MEREMINSKI = ALMA MORITZ. Alors j'ai pensé que peut-être Alma était amoureuse de Mr. Mereminski ET de Mr. Moritz. Puis j'ai tourné la page, et en haut était écrit LES CHOSES QUI ME MANQUENT CHEZ M et il y avait une liste de 15 choses, la première étant SA FAÇON DE TENIR LES OBJETS. Je n'ai pas compris comment la façon dont quelqu'un tient les objets peut vous manquer.

J'ai essayé de réfléchir, mais c'était difficile. Si Alma était amoureuse de Mr. Mereminski ou de Mr. Moritz, comment se faisait-il que je ne les aie jamais rencontrés, ni l'un ni l'autre, et comment se faisait-il qu'ils ne l'aient jamais appelée, comme le faisaient Herman ou Misha ? Et si elle aimait Mr. Mereminski ou Mr. Moritz, pourquoi lui manquaient-ils ?

Le reste du carnet était vide.

La seule personne qui me manque vraiment, c'est papa. Parfois je suis jaloux d'Alma parce qu'elle a connu papa plus que moi et a beaucoup de souvenirs de lui. Mais ce qui est étrange, c'est que quand j'avais pris le Volume 2 de son carnet l'année dernière, j'y avais lu, JE ME SENS TRISTE PARCE QUE JE N'AI JAMAIS VRAIMENT CONNU PAPA.

J'étais en train de me demander pourquoi elle avait écrit ça quand j'ai eu tout à coup une idée très bizarre. Et si maman avait été amoureuse de quelqu'un qui s'appelait Mr. Mereminski ou Mr. Moritz, et que LUI était le père d'Alma ? Et s'il était mort, ou parti, ce qui expliquerait pourquoi Alma ne l'a jamais connu ? Et puis, par la suite, maman a rencontré David Singer et je suis né. Et puis LUI, il est mort, ce qui expliquerait pourquoi maman est tellement triste. Ce qui expliquerait pourquoi elle a écrit ALMA MEREMINSKI et ALMA MORITZ et pas ALMA SINGER. Peut-être cherchait-elle son vrai papa !

J'ai entendu maman se lever de sa chaise et j'ai essayé de faire semblant de dormir, ce à quoi je me suis exercé des centaines de fois devant le miroir. Maman est descendue et s'est assise au bord de mon lit et n'a rien dit pendant longtemps. Mais tout à coup, j'ai eu besoin d'éternuer, j'ai donc ouvert les yeux et éternué et maman a dit Pauvre petit. J'ai alors fait une chose extrêmement risquée. De ma voix la plus endormie, j'ai demandé Maman est-ce que tu as aimé quelqu'un avant papa ? J'étais plus ou moins certain à 100 pour 100 qu'elle allait dire non. Mais j'ai vu une étrange expression s'installer sur son visage et elle a dit Je crois bien, oui ! Alors j'ai dit Il est mort ? et elle a ri et elle a dit Non ! À l'intérieur, je devenais fou mais je ne voulais pas qu'elle ait des soupçons alors j'ai fait semblant de me rendormir.

Maintenant je crois que je sais qui Alma recherche. Je sais aussi que si je suis un vrai lamed vovnik je devrais être capable de l'aider.

*6 octobre*
יהוה

J'ai fait semblant d'être malade un deuxième jour pour ne pas devoir aller à l'école et aussi pour ne pas être obligé d'aller voir le docteur Vishnubakat. Quand maman est remontée dans son bureau, j'ai mis ma montre sur réveil et, toutes les dix minutes, j'ai toussé pendant cinq secondes d'affilée. Au bout d'une demi-heure, je me suis glissé hors du lit pour pouvoir chercher d'autres indices dans le sac à dos d'Alma. Je n'ai rien trouvé d'autre que les choses qui y sont toujours, comme une trousse de première urgence et son couteau suisse, mais quand j'ai sorti son pull-over il y avait des feuilles de papier à l'intérieur. Un coup d'œil m'a suffi pour comprendre qu'elles venaient du livre que maman traduit et qui s'appelle L'histoire de l'amour, parce qu'elle est tout le temps en train de jeter des brouillons à la poubelle et je sais de quoi ils ont l'air. Je sais aussi qu'Alma ne garde dans son sac à dos que les choses très importantes dont elle pourrait avoir besoin en cas de nécessité, et j'ai donc essayé de comprendre pourquoi L'histoire de l'amour avait tant d'importance pour elle.

C'est alors que j'ai pensé à quelque chose. Maman a toujours dit que c'était papa qui lui avait donné L'histoire de l'amour. Mais si c'était toujours du père d'Alma et non du mien qu'elle parlait ? Et si le livre contenait le secret de son identité ?

Maman est descendue et j'ai dû me précipiter dans la salle de bains et faire semblant d'être constipé pendant 18 minutes pour ne pas éveiller ses soupçons. Quand j'en suis sorti, elle m'a donné le numéro de téléphone de Mr. Goldstein à l'hôpital et elle m'a dit que je pouvais l'appeler si je voulais. Sa voix avait l'air très fatiguée et, quand je lui ai demandé comment il se sentait il m'a dit La nuit toutes les vaches sont noires. Je voulais lui parler de toutes les bonnes choses que j'allais faire, mais je savais que je ne pouvais en parler à personne, même pas à lui.

Je suis retourné au lit et je me suis demandé pourquoi l'identité du père d'Alma devait rester secrète. La seule raison qui me venait à l'esprit c'est qu'il était un espion comme la dame blonde dans le film préféré d'Alma, celle qui travaillait pour le F.B.I. et ne pouvait pas révéler sa véritable identité à Roger Thornhill alors même qu'elle était amoureuse de lui. Peut-être que le vrai père d'Alma ne pouvait pas non plus révéler sa véritable identité, même pas à maman. Peut-être était-ce pour cela qu'il avait deux noms ! Ou peut-être même plus de deux ! J'ai ressenti de la jalousie parce que mon papa n'avait pas été un espion mais j'ai ensuite cessé d'être jaloux parce que je me suis souvenu que j'étais un lamed vovnik, ce qui est encore mieux qu'espion.

Maman est descendue voir comment j'allais. Elle m'a dit qu'elle sortait une heure et m'a demandé si elle pouvait me laisser seul. Quand j'ai entendu la porte se fermer et la clé tourner dans la serrure je suis allé dans la salle de bains pour parler à D. Puis je suis allé à la cuisine pour me faire un sandwich au beurre de cacahouètes et à la confiture. C'est alors que le téléphone a sonné. Je n'ai pas pensé que c'était quelque chose de spécial mais quand j'ai décroché la personne à l'autre bout de la ligne a dit Allô, je suis Bernard Moritz, est-ce que je pourrais parler à Alma Singer ?

C'est ainsi que j'ai compris que D. pouvait m'entendre.

Mon cœur battait la chamade. J'ai dû réfléchir à toute vitesse. J'ai dit Elle n'est pas ici en ce moment mais je peux prendre un message. Il m'a dit C'est-à-dire que c'est une longue histoire. Et alors j'ai dit que je pouvais prendre un long message.

Il a dit Eh bien, j'ai trouvé le mot qu'elle a laissé

sur la porte de mon frère. Cela devait dater d'une semaine, il était à l'hôpital. Le mot disait qu'elle savait qui il était et qu'elle devait lui parler de L'histoire de l'amour. Elle avait laissé son numéro de téléphone.

Je n'ai pas dit Je le savais ! ou Est-ce que vous saviez qu'il était un espion ? J'ai simplement gardé le silence pour ne pas dire ce qu'il ne fallait pas.

Mais alors l'homme a dit De toute façon mon frère est décédé, il a été malade longtemps et je n'aurais pas appelé sauf qu'avant de mourir il m'a dit qu'il avait trouvé des lettres dans un tiroir de notre mère.

Je n'ai rien dit, et l'homme a continué à parler.

Il a dit Il a lu les lettres et il s'est mis dans la tête que l'homme qui était son vrai père était l'auteur d'un livre intitulé L'histoire de l'amour. Je ne l'ai pas vraiment cru jusqu'à ce que je trouve le mot d'Alma. Elle parlait du livre, et vous comprenez, le nom de ma mère était également Alma. J'ai pensé que je devrais lui parler, ou en tout cas lui dire qu'Isaac était décédé afin qu'elle ne s'inquiète pas.

À présent j'étais de nouveau troublé parce que j'avais pensé que ce Mr. Moritz était le père d'Alma. La seule chose que j'ai pu trouver c'était que le père d'Alma avait beaucoup d'enfants qui ne le connaissaient pas. Peut-être que le frère de cet homme en était un et Alma un autre, et qu'ils recherchaient tous deux en même temps leur père.

J'ai dit Avez-vous dit qu'il pensait que son vrai père était l'auteur de L'histoire de l'amour ?

L'homme au téléphone a dit Oui.

Alors j'ai dit Eh bien, est-ce qu'il pensait que le nom de son père était Zvi Litvinoff ?

L'homme au téléphone a alors paru troublé. Il a dit Non il pensait qu'il s'appelait Leopold Gursky.

J'ai forcé ma voix à rester calme et j'ai demandé Vous pouvez épeler ? Et il a dit G-U-R-S-K-Y. Et j'ai dit Pourquoi est-ce qu'il pensait que son père s'appelait Leopold Gursky ? Et l'homme a dit Parce que c'est lui qui a envoyé à notre mère les lettres avec des passages du livre qu'il écrivait et qui était intitulé L'histoire de l'amour.

Dans ma tête, je devenais dingue parce que, même si je ne comprenais pas tout, j'étais certain d'être très proche de la solution du mystère sur le père d'Alma, et si je parvenais à le résoudre je ferais quelque chose d'utile, et si je faisais quelque chose d'utile de manière secrète je resterais peut-être un lamed vovnik, et tout irait très bien de nouveau.

Alors l'homme a dit Écoutez je crois qu'il vaudrait mieux que je parle à Ms. Singer en personne.

Je ne voulais pas qu'il ait des soupçons et je lui ai dit que je passerais le message et j'ai raccroché.

Je me suis assis à la table de cuisine et j'ai essayé de tout mettre en place. Maintenant je savais que quand maman disait que papa lui avait donné L'histoire de l'amour, ce qu'elle voulait dire c'était que le père d'Alma le lui avait donné parce que c'était lui qui l'avait écrit.

J'ai fermé les yeux très fort et je me suis dit Si je suis un lamed vovnik, comment trouver le père d'Alma dont le nom est Leopold Gursky et aussi Zvi Litvinoff et aussi Mr. Mereminski et aussi Mr. Moritz ?

J'ai ouvert les yeux. J'ai examiné le bloc-notes où j'avais écrit G-U-R-S-K-Y. Alors j'ai regardé l'annuaire du téléphone en haut du réfrigérateur. J'ai été chercher l'escabeau et j'y suis monté. Il y avait beaucoup de poussière sur la couverture, alors je l'ai essuyée et je l'ai ouvert à la lettre G. Je ne pensais pas vraiment que j'allais le trouver. J'ai vu GURLAND, John. J'ai fait glisser un doigt le long de la page, GUROL, GUROV, GUROVICH, GUERRERA, GURRIN, GURSHON et, après GURSHUMOV, j'ai vu son nom, GURSKY Leopold. Il était là depuis le début. J'ai copié son numéro de téléphone et son adresse, 504 Grand Street, j'ai fermé l'annuaire et j'ai rangé l'escabeau.

*7 octobre*

יהוה

Aujourd'hui c'est samedi et je n'ai pas eu besoin de continuer à faire semblant d'être malade. Alma s'est levée tôt et elle a dit qu'elle sortait et quand maman m'a demandé comment je me sentais j'ai dit Bien mieux. Alors elle m'a demandé si je voulais qu'on fasse quelque chose ensemble par exemple aller au zoo, parce que le docteur Vishnubakat avait dit que ça serait bien qu'on fasse davantage de choses ensemble, comme une famille. J'avais très envie d'y aller mais je savais que j'avais quelque chose à faire. Alors je lui ai dit Peut-être demain. Et puis je suis allé dans son bureau, j'ai allumé son ordinateur et j'ai imprimé L'histoire de l'amour. Je l'ai mis dans une enveloppe brune et j'ai écrit POUR LEOPOLD GURSKY. J'ai dit à maman que je sortais jouer un peu et elle a dit Jouer où ? et j'ai dit Chez Louis, même s'il n'est plus mon ami. Maman a dit D'accord mais n'oublie pas de m'appeler. Alors j'ai pris 100 dollars dans la boîte de la limon-aide et je les ai mis dans ma poche. J'ai caché l'enveloppe avec L'histoire de l'amour sous ma veste et je suis sorti. Je ne savais pas où était Grand Street mais j'avais presque 12 ans et je savais que je trouverais.

## A + L

La lettre est arrivée par la poste sans adresse d'expéditeur. Mon nom, Alma Singer, était tapé à la machine sur l'enveloppe. Les seules lettres que j'aie jamais reçues venaient de Misha, mais jamais à la machine à écrire. Je l'ai ouverte. Il n'y avait que deux lignes. *Chère Alma*, ai-je lu. *Pourriez-vous me retrouver samedi à 16 heures sur l'un des bancs devant l'entrée du zoo de Central Park. Je crois que vous savez qui je suis. Sincèrement vôtre, Leopold Gursky.*

J'ignore depuis combien de temps je suis assis sur ce banc dans le parc. Il n'y a presque plus de lumière mais, tant qu'il y en avait, j'avais la possibilité d'admirer les statues. Un ours, un hippopotame, quelque chose avec des sabots fendus qui, à mon avis, est une chèvre. En venant, je suis passé devant une fontaine. Le bassin était à sec. J'ai jeté un coup d'œil pour voir s'il y avait des pièces de monnaie au fond. Mais il n'y avait que des feuilles mortes. Elles sont partout à présent, elles tombent, tombent, rendent le monde à la terre. Il m'arrive d'oublier que le monde ne suit pas le même rythme que moi. Que tout n'est pas sur le point de mourir ou que, si cela doit mourir, c'est pour ensuite revenir à la vie, il suffit d'un peu de soleil et des encouragements habituels. Parfois je pense : je suis plus vieux que cet arbre, plus vieux que ce banc, plus vieux que la pluie. Et pourtant. Je ne suis pas plus vieux que la pluie. Elle tombe depuis des années et après mon départ elle continuera à tomber.

J'ai relu la lettre. *Je crois que vous savez qui je suis,* était-il écrit. Mais je ne connaissais personne répondant au nom de Leopold Gursky.

J'ai décidé de rester assis ici et d'attendre. Je n'ai rien d'autre à faire de ma vie. Sans doute mes fesses vont me faire mal, mais sans doute rien de pire. Si j'ai soif, ce ne sera pas un crime si je m'agenouille pour lécher l'herbe. J'aime bien imaginer que mes pieds vont prendre racine dans le sol et que de la mousse va pousser sur mes mains. Je devrais peut-être quitter mes chaussures pour accélérer le processus. De la terre humide entre les orteils, de nouveau comme un petit garçon. Des feuilles pousseront sur mes doigts. Peut-être qu'un enfant viendra m'escalader. Le petit garçon que j'ai regardé jeter des cailloux dans la fontaine vide, il avait encore l'âge de grimper aux arbres. On devinait tout de suite qu'il avait trop de sagesse pour son âge. Sans doute croyait-il qu'il n'était pas fait pour ce monde. J'avais envie de lui dire : *Qui, si ce n'est toi ?*

Peut-être venait-elle vraiment de Misha. C'est le genre de choses qu'il serait bien capable de faire. Je pourrais y aller samedi et il serait là, sur le banc. Cela ferait alors deux mois depuis cet après-midi dans sa chambre, avec ses parents qui hurlaient de l'autre côté du mur. Je lui dirais à quel point il m'a manqué.

Gursky — un nom un peu russe.

Peut-être qu'elle vient de Misha.

Mais sans doute pas.

Parfois je n'ai pensé à rien et parfois j'ai pensé à ma vie. Au moins j'avais une vie. Quel genre de vie ? Une vie. Je vivais. Ce n'était pas facile. Et pourtant. J'ai appris que peu de choses sont insupportables.

Si elle n'était pas de Misha, peut-être était-elle du type à lunettes qui travaillait aux Archives municipales, au 31 Chambers Street, celui qui m'avait appelée Mademoiselle Viande de Lapin. Je ne lui avais jamais demandé son nom mais il connaissait le mien, et mon adresse, parce que j'avais dû remplir un formulaire. Peut-être avait-il trouvé quelque chose — un dossier, ou un certificat. Ou peut-être pensait-il que j'avais plus de quinze ans.

Il y a eu une époque où je vivais dans la forêt, ou dans les forêts, pluriel. Je mangeais des vers. Je mangeais des insectes. Je mangeais tout ce que je pouvais mettre dans ma bouche. Il m'arrivait d'être malade. Mon estomac était détraqué, mais j'avais besoin de mâcher quelque chose. Je buvais l'eau des flaques. La neige. Tout ce que je trouvais. Il m'arrivait de me glisser dans les réserves où les fermiers conservaient des pommes de terre autour de leur village. C'étaient de bonnes cachettes parce qu'il y faisait un peu plus chaud l'hiver. Mais il y avait des rongeurs. Dire que j'ai mangé des rats crus — oui, je l'ai fait. Apparemment j'avais une immense envie de vivre. Et il n'existait qu'une seule raison : elle.

La vérité c'est qu'elle m'a dit qu'elle ne pouvait pas m'aimer. Quand elle m'a dit adieu, elle me disait adieu pour toujours.

Et pourtant.

Je me suis obligé à oublier. J'ignore pourquoi. Je n'arrête pas de me le demander. Mais je l'ai fait.

Ou peut-être venait-elle du vieux monsieur juif qui travaillait au Bureau du secrétariat de la mairie, 1 Centre Street. Il avait l'air de pouvoir s'appeler Leopold Gursky. Peut-être qu'il savait quelque chose à propos d'Alma Moritz, ou d'Isaac, ou de *L'histoire de l'amour*.

Je me souviens de la première fois où j'ai compris que je pouvais me forcer à voir quelque chose qui n'était pas là. J'avais dix ans, je rentrais de l'école. Quelques garçons de ma classe m'ont dépassé en riant et en criant. J'aurais voulu être comme eux. Et pourtant. J'ignorais comment. Je m'étais toujours senti différent des autres, et cette différence me faisait mal. Et c'est alors que j'ai tourné le coin de la rue et que je l'ai vu. Un énorme éléphant, tout seul, au milieu de la place. Je savais que je l'imaginais. Et pourtant. Je voulais y croire.

J'ai donc essayé.

Et j'ai vu que je pouvais.

Ou peut-être la lettre venait-elle du portier du 450 East 52nd Street. Peut-être avait-il posé des questions à Isaac au sujet de *L'histoire de l'amour*. Peut-être qu'Isaac lui avait demandé mon nom. Peut-être, avant de mourir, avait-il compris qui j'étais et avait-il donné au portier quelque chose à me donner.

Après le jour où j'ai vu l'éléphant, je me suis laissé aller à voir et à croire plus de choses. C'était un jeu que je jouais avec moi-même. Quand je parlais à Alma de ce que je voyais, elle riait et me disait qu'elle aimait mon imagination. Pour elle je transformais les cailloux en diamants, les chaussures en miroirs, je transformais le verre en eau, je lui donnais des ailes et je faisais sortir des oiseaux de ses oreilles et, dans ses poches, elle trouvait des plumes, j'ai demandé à une poire de devenir un ananas, à un ananas de devenir une ampoule, à une ampoule de devenir la lune, et à la lune de devenir une pièce de monnaie que je lançais en l'air pour deviner son amour, les deux côtés étaient pile : Je savais que je ne pouvais pas perdre.

Et maintenant, à la fin de ma vie, c'est à peine si je peux faire la différence entre ce qui est réel et ce que je crois. Par exemple, cette lettre dans ma main — je la sens entre mes doigts. Le papier est lisse, sauf aux pliures. Je peux la déplier, et la replier. Aussi sûr que je suis assis ici maintenant, cette lettre existe.

Et pourtant.

Dans mon cœur, je sais que ma main est vide.

Ou peut-être la lettre venait-elle d'Isaac lui-même, qui l'avait rédigée avant de mourir. Peut-être que Leopold Gursky était un autre personnage de son livre. Peut-être y avait-il des choses qu'il voulait me dire. Et maintenant il était trop tard — quand je me rendrai au parc demain, le banc sera vide.

Il y a tant de façons d'être vivant, mais une seule façon d'être mort. J'ai assumé mon rôle. Au moins ici, ils me trouveront avant que j'empuantisse tout l'immeuble. Après la mort de Mrs. Freid — trois jours se sont écoulés avant qu'on la découvre —, ils ont glissé des feuilles volantes sous nos portes disant *LAISSEZ VOS FENÊTRES OUVERTES AUJOURD'HUI, SIGNÉ, LES GÉRANTS.* Et nous avons ainsi tous eu droit à une brise fraîche grâce à Mrs. Freid qui a vécu une longue vie pleine d'étranges méandres qu'elle n'aurait jamais imaginés quand elle était petite, une vie qui s'est terminée par un dernier passage à l'épicerie pour acheter une boîte de biscuits qu'elle n'avait pas encore ouverte quand elle s'est étendue pour se reposer et que son cœur s'est arrêté.

J'ai pensé : Autant l'attendre dehors. Le temps a empiré, un courant d'air glacial, les feuilles se sont éparpillées. Par moments je pensais à ma vie et par moments je ne pensais pas. De temps en temps, quand j'en sentais l'urgence, je menais une rapide enquête : Non à la question : Sens-tu tes jambes ? Non à la question : Fesses ? Oui à la question : Ton cœur bat-il ?

Et pourtant.

J'étais patient. Nul doute qu'il y avait d'autres gens, sur d'autres bancs du parc. La mort était occupée. S'occuper de tant de monde. Afin qu'elle ne pense pas que je criais au loup, j'ai sorti la carte en bristol que je conserve toujours dans mon portefeuille et je l'ai épinglée sur ma veste.

Cent choses peuvent transformer votre vie. Et pendant quelques jours, entre le moment où j'ai reçu la lettre et le moment de partir rencontrer la personne qui l'avait envoyée, tout était possible.

Un policier est passé. Il a lu la carte épinglée sur ma poitrine et m'a dévisagé. J'ai cru qu'il allait me mettre un miroir sous le nez, mais il m'a simplement demandé si j'allais bien. J'ai dit oui, parce que, qu'étais-je censé dire, je l'ai attendue toute ma vie, et elle était tout le contraire de la mort — et maintenant je suis encore là, à attendre ?

Samedi est enfin arrivé. La seule robe que j'avais, celle que je portais pour le mur des Lamentations, était devenue trop petite. Alors j'ai enfilé une jupe et j'ai mis la lettre en sécurité dans une poche. Puis je suis partie.

À présent que la mienne est presque terminée, je peux dire que ce qui m'a le plus frappé à propos de la vie est sa capacité de transformation. Un jour on est une personne et le lendemain ils vous disent que vous êtes un chien. Au début c'est difficile à supporter mais, après quelque temps, on apprend à ne pas considérer ça comme une perte. Il y a même un moment où il devient grisant de se rendre compte que, si l'on veut s'efforcer de rester, parce qu'il n'y a pas d'autre nom, un être humain, il suffit qu'un tout petit peu ne change pas.

Je suis sortie de la station de métro et j'ai marché vers Central Park. Je suis passée devant le Plaza Hotel. Nous étions déjà en automne ; les feuilles devenaient brunes et tombaient.

Je suis entrée dans le parc à la 59e Rue et j'ai emprunté le sentier qui mène au zoo. Quand je suis arrivée devant l'entrée, je me suis sentie perdue. Il y avait au moins vingt-cinq bancs alignés. Des gens étaient assis sur sept d'entre eux.

Comment pouvais-je deviner qui il était ?

Je suis passée devant la rangée de bancs. Personne ne m'a vraiment regardée. Pour finir, je me suis assise à côté d'un homme. Il n'a pas fait attention à moi.

Ma montre indiquait 16:02. Il était peut-être en retard.

Un jour, j'étais caché dans une cave à pommes de terre quand les SS sont arrivés. L'entrée était dissimulée par une mince couche de foin. Les pas se sont approchés, je les entendais parler comme s'ils étaient à l'intérieur de mes oreilles. Ils étaient deux. L'un d'eux a dit : *Ma femme couche avec un autre homme,* et l'autre a dit : *Comment tu le sais?* et le premier a dit : *Je ne le sais pas, mais j'ai des soupçons,* après quoi le second a dit : *Pourquoi tu as des soupçons?* tandis que j'étais en proie à un arrêt cardiaque, *Ce n'est qu'un sentiment,* a dit le premier et j'ai imaginé la balle qui allait pénétrer dans mon cerveau, *Je n'arrive pas à penser correctement,* a-t-il dit, *j'ai complètement perdu l'appétit.*

Quinze minutes se sont écoulées, puis vingt. L'homme assis près de moi s'est levé et il est parti. Une femme s'est assise et elle a ouvert un livre. Un banc plus loin, une autre femme s'est levée. Deux bancs plus loin, une mère était assise et berçait son bébé dans un landau à côté d'un vieillard. À trois bancs de là, un couple se tenait par la main et riait. Puis je les ai regardés se lever et s'en aller. La mère s'est levée et est partie en poussant son bébé. Il y avait la femme, le vieillard et moi. Vingt minutes ont encore passé. Il se faisait tard. Je me suis dit que la personne, quelle qu'elle soit, ne viendrait plus. La femme a refermé son livre et est partie. Il n'y avait plus que le vieillard et moi. Je me suis levée pour partir. J'étais déçue. Je ne sais pas ce que j'avais espéré. J'ai fait quelques pas. Je suis passée devant le vieil homme. Il y avait une carte épinglée sur sa veste. On y lisait : *MON NOM EST LEO GURSKY JE N'AI PAS DE FAMILLE*

*JE VOUS PRIE D'APPELER LE CIMETIÈRE DE PINELAWN J'AI UNE CONCESSION LÀ-BAS DANS LA SECTION JUIVE MERCI POUR VOS ÉGARDS.*

À cause de cette épouse qui s'était lassée d'attendre son militaire, j'ai survécu. Il lui aurait suffi de fouiller dans le foin pour s'apercevoir qu'il n'y avait rien en dessous ; s'il n'avait pas eu tant de choses en tête, il m'aurait trouvé. Je me demande parfois ce qu'il est advenu d'elle. J'aime bien me représenter la première fois où elle s'est penchée pour embrasser cet inconnu, comment elle avait dû sentir qu'elle tombait amoureuse de lui, ou peut-être simplement qu'elle tombait hors de sa solitude, et c'est pareil à un minuscule rien du tout qui provoque une catastrophe naturelle à l'autre bout du monde, sauf que c'était le contraire d'une catastrophe, comme par accident elle m'a sauvé par cet acte de grâce non prémédité, et elle ne l'a jamais su, et cela aussi fait partie de l'histoire de l'amour.

J'étais debout devant lui.
Il n'a pas paru me remarquer.
J'ai dit : « Mon nom est Alma. »

Et c'est alors que je l'ai vue. Étrange ce que peut faire le cerveau quand c'est le cœur qui dirige. Elle n'était pas exactement comme dans mes souvenirs. Et pourtant. La même. Les yeux : c'est à ça que je l'ai reconnue. J'ai pensé : Alors, c'est comme ça qu'ils envoient l'ange. Figée à l'âge où elle vous aimait le plus.

*Eh bien dites donc*, ai-je dit. *Mon prénom favori.*

J'ai dit : « On m'a donné le prénom de toutes les filles dans un livre intitulé *L'histoire de l'amour.* »

J'ai dit : *J'ai écrit ce livre.*

« Oh, ai-je dit. Je suis sérieuse. C'est un vrai livre. »

J'ai joué le jeu. J'ai dit : *Je suis on ne peut plus sérieux.*

Je ne savais pas quoi dire. Il était tellement vieux. Peut-être plaisantait-il, ou peut-être était-il un peu perdu. Pour dire quelque chose, je lui ai demandé : « Vous êtes écrivain ? »

Il a dit : « D'une certaine façon. »

Je lui ai demandé les titres de ses livres. Il a dit que *L'histoire de l'amour* en était un, et *Des mots pour tout* en était un autre.

« C'est bizarre, ai-je dit. Peut-être qu'il y a deux livres intitulés *L'histoire de l'amour.* »

Il n'a rien dit. Ses yeux brillaient.

« Celui dont je parle a été écrit par Zvi Litvinoff, ai-je dit. Il l'a écrit en espagnol. Mon père l'a offert à ma mère la première fois qu'ils se sont rencontrés. Et puis mon père est mort, et elle l'a mis de côté jusqu'à ce que quelqu'un lui écrive il y a huit mois environ pour lui demander de le traduire. Il ne lui reste plus que quelques chapitres à faire. Dans *L'histoire de l'amour* dont je parle, il y a un chapitre qui s'appelle "L'âge du silence" et un autre qui s'appelle "La naissance du sentiment", et un autre qui s'appelle... »

Le plus vieil homme au monde s'est mis à rire.

Il a dit : « Qu'est-ce que tu me racontes, tu étais aussi amoureuse de Zvi ? Ça ne te suffisait pas de m'aimer, alors tu as aimé Bruno et moi, et puis tu as aimé seulement Bruno, et puis tu n'as aimé ni Bruno ni moi ? »

Je commençais à m'inquiéter un peu. Il était peut-être fou. Ou simplement très seul.

La nuit tombait déjà.

J'ai dit : « Je suis désolée, je ne comprends pas. »

J'ai vu que je lui faisais peur. Je savais qu'il était trop tard pour se disputer. Soixante ans s'étaient écoulés.

J'ai dit : *Pardonne-moi. Dis-moi quels passages tu as aimés. Et « L'âge du verre » ? Je voulais te faire rire.*

Ses yeux se sont ouverts tout grands.

*Et aussi te faire pleurer.*

À présent elle avait l'air apeurée et surprise.

Et c'est alors que j'y ai pensé.

Ça paraissait impossible.

Et pourtant.

Et si les choses que je croyais possibles étaient en fait impossibles, et si celles que je croyais impossibles ne l'étaient pas ?

Par exemple.

Et si la jeune fille assise à côté sur le banc était réelle ?

Et si elle s'appelait Alma, en souvenir de mon Alma ?

Et si mon livre n'avait pas été perdu dans une inondation ?

Et si...

Un homme est passé devant nous.

*Excusez-moi*, l'ai-je interpellé.

*Oui ?* a-t-il dit.

*Y a-t-il quelqu'un assis à côté de moi ?*

L'homme a eu l'air troublé.

*Je ne comprends pas*, a-t-il dit.

*Moi non plus*, ai-je dit. *Pourriez-vous répondre à ma question ?*

*Y a-t-il quelqu'un assis à côté de vous ?* a-t-il dit.

*C'est ce que je vous demande.*

Et il a dit : *Oui.*

Alors j'ai dit : *C'est une jeune fille, quinze, peut-être seize ans, mais aussi elle peut n'avoir que quatorze ans et en paraître plus ?*

Il a ri et il a dit : *Oui.*

*Oui au sens de contraire de non ?*

*Au sens de contraire de non*, a-t-il dit.

*Merci*, ai-je dit.

Il est reparti.

Je me suis tourné vers elle.

C'était vrai. Elle ne m'était pas inconnue. Et pourtant. Elle ne ressemblait pas vraiment à mon Alma, maintenant que je la regardais de près. Pour commencer, elle était beaucoup plus grande. Et ses cheveux étaient noirs. Ses dents de devant étaient séparées par un espace.

*Qui est Bruno ?* a-t-elle demandé.

J'ai examiné son visage. J'ai essayé de trouver la réponse.

*Parlons donc de l'invisible*, ai-je dit.

À son air apeuré et surpris s'ajoutait à présent un certain trouble.

*Mais qui c'est ?*

*C'est l'ami que je n'ai pas eu.*

Elle m'a regardé, dans l'expectative.

*C'est le meilleur personnage que j'aie jamais construit.*

Elle n'a rien dit. Je craignais qu'elle se lève et m'abandonne. Je ne trouvais rien d'autre à dire. Alors je lui ai dit la vérité.

*Il est mort.*

Cela faisait mal à dire. Et pourtant. Il y avait tant d'autres choses.

*Il est mort un jour de juillet 1941.*

J'ai attendu qu'elle se lève et qu'elle s'en aille. Mais. Elle est restée là, sans broncher.

J'étais allé trop loin.

Je me suis dit : Pourquoi pas encore un peu plus loin ?

*Et puis autre chose encore.*

J'avais capté son attention. C'était une joie de voir ça. Elle attendait, à l'écoute.

*J'avais un fils qui n'a jamais su que j'existais.*

Un pigeon a battu des ailes dans le ciel. J'ai dit :

*Il s'appelait Isaac.*

C'est alors que je me suis rendu compte que je n'avais pas cherché la bonne personne.

J'ai regardé dans les yeux du plus vieil homme au monde pour y trouver un garçon qui était tombé amoureux à l'âge de dix ans.

J'ai dit : « Avez-vous jamais été amoureux d'une jeune fille qui s'appelait Alma ? »

Il est resté silencieux. Ses lèvres tremblaient. J'ai cru qu'il n'avait pas compris, et j'ai reposé ma question : « Avez-vous jamais été amoureux d'une jeune fille qui s'appelait Alma Mereminski ? »

Il a tendu une main. Il a tapé deux fois sur mon bras. Je savais qu'il essayait de me dire quelque chose, mais j'ignorais quoi.

J'ai dit : « Avez-vous jamais été amoureux d'une jeune fille qui s'appelait Alma Mereminski et qui est partie en Amérique ? »

Ses yeux se sont remplis de larmes, il m'a donné deux tapes sur le bras, puis à nouveau deux.

J'ai dit : « Le fils qui d'après vous ne savait pas que vous existiez, est-ce qu'il s'appelait Isaac Moritz ? »

J'ai senti mon cœur se gonfler. J'ai pensé : J'ai vécu jusqu'à maintenant. S'il vous plaît. Un peu plus ne va pas me tuer. Je voulais prononcer son nom à voix haute, j'aurais eu tant de joie à le faire parce que je savais que, pour une petite part, c'était mon amour qui lui avait donné un nom. Et pourtant. Je ne pouvais pas parler. Je craignais de prononcer la phrase qu'il ne fallait pas dire. Elle a dit : *Le fils qui d'après vous ne savait pas...* J'ai donné deux tapes sur son bras. Puis à nouveau deux. Elle a pris ma main. Avec l'autre j'ai donné deux tapes sur son bras. Elle a serré mes doigts. J'ai tapoté deux fois. Elle a posé sa tête sur mon épaule. J'ai tapoté deux fois. Elle a mis un bras autour de mes épaules. J'ai tapoté deux fois. Elle a mis ses deux bras autour de moi et m'a étreint. J'ai cessé de tapoter.

*Alma,* ai-je dit.

Elle a dit : *Oui.*

*Alma,* ai-je dit une fois de plus.
Elle a dit : *Oui.*
*Alma,* ai-je dit.
Elle a donné deux tapes sur mon bras.

## LA MORT DE LEOPOLD GURSKY

Leopold Gursky commençant à mourir le 18 août 1920.
Il est mort en apprenant à marcher.
Il est mort debout au tableau noir.
Et une fois, aussi, en portant un lourd plateau.
Il est mort en essayant une autre façon de signer son nom.
En ouvrant une fenêtre.
En lavant ses parties génitales dans son bain.

Il est mort seul, parce qu'il était trop gêné pour téléphoner à quelqu'un.
Ou il est mort en pensant à Alma.
Ou quand il a choisi de ne pas le faire.

En fait, il n'y a pas grand-chose à dire.
C'était un grand écrivain.
Il est tombé amoureux.
C'était sa vie.

## DU MÊME AUTEUR

*Aux Éditions Gallimard*

L'HISTOIRE DE L'AMOUR, 2006 (Folio nº 4699)

*Photocomposition CMB Graphic*
*44800 Saint-Herblain*
*Impression Bussière*
*à Saint-Amand (Cher), le 12 février 2008.*
*Dépôt légal : février 2008.*
*Numéro d'imprimeur : 080437/1.*
ISBN 978-2-07-035561-7./Imprimé en France.

156236